Rudolf Szamos

# Großfahndung mit KANTOR



Militärverlag
der Deutschen Demokratischen Republik

Originaltitel: Kántor a nagyvarosban
Aus dem Ungarischen von Georg Harmat

ISBN 3-327-00458-7

6. Auflage, Berlin 1990

Verlag: Zrinyi Katonai Kiado
Lizenz-Nr. 5
Printed in the German Democratic Republic
Lichtsatz: Interdruck Graphischer Großbetrieb Leipzig III/18/97
Druck und Binden: Druckerei des Ministeriums
für Nationale Verteidigung (VEB) – Berlin – 3 4367-9
Lektor: Irmtraud Carl
Umschlaggestaltung: Bernhard Kluge
Typografie: Anne-Katrin Engelstädter
LSV: 7264
Bestellnummer: 746 111 1
00320

# DIE KARRIERE

Es war kurz vor dreiundzwanzig Uhr, als Hauptmann Sátori, begleitet von Obermeister Csupati und dem Fährtenhund Kantor, auf dem Hof der Polizeiinspektion einen Funkwagen bestieg, um zu einem in der Stadt gastierenden Zirkus zu fahren. Zu dieser Zeit ahnte Sátori nicht, welche Schicksalswende Leo, einer der dressierten Berberlöwen, für sie bringen würde.

Am Eingang des großen Zeltes, das von modernen Wohnwagen umgeben war, wurden sie vom Direktor empfangen.

Die Abendvorstellung war eine halbe Stunde zuvor zu Ende gegangen. Das Publikum hatte sich schon zerstreut.

Einige Schritte hinter dem Direktor, in der Gasse zwischen Zelt und Wohnwagen, stand eine Gruppe von Zirkusangestellten und diskutierte erregt.

Der ausländische Zirkus befand sich auf einer Europa-Tournee. Hier, in einer ungarischen Komitatshauptstadt, waren drei Vorstellungen geplant; so las man es auf den Plakaten.

Der Direktor rang die Hände und sagte auf deutsch sein Sprüchlein her. Einige Sekunden lang hörte ihm Sátori zu, dann bat er ihn, langsamer zu sprechen, weil er kein Wort verstand, obwohl er bisher immer gemeint hatte, die deutsche Sprache leidlich zu beherrschen. Aus der Gruppe trat ein Mann vor und sagte auf ungarisch: »Ein Unfall ... Der Löwe ...«

»Ein Unfall? Wo?« fragte Sátori und sah den Direktor an. Der wies zu einem der Käfigwagen und ging voraus.

Kantor, der bereits viele erfolgreiche Dienstjahre als Fährtenhund hinter sich hatte, drängte sich an Csupati, seinen Herrn. Die Gerüche, die er wahrnahm, erinnerten ihn an Katzen, und das sich mehr und mehr verstärkende Knurren aus einem der Käfige war beunruhigend.

Als Kantor das mächtige Tier bemerkte, das hinter dem

Gitter auf dem Bauch lag und den Kopf gegen das Eisengitter drückte, verhielt er instinktiv.

Beim Anblick des Hundes sprang der Löwe auf, schlug sich das Schwanzende unter den Leib und knurrte grimmig der Gruppe entgegen, die sich dem Käfig näherte.

Kantors Fell sträubte sich, als wollte er den Kampf gegen den Riesen aufnehmen, aber sein Herr gab keinen Befehl.

Entsetzt gewahrte Oberleutnant Sátori zwischen den gespreizten Raubtierpranken einen reglosen Frauenkörper.

»Wie ist das geschehen?« fragte er die Umstehenden.

Keiner wußte es. Die Tragödie der Dompteuse war kurz nach Beendigung der Abendvorstellung vom Tierwärter entdeckt worden.

»Unbegreiflich!« beteuerte der Direktor wiederholt. »Leo ist immer zahm gewesen; nie hat er versucht, seine Dompteuse anzugreifen, nicht einmal die Zähne hat er ihr gegenüber gefletscht.«

»Nie?« fragte Sátori und schaute den Direktor aufmerksam an.

»Nie. Bitte, die Kollegen können es bezeugen.«

Sátori wandte sich dem Polizeiarzt zu. »Was meinst du, lebt sie überhaupt noch?«

Der Arzt zuckte die Schultern. »Man muß sie schleunigst aus dem Käfig herausholen.«

Sátori nickte und starrte auf die Käfigtür.

»Das ist nicht möglich«, murmelte der Direktor, nachdem man ihm die Bitte des Arztes übersetzt hatte. »In seinem augenblicklichen Zustand würde Leo jeden zerreißen, der sich ihm nähert.«

»Dann muß eben der Löwe entfernt werden«, bemerkte Sátori ungeduldig.

Auf Anordnung des Direktors bemühten sich zwei Wärter, den Löwen mit Knütteln, die sie zwischen die Eisenstäbe steckten, in den Auslaufgang zu treiben. Leo wich nicht von der Stelle.

Nach einigen Minuten sah der Direktor ein, daß man Leo

betäuben müsse. Er ließ eine Narkosepistole holen.

Kantor sah, daß das zornige Tier plötzlich erschlaffte und zusammensackte; das wütende Knurren verstummte. Er begriff nicht, was sich hier tat. Regungslos saß er da und beobachtete, wie Sátori die Käfigtür öffnete und zusammen mit Csupati die reglose Frau herausholte. Kantor verharrte sprungbereit; sollte die Bestie nach seinem Herrn schnappen, würde er sich sofort auf sie stürzen. Doch der mächtige Körper bewegte sich nicht.

»Am Hals sind Würgemale und andere auf einen Kampf hinweisende Verletzungen zu erkennen ... Der Tod ist vor dreißig, höchstens fünfzig Minuten eingetreten«, stellte der Arzt fest.

»Sind Sie ganz sicher, daß nicht der Löwe ...«, fragte Sátori.

»Ein Löwe würgt nicht. Diese roten Flecke«, der Arzt zeigte auf den Hals des Opfers, »sind eindeutige Würgemale. Die Obduktion wird uns hoffentlich weiterhelfen.«

Sátori wandte sich zum Direktor und bat ihn, alle Angehörigen der Zirkustruppe sofort in die Manege zu rufen.

Wachsam hatte Kantor jede Bewegung der Menschen verfolgt. Als der Arzt auf den Hals der Frau zeigte, sagte Csupati, während er sich über das Opfer beugte: »Wenn wir doch etwas fänden, um die Spur aufnehmen zu können.« Obwohl er nicht zu Kantor gesprochen hatte, faßte der Hund das Wort Spur als Befehl auf und schob sich witternd an den reglosen Körper. Während sich die Zirkusleute in der Manege versammelten, wollten sich Sátori und Csupati im Wohnwagen der Dompteuse umsehen. Vergeblich hielt Csupati Ausschau nach seinem Hund.

»Wo zum Kuckuck ist er nur?« sagte Csupati verärgert und erschrocken zugleich, weil er Kantor entgegen der Dienstvorschrift nicht an der Leine gehalten hatte. Das konnte ihm einen Verweis einbringen. Nur zögernd folgte er seinem Vorgesetzten, und er atmete erleichtert auf, als er auf einer hochklappbaren Wagentreppe Kantor sitzen sah.

»Du bist schon hier?« Csupatis Hand strich wie beruhigend über das glänzende Hundefell.

»Weg da!« rief der Direktor und wollte Kantor fortjagen.

Dem kannst du nichts befehlen, dachte Csupati lächelnd.

»Lassen Sie ihn nur, Herr Direktor«, sagte Sátori und winkte ab. »Geht vor!« wies er Csupati an und öffnete die Tür des Wohnwagens.

»Such Spur!« ermunterte Csupati seinen Hund, doch Kantor rührte sich nicht. Er richtete den spähenden Blick auf die Wohnwagenreihe gegenüber und spitzte die Ohren.

»Na, rühr dich schon!« Csupati stieß Kantor leicht mit dem Fuß an, denn er konnte nicht begreifen, daß der Hund seinem Befehl nicht folgte.

Kantor knurrte. Zwischen den in schwarze Schatten gehüllten Wagen, nur einige Meter von ihm entfernt, blitzte ein grünes Augenpaar zu ihm herüber.

»Such!« wiederholte Csupati seinen Befehl, und Kantor gehorchte nun der Aufforderung seines Herrn, obwohl er am liebsten mit einem einzigen Satz auf die andere Seite des schmalen Gäßchens zwischen den Wagenreihen gesprungen wäre.

»Lebte die Frau allein?« fragte Sátori den Direktor.

»Ja ... Das heißt nein ... In Linz habe ich einen Akrobaten engagiert ..., aber wo ist er denn? Peters, bist du drin?« Der Zirkusdirektor beugte sich zum Fenster, doch in dem Raum gewahrte er nur Csupatis und Kantors Schattenbilder an der Wand. Als er in den Wohnwagen trat, meldete Csupati, daß Kantor unter dem Bett ein Taschentuch gefunden habe. Mehrere Sekunden lang betrachtete Sátori den Hund, der erregt seine Nase in die Spalten zwischen den Möbeln steckte. Kantor verhielt sich unruhig. Er witterte nervös bald dahin, bald dorthin und wandte den Kopf immer wieder ruckartig zur Tür.

»Vielleicht hat ihn der Löwe erschreckt«, meinte Sátori.

Csupati blickte fast beleidigt seinen Vorgesetzten an. »Kantor läßt sich nicht einmal vom Teufel erschrecken.«

»Hm«, brummte Sátori, während er die Schubfächer der Schränke herauszog. »Was sagen Sie zu dem Bett?« fragte er Csupati.

»Es ist zugedeckt.«

»Aber wie?«

»Mit einer Decke. Na und?«

»Als sollte die Decke die Spuren eines Kampfes verhüllen.«

»Das könnte möglich sein«, meinte Csupati nachdenklich.

Der Zirkusdirektor zog Sátori zur Seite und flüsterte ihm ins Ohr: »Herr Inspektor ... Nicht wahr, Sie verstehen, wie peinlich mir dieser Vorfall ist. In unserem Beruf kommt so etwas leider vor ... Vor einiger Zeit, im Jahre neunzehnhundertsiebenundfünfzig zerrissen Tiger in der Manege des Vaith-Zirkus in Los Angeles ihren Dompteur. Ich verstehe nicht, warum Lotte in den Käfig gegangen ist. Vielleicht hatte sie während ihrer Nummer an Leo etwas bemerkt und wollte ihn nach der Vorstellung beruhigen ... Auf alle Fälle ist diese Angelegenheit unangenehm. Der gute Ruf des Zirkus ... Ich möchte Sie noch einmal bitten, wenn es möglich wäre, die Sache diskret zu behandeln.«

»Selbstverständlich.« Sátori nickte zerstreut. »Ist die Truppe beisammen?«

»Ja, ja!« sagte der Direktor lebhaft.

»Dann können wir gehen«, meinte Sátori und wollte den Wagen verlassen. Csupatis Anruf ließ ihn stehenbleiben.

»Schauen Sie, Genosse Hauptmann«, flüsterte er heiser und zeigte auf Kantor. Der Hund legte sich zwischen den beiden Beinen des kleinen Toilettentisches auf den Bauch, bläffte kurz und riß plötzlich mit der Schulter die Platte des Toilettentischchens herunter.

Schminknäpfchen, Fläschchen, Kämme flogen durcheinander. Die kleinen Gegenstände fielen auf Kantors Rücken, doch das störte ihn nicht. Mit der linken Vorderpfote zog er eine runde Dose heran, nahm sie mit der Schnauze vorsichtig auf und brachte sie seinem Herrn.

»Der ist verrückt geworden«, meinte Sátori verdutzt, doch als er zwischen den Zähnen des hervorkriechenden Hundes die Puderdose erblickte, sagte er gedehnt: »Hm!«

Csupati übernahm die kleine Dose von Kantor mit einem weißen Lappen und öffnete sie vorsichtig. Erst roch er hinein, dann reichte er sie Sátori hin. »Geruchloser Puder.«

»Oder etwas ganz anderes«, erwiderte Sátori und rief den Kriminaltechniker, der vor der Tür nach Spuren suchte.

»Untersuchen Sie das.« Sátori zeigte auf die Dose.

Eine Weile beobachtete Kantor die Männer regungslos. Aus dem Tonfall ihrer gedämpften Worte spürte er heraus, daß er etwas gefunden hatte, was für seinen Herrn und dessen Begleiter wichtig war. Wäre es bedeutungsloser Kram gewesen, hätte sein Herr ihn längst weggeworfen.

Der Geruch, den Kantor vor dem Käfig aufgenommen hatte und dem er gefolgt war, hatte ihn zu dem Wohnwagen geführt. Auf dem Fußboden und an den Möbeln im Wagen verstärkte sich dieser Geruch, so als wäre der, zu dem er gehörte, in der Nähe.

Seinem Herrn zuvorkommend, sprang Kantor auf den Rasen vor der Treppe. Die Spur bog nach links ab, und der Hund wechselte in den äußeren Kreis des Wagenringes über, wo das Zirkusgelände durch einen niedrigen Lattenzaun vom Strauchwerk des angrenzenden Parks getrennt war.

Das Laub der Bäume spiegelte matt das Licht der verteilten Parklampen wider, und einzelne verirrte Lichtreflexe hüpften über die Wände der weißgestrichenen Zirkuswagen. Die Bäume nickten träge im leichten Wind. Kantor lief neben dem niedrigen Zaun entlang. Er witterte sorgfältig, und je weiter er die Spur verfolgte, desto unruhiger wurde er. Er spürte Gefahr und verlangsamte sein Tempo.

Diesseits des Zaunes ragte ein hoher Stapel aus gepreßten Heubündeln empor und versperrte Kantor den Weg.

Er warf den Kopf auf, und im selben Moment blitzten ihm aus unmittelbarer Nähe zwei grünliche Augen entgegen.

Instinktiv wich er zurück. Er suchte eine Stelle, die ihm Schutz gewähren konnte, doch viel Zeit blieb ihm hierfür nicht, denn von dem dunklen Stapel löste sich mit drohendem Knurren ein großer schwarzer Schatten.

Der plötzliche Angriff verwirrte Kantor. Nur dem regelmäßigen Training war es zu verdanken, daß er richtig reagierte. Diesmal stand er einem Artgenossen gegenüber. Als er dies erkannt hatte, mochte er wohl annehmen, daß die Kampfentschlossenheit seines Gegners nur auf einem Mißverständnis beruhen könnte... Kantor bläffte versöhnlerisch, doch die Antwort war ein haßerfülltes Knurren, eine Herausforderung zum Kampf.

Möglich, daß der schwarze Wolfshund sein eigenes Reich gegenüber dem vermeintlichen Eindringling verteidigen wollte. Er versuchte, Kantor zu umgehen. Es war eine uralte, bewährte, erfolgversprechende Angriffsmethode, von hinten auf den Gegner niederzufahren und, bevor dieser den Angriff mit den Zähnen abwehren konnte, ihn an der Kehle zu packen und auf die Erde zu drücken.

Da erklang aus dem Schatten des Heuberges plötzlich eine menschliche Stimme. Kantor konnte zwar die Worte nicht verstehen, doch den anderen Hund schienen sie zu ermuntern.

Jetzt stand Kantor seinem Widersacher gegenüber. Mit einem schnellen Seitensprung versuchte er, den Widerrist des anderen zu packen, während er den Sturm des Angreifers mit der Brust parierte.

»Rex!« zischte die menschliche Stimme. Augenblicklich verschwand der Wolfshund zwischen den Heuballen.

»Tjutju! Wo bist du denn?« ertönte irgendwo zwischen den Wagen die Stimme Csupatis.

Mit einem dreifachen Bläffen deutete Kantor seinen Aufenthaltsort an. Die durch den plötzlichen Angriff entstandene Spannung löste sich. Die Nähe seines Herrn beruhigte ihn. Da schoß sein Gegner aus dem Dunkel wieder hervor und sprang Kantor von hinten an. Mit der Schulter wehrte sich der Diensthund gegen den Angreifer, dem es dennoch gelang, seine Zähne in Kantors Hinterlauf zu schlagen.

Kantor jaulte auf. Der Schmerz machte ihn rasend. Er hob

den Kopf, suchte seinen Gegner. Der hatte sich infolge des Angriffssprunges von der Schutz bietenden Heuwand entfernt und stand einige Meter vor Kantor zum neuen Sprung bereit. Ehe er dazu kam, zwängte Kantor sein Hinterteil in einen Spalt zwischen zwei Heupreßlinge und erwartete den Wolfshund mit bösem Knurren. Als dieser zum Sprung ansetzte, stieß sich Kantor vom Boden ab, landete kurz hinter seinem Angreifer auf der Erde, stürzte sich nun seinerseits von hinten auf ihn und packte ihn wütend an der Kehle.

»Tjutju!« Der Lichtstrahl von Csupatis Taschenlampe erfaßte die beiden Hunde wie das Rampenlicht die Schauspieler auf einer Bühne. »Laß ihn los«, befahl Csupati. Kantor gehorchte. Der besiegte Wolfshund trottete wimmernd ins schützende Dunkel. Csupati kniete neben Kantor nieder und strich ihm mit der flachen Hand über das Fell.

»Ich erschieße diesen Köter«, brummte er. »Tut es hier weh?« Er berührte die blutverschmierte Bißstelle am Hinterlauf.

Kantor schaute seinen Herrn an.

»Du meinst, das ist nicht so schlimm? Gut, schön ... Du bist ein tüchtiger, mutiger und geschickter Hund«, lobte Csupati. »Können wir weitergehen? Such Spur!« Er hielt dem Hund das im Wohnwagen gefundene Taschentuch hin.

Kantor erhob sich schwerfällig.

Es war ein harter Kampf gewesen. Nicht so sehr der physische Einsatz hatte Kantor ermüdet. Eine sozusagen gefühlsmäßige Erschütterung, die durch den feindlichen Zusammenstoß mit einem Artgenossen ausgelöst sein mochte, schien ihm mehr zuzusetzen als die körperliche Anstrengung. Ein Mensch hatte den wütend angreifenden Hund auf ihn gehetzt!

Eine Weile dauerte es, bis er die Spur wiedergefunden hatte. Zugleich schien er auch die Erschöpfung überwunden zu haben. Er übersprang den niedrigen Lattenzaun und suchte auf der anderen Seite weiter.

Csupati glaubte, Kantor verfolge die Spur des flüchtigen Hundes, und wollte ihn zurückrufen. Es bedurfte des Befehls nicht. Kantor hatte den Heustapel umgangen, setzte über den

Zaun und näherte sich erneut dem Spalt zwischen den Heuballen.

Plötzlich zwängte sich ein kräftiger Mann aus dem Stapel hervor.

»Halt!« gebot er und hob die Hand, als wollte er Kantor schlagen. Der Hund schnappte zu und riß den überraschten Mann zu Boden.

»Was suchen Sie hier?« fragte Csupati.

»Nichts ungarisch ...«

»Na, dann auf! Tjutju, treibe den Kerl ... Los, los.« Csupati ergänzte seine mangelhafte Sprachkenntnis durch unmißverständliche Handbewegungen.

Sátori stapfte aufgebracht am Rande der Manege entlang und hörte sich Csupatis Bericht an.

»Wie konnte das geschehen?« fragte er wütend.

»Kantor lief der Spur nach und wurde von einem fremden Hund angefallen, Genosse Hauptmann. Dieser Mann muß den Hund auf Kantor gehetzt haben. Anders kann ich es mir nicht erklären.«

»Und warum?«

»Was weiß ich!« Csupati zuckte mit den Schultern. Woher sollte er wissen, was seinen Hund so sehr gegen den Mann aufgebracht hatte.

Der Mann, den Kantor gestellt hatte, war der Dompteur der Elefanten, und ihm gehörte tatsächlich der Wolfshund. Doch er bestritt, seinen Hund auf Kantor gehetzt zu haben.

»Soll ich ihn laufenlassen?« fragte Csupati seinen Vorgesetzten.

»Das müssen wir wohl.«

»Entschuldigen Sie.« Csupati unterstrich seine Worte mit einer Handbewegung.

Der Dompteur war sichtlich erleichtert und machte eilig kehrt, um sich zu entfernen. Kantor wollte ihn nicht gehen lassen. Er stellte sich vor den Dompteur und knurrte drohend.

»Genosse Obermeister!« herrschte der Hauptmann Csupati an.

»Zurück, Kantor«, rief Csupati. »Wer ist hier der Herr? Du oder ich?«

Widerstrebend kam Kantor dem Befehl seines Herrn nach. Aber seine Blicke folgten dem Mann, der sich schnell entfernte.

Der Zirkusdirektor trat zu Sátori und fragte, ob die Leute in ihre Wohnwagen zurück könnten. Sátori nickte zustimmend.

»Was sollen wir jetzt machen?« fragte Csupati.

»Was, was!« Sátori winkte ab. »Wir müssen von vorn beginnen.«

Der Kriminaltechniker meldete, daß er einen Knopf gefunden habe, vermutlich von einem Sakko.

»Wo haben Sie ihn gefunden?«

»Im Gras vor dem Wohnwagen des Opfers.«

»Und dieser ..., wie heißt er? ... Peters. Ist der aufgetaucht?«

»Nein.«

»Beschaffen Sie ein Foto von ihm. Wir müssen ihn suchen.«

»Genosse Hauptmann ...« Csupati stockte.

»Was ist?« Sátori war ungehalten. Er mochte es nicht, wenn seine Unterstellten einen Satz begannen und nicht beendeten. »Nun reden Sie schon!«

»Ich wollte nur sagen, daß Kantor mit Hilfe des Knopfes eine neue Spur finden könnte.«

»Natürlich. Worauf warten Sie?«

Gemeinsam gingen sie zu dem Wohnwagen der Dompteuse zurück.

»Tjutju, such Spur!« Der Hundeführer hockte sich nieder und hielt Kantor den Knopf vor die Nase.

Befriedigt sah Csupati, daß Kantor nicht in die vorherige, sondern in die entgegengesetzte Richtung lief. Der Hund schlüpfte unter zwei Wohnwagen hindurch und lief bis zum

Zelt. Dort kehrte er um, umging die Käfige der Tiere, hielt plötzlich inne und knurrte.

Sátori und Csupati eilten ihm nach.

Der Hauptmann leuchtete mit seiner Taschenlampe und wich entsetzt zurück. Unter dem Käfigwagen der Affen ringelte sich eine Schlange. Ihre grünen Augen funkelten.

»Holen Sie den Direktor!« befahl Sátori dem Obermeister.

Eine Minute später langte der Direktor, vom schnellen Lauf keuchend, bei Sátori an. Er schlug erschrocken die Hände zusammen. »Ein Unglück kommt nie allein«, rief er theatralisch. Dann wandte er sich zu den Wohnwagen und beorderte drei junge Männer herbei, die die Schlange einfangen sollten.

Sie erschienen sehr schnell mit einem Korb aus dichtem Maschendraht und einer Stange, mit deren Hilfe sie in kurzer Zeit das Reptil in den Korb dirigierten.

»Wie kam die Schlange hierher?« wollte Sátori wissen.

Vor Erregung außer Atem, erklärte der Direktor, daß die ermordete Dompteuse in letzter Zeit mit dieser Pythonschlange experimentiert habe. Es sollte eine Attraktion werden, wenn die Dompteuse mit der Schlange um den Hals ihre Löwendressur vorführte.

Sátori unterbrach den Direktor. Ihn interessierte die Attraktion nicht; er wollte wissen, wie es möglich gewesen sei, daß die Schlange ihrem Korb entschlüpfen konnte.

Der Direktor räusperte sich ratlos. »Mir ist das auch unverständlich.«

»Aber jemand muß doch den Deckel des Korbes geöffnet haben.«

»Wahrscheinlich. Ich weiß es nicht.«

Kantor knurrte. Im Durchgang tauchte der Schatten eines Mannes auf. Kantor lief ihm entgegen und trieb den stattlichen, kräftigen Mann seinem Herrn zu.

»Wer sind Sie?« fragte Sátori.

Statt seiner antwortete der Direktor: »Das ist Peters!«

»Der Akrobat?«

»Ja.«

»Schau an. Warum waren Sie nicht in der Manege wie die anderen? Wo kommen Sie her?« Er betrachtete den Mann genauer und stellte fest, daß an dessen Sakko ein Knopf fehlte.

Peters trat von einem Bein aufs andere. »Nach der Vorstellung bin ich schnell in die Stadt gegangen. Ich wollte etwas kaufen.«

»Was haben Sie gekauft?« fragte Sátori.

»Nichts. Das Geschäft hatte schon geschlossen.«

»Fehlt dort nicht ein Knopf?« Sátori zeigte auf Peters' Sakko.

Der Mann blickte zu Boden und schwieg.

»Hörst du schwer?« fuhr ihn der Direktor an. »Der Herr Inspektor verdächtigt dich des Mordes an Lotte.«

»Sie irren sich, Herr Direktor. Ich verdächtige noch niemanden«, widersprach Sátori.

Da bemerkte der Athlet die Zirkusangestellten mit dem Schlangenkorb.

»Ich wußte es ja, daß es so kommen würde«, murmelte er.

»Was denn?« fragte Sátori. »Sie hatten mit der Dompteuse einen Streit?«

»Nicht nur heute, Herr Inspektor.«

»Also oft?«

»Ja.«

»Und heute kam es zu Handgreiflichkeiten.«

»Nein. Bitte ... Ich ...«

»Mann, begreifen Sie doch. Ich sage nicht, daß Sie es gewollt haben. In ihrer Erregung haben Sie sie am Hals gepackt ...«

»Aber das ist doch nicht wahr! Ich habe sie nicht getötet.«

»Das werden wir feststellen«, sagte Sátori kühl. »Vorläufig sind Sie festgenommen.«

»Herr Direktor! So helfen Sie mir doch ...«

Der Direktor winkte ab. »Wovor haben Sie Angst? Wenn Sie es nicht getan haben, wird man Sie laufenlassen.«

»Kommen Sie«, sagte Sátori zu Peters, »und verhalten Sie sich ruhig! Ich möchte kein Aufsehen erregen.«

Der Akrobat senkte den Kopf und ging wortlos zum Ausgang des Zirkuslagers. Neugierige Blicke begleiteten die Gruppe.

Während eines zweistündigen Verhörs war nichts herausgekommen, das den Verdacht gegen Peters bestätigte, aber auch nichts, das ihn entkräftete. Peters blieb bei seiner Behauptung, die Frau nicht getötet zu haben. Aus welchem Grund auch? »Ich habe sie geliebt, wirklich, ich habe sie geliebt.«

Ach, dachte Sátori, die Liebe allein ist kein Beweis für deine Unschuld. Vor dir saßen schon andere auf dem Stuhl und beteuerten ihre Liebe zu dem Opfer, um mich glauben zu machen, daß sie eines Verbrechens nicht fähig seien. Nein, nein, mit der Liebe komm mir nicht. Zwischen den Wänden dieses kleinen Zimmers haben solche Worte ihren Wert längst verloren.

Sátori blätterte in den Unterlagen. Seine Gruppe arbeitete mit der Genauigkeit eines Uhrwerks. Fachgutachten, sechzehn Zeugenaussagen … Dem Anschein nach überzeugende und ausreichende Beweise, die die tragische Tat als Kurzschlußhandlung infolge plötzlicher Erregung zu bestätigen schienen. Dennoch konnte sich der Hauptmann nicht entschließen, dem Schreiber das Protokoll in die Maschine zu diktieren. Es gab Widersprüche, Gegenargumente. Der einzige wirkliche Beweis, der Knopf vom Sakko des Akrobaten, bewies eigentlich gar nichts. Und von dem Taschentuch, das man im Wohnwagen gefunden hatte, behauptete Peters, daß es nicht ihm gehöre.

In der Puderdose hatte man Heroin gefunden. Doch Peters protestierte und streifte sich beide Jackenärmel hoch: Auf den Armen waren keine Spuren von Einstichstellen der Injektionsnadeln.

Sátori hegte Zweifel, daß er die richtige Spur verfolgte. Aber wo sollte er ansetzen? Am liebsten hätte er alles stehen- und liegenlassen und morgen weitergemacht. Doch er mußte auf Major Bokor warten, dem er selbst das Vorkommnis gemeldet hatte und der jeden Augenblick hier erscheinen konnte.

Dem Hauptmann war nicht wohl in seiner Haut. Was sollte

er dem Major berichten? Daß er vermutlich auf eine falsche Spur geraten sei?

Das Klingeln des Telefons riß ihn aus seiner Grübelei.

Der Polizeiarzt meldete sich aus dem Obduktionsraum des Komitatskrankenhauses. Er bat Sátori, so bald wie möglich herüberzukommen. Es sei wichtig ... Die Obduktion hätten sie eben beendet.

Sátori hegte neue Hoffnung. Vielleicht hatte die Obduktion etwas ergeben, das ihn auf eine neue Spur brachte. Dennoch beschloß er, Peters mitzunehmen.

Der Polizeiarzt erwartete Sátori in dem kleinen Büro, das durch eine Glaswand vom Sezierraum abgegrenzt war. Kurz und sachlich erklärte er: »Die Tote war rauschgiftsüchtig. Am linken Unterarm haben wir vierzehn Einstiche entdeckt. Die Laboruntersuchung wies in ihrem Blut noch nicht aufgelöstes Heroin aus.«

»Eine Injektionsspritze haben wir nicht gefunden«, warf der Hauptmann ein.

»Vielleicht hat es ihr ein anderer gespritzt«, entgegnete der Arzt.

Sátori befahl, Peters in den Sezierraum zu führen. Durch die Glasscheibe beobachtete er ihn.

Peters näherte sich dem Betontisch mit weichen Knien, seine Hände zitterten. Seine offensichtliche Erregung konnte so und so gedeutet werden.

Sátori überlegte. Peters war nicht rauschgiftsüchtig, nur die Frau. Waren sie vielleicht darüber in Streit geraten? Das wäre möglich ... Plötzlich erinnerte er sich des Taschentuchs. Wenn es Peters nicht gehörte, wem dann?

Kantor hatte es unter dem Bett hervorgeholt, dann hatte er die Dose mit dem Heroin gebracht. Der Inhalt der Dose war untersucht worden; doch unbeachtet hatten sie die Tatsache gelassen, daß Kantor, nachdem er vom Taschentuch die Witterung aufgenommen hatte, sie zu dem Elefantendompteur führte. Sátori begriff es selber nicht, daß gerade er, der so oft betonte, alle Wahrnehmungen des Hundes müßten in jedem

Fall beachtet werden, die von Kantor entdeckte Spur nicht verfolgt hatte.

Jetzt war nicht die Zeit, darüber nachzugrübeln. Sátori wies seine Mitarbeiter an, das Aussageprotokoll des Akrobaten aufzunehmen, ihn in die Inspektion zurückzubringen, ihn jedoch nicht in einer Zelle, sondern im Büro warten zu lassen. Fast war Sátori überzeugt, daß dieser Mann nicht zu den Verdächtigen gehörte.

Als der Hauptmann wieder in der Inspektion war, verlangte er zwei Wagen und Polizisten. Dann weckte er Csupati.

»Genosse Obermeister, wir müssen noch einmal zum Zirkus. Nehmen Sie Kantor mit.«

Als sie auf dem Zirkusgelände eintrafen, fanden sie den Wohnwagen des Elefantendompteurs leer. Weder der Direktor noch ein anderer hatten ihn nach der Geschichte am Heustapel gesehen. Sátori hätte sich ohrfeigen mögen. Er ordnete eine Durchsuchung des Zirkusgeländes an, die jedoch ohne Erfolg verlief.

Im Wohnwagen wurde lediglich eine Blechdose sichergestellt, die drei Spritzen und ein Dutzend Injektionsnadeln enthielt. Schließlich meldete ein Angestellter, daß das Auto des Dompteurs ebenfalls verschwunden sei.

Sofort rief Sátori über sein Sprechfunkgerät die Inspektion an und bat um die sofortige Sperrung der westlichen Grenzübergangsstellen. Dann gab er die Personalien des Dompteurs und das polizeiliche Kennzeichen des Wagens durch.

Diesmal hatte der Hauptmann Glück. Kaum war er in die Inspektion zurückgekehrt, meldete der Kommandeur einer Grenzübergangsstelle, daß sie den gesuchten Kraftwagen und seinen Fahrer gestellt hatten. Erleichtert atmete Sátori auf. Für ihn war es sicher, daß er nunmehr den Fall zum Abschluß bringen würde.

Zwei Stunden später wurde ihm der Dompteur vorgeführt. Die unerwartete überraschende Festnahme am Grenzübergang hatte den Mann aus seinem Gleichgewicht gebracht. Auf Sátoris erste Frage gestand er, die Frau erwürgt zu haben. Um sie von sich abhängig zu machen, hatte er die Spritzen und die Injektionsnadeln schon vor einiger Zeit an sich genommen. Auf diese Weise zwang er die Frau, sich von ihm spritzen zu lassen. An jenem Abend, nach dem Streit mit Peters, verlangte die Frau eine Injektion. Danach begann sie auch mit ihm Streit, erklärte, nicht mit ihm zusammenbleiben zu wollen, und drohte ihm sogar mit einer Anzeige; er habe sie zum Rauschgift verleitet. Der Dompteur verlor die Nerven; die Hysterie der Frau stachelte ihn noch mehr auf. Er hatte ihren Hals umklammert und nicht losgelassen, bis der Frauenkörper zusammengesackt war.

»Und wie kam die Leiche in den Löwenkäfig?« fragte Sátori.

»Ich wußte, wo der Schlüssel lag, nahm ihn, trug die Tote hinüber und schob sie durch einen Spalt der aufgeschlossenen Käfigtür. Den Schlüssel brachte ich in den Wohnwagen zurück.«

Der Hauptmann schüttelte sich innerlich vor Entsetzen, mit welcher Überlegung der Mörder gehandelt hatte. »Und die Schlange?« fragte er weiter.

»Welche Schlange?«

»Die Pythonschlange, die wir frei im Gelände, unter dem Affenkäfig, gefunden haben.«

»Damit habe ich nichts zu tun.« Bei dieser Behauptung blieb der Dompteur. Sátori jedoch glaubte ihm erst, als ihm der Zirkusdirektor gestand, daß sich die Schlange schon einmal aus ihrem Korb befreit hatte.

»Ich wollte es Ihnen nicht sagen«, stammelte der Direktor. »Sie verstehen, ich hätte große Schwierigkeiten wegen der Sicherheitsbestimmungen bekommen.«

Früh um acht Uhr meldete sich Csupati bei Hauptmann Sátori und fügte hinzu: »Der Kaffee ist fertig.«

»Das ist gut.« Sátori lächelte vergnügt und hieb mit der Hand auf das Protokoll. »Wir haben's geschafft, Genosse Obermeister. Der Fall ist klar.«

»Tatsächlich? Wer war denn nun der Unhold? Der Akrobat ...«

Sátori fiel ihm ins Wort. »Nein! Der Dompteur war es. Hier liegt sein Geständnis.« Er begann seinem Unterstellten einige Einzelheiten mitzuteilen, doch Major Bokors Erscheinen ließ ihn verstummen.

Der Major sah Csupati streng an. »Wo ist Ihr Hund?«

»Ich melde, er hat eine kleine Verletzung!«

»Was?« Bokor zog die Brauen zusammen. »Ich empfehle Ihnen, besser aufzupassen ... Sie kennen doch die Dienstvorschrift ... Ein Polizist ist für die Unversehrtheit der ihm anvertrauten Mittel moralisch und materiell verantwortlich. Dazu gehört auch Ihr Hund, der mit zwanzigtausend Forint versichert ist. Wenn es sich herausstellt, daß er durch Ihre Nachlässigkeit Schaden erlitt ... Na ja! Verstanden?«

»Habe verstanden, Genosse Major.«

»Sie können gehen.«

»Ich melde, der Kaffee ...«

»Interessiert mich nicht.«

»Wenn Sie erlauben«, sagte Sátori leise, »mich interessiert er.«

»Trinken Sie nur«, brummte Bokor, wandte sich ab und ging in sein Büro.

Nach dem Kaffee eilte Csupati zu Kantors Box. Der Major hatte ihm einen tüchtigen Schrecken eingejagt.

»Sei mir nicht böse«, sagte er und besah sich besorgt die Wunde. Der Wolfshund hatte aus Kantors Fell ein Büschel Haare ausgerissen, mehr war nicht zu entdecken. Csupati streichelte den Hund. »Das tut nicht mehr weh – nicht wahr? Es war halb so schlimm.« Er selbst spürte noch immer die Anspannung der vergangenen Nacht. Schlafen, dachte er, nur schlafen. Er rollte einen Holzklotz in die Box, setzte sich darauf, lehnte die Schulter an die Wand und schlief sofort ein. Kantor legte sich vor die Füße seines Herrn. Eine schönere Musik als Csupatis Schnarchen schien es für ihn nicht zu geben.

Eines Tages ging Csupati nach dem Mittagessen in den Sportklub. Er hatte nicht die Absicht, lange zu bleiben, wollte nur schnell etwas trinken. Bekannte, die er dort traf, luden ihn an ihren Tisch. Sie wollten wissen, wie der Mörder der Dompteuse so schnell gefaßt werden konnte. Csupati ließ sich nicht lange bitten. Animiert durch ein Gläschen Wein, begann er zu erzählen. Bald war er wie von einem Fieber gepackt; der Erfolg, den er einzig und allein Kantor zuschrieb, berauschte ihn; er dichtete seinem Diensthund Eigenschaften an, die ihn zu einem Heros, zu einem Wunderhund werden ließen. Die Zuhörer ergötzten sich an dem Märchen, tranken auf Kantors Wohl, fragten immer wieder nach Einzelheiten und regten so die Phantasie des Erzählers an.

Plötzlich stellte Csupati fest, daß seine Mittagspause längst beendet war. Er verabschiedete sich schnell und machte sich auf den Weg zur Inspektion. Auf dem Weg beherrschte ihn nur der eine Gedanke, so unauffällig wie möglich in sein Arbeitszimmer zu gelangen.

Doch wie es dann im Leben so spielt ..., im Treppenhaus begegnete er Major Bokor. Csupati grüßte und wollte eilends vorbeigehen. Der Major jedoch blieb stehen.

»Na, wie geht es Ihnen?« fragte er.

»Da ... Danke, gut«, antwortete Csupati.

Bokor stutzte und beugte sich argwöhnisch näher zu ihm. »Sie haben getrunken!« rief er streng.

»Getrunken? Nein, nein. Wie sollte ich. Ich habe Zahnschmerzen und habe den Zahn mit ein wenig Kognak gespült.«

»Was Sie nicht sagen!« Der Major kniff die Augen zusammen.

»Es ist die Wahrheit ... Ich habe ...« Unter den prüfenden Blicken des Majors wurde es Csupati heiß. Unwillkürlich faßte er nach dem Geländer, als suchte er Halt.

»Sie erlauben sich zuviel«, stieß Bokor hervor. »Ich werde Ihnen schon noch Disziplin beibringen.«

Am nächsten Morgen teilte Hauptmann Sátori Csupati mit,

daß er mit seinem Hund für zwei Wochen zum Streifendienst eingesetzt sei.

Der Obermeister konnte sein Unverständnis und seine Wut über diese Maßnahme kaum verhehlen. Brummig verließ er sein Arbeitszimmer und ging zum Hundezwinger, um Kantor zu holen.

»Na, was gaffst du mich so an mit großen Augen und unschuldigem Blick«, polterte er, während er die Box öffnete.

Kantor rührte sich nicht. Eine solche Begrüßung war er nicht gewöhnt.

»Komm schon«, drängte Csupati. Und da der Hund noch immer nicht kam, hockte sich Csupati vor ihn hin. »Verstehst du mich nicht? Wir sind degradiert worden.« Er zog Kantor am Ohr.

Mit dem Wort »degradiert« konnte Kantor nichts anfangen. Er blieb sitzen, als warte er, ob sein Herr mit ihm spielen wollte.

»Tjutju, verstehst du denn nicht? Man hat uns degradiert. Der Herr Chef schickt uns auf die Straße, auf Streifendienst ... Wer bin ich denn?«

Kantor, dem nicht die geringste Gemütsbewegung seines Herrn entging, knurrte und erhob sich.

»Beziehungsweise, wer bist du? ... Mit einem Wort: wir! Eh!« Csupati stampfte mit dem Fuß auf den Boden, befestigte die Leine am Halsband und führte den Hund hinaus.

Mochte Csupati sich ärgern, seinem Hund machte die neue Tätigkeit nichts aus. Früher hatten sie sich auch häufig in der Stadt herumgetrieben, wenn auch nicht so oft wie jetzt und nicht immer in denselben Straßen.

Seit einer Woche bogen sie jeden Vormittag in das enge Gäßchen ein, das auf den Markt mündete. Da befand sich jener eigenartig riechende, verräucherte Raum mit einem Fenster, durch das man auf den Platz hinaussehen konnte.

Immer wenn sie dort einkehrten, bestellte Csupati einen »Gespritzten«, ein Glas Wein mit Soda, ging dann zum Fenster, stützte sich mit den Ellenbogen auf das Fensterbrett, sah hinaus und trank dabei gemächlich sein gelbes »Wasser«. Die Gerüche im Raum störten Kantor, vor allem der Gestank, der von den feuchten schwarzen Dielen aufstieg.

Die Gäste der Kneipe, die vormittags hereinkamen, um schnell ein Gläschen zu trinken, Kaufleute und Handwerker aus umliegenden kleinen Läden und Werkstätten, freundeten sich bald mit dem Hundeführer an. Pünktlich um elf Uhr vormittags, nach dem Streifengang, betrat er den Schankraum, und obwohl er nicht mehr im Dienst war, spähte er durch das Fenster, um rechtzeitig zu sehen, wenn ein Polizist auftauchte und vielleicht sogar auf das Lokal zuging. Zwischendurch unterhielt er die Gäste, indem er Kantor anwies, seine Künste zu zeigen. Die Hauptattraktion, mit der Kantor ungeteilten Beifall erntete und an der sich niemand sattsehen konnte, war das Kunststück mit dem Weinglas.

Auf Csupatis Befehl nahm Kantor vorsichtig, als fürchtete er, es zu zerbrechen, ein Weinglas in die Schnauze und ging zur Theke. Dort richtete er sich auf und lehnte die Vorderpfoten an den Thekenrand. Den Kopf drehte er behutsam nach links und stellte das Glas mit dem Fuß auf den Schanktisch. Kam von seinem Herrn kein Zeichen, kehrte er zum Fenster zurück. Gab jedoch Csupati einen Zischlaut von sich, den nur Kantor verstand, blieb der Hund in aufgerichteter Stellung an der Theke und bläffte zweimal, was bedeutete, daß der Wirt einen Gespritzten einschenken sollte. Auf ein weiteres Zeichen seines Herrn hob er, wiederum sehr vorsichtig und geschickt, das Glas mit der Schnauze vom Schanktisch und brachte es seinem Herrn.

An diesem Vormittag befanden sich unter den Gästen ein Fotograf und ein Klempner, die das Kunststück noch nicht gesehen hatten.

»Er kippt es um!« behauptete der Fotograf. »Wetten, er verschüttet den Wein.«

Der Klempner machte ein nachdenkliches Gesicht und brummte: »Hm! – Bestimmt.«

Csupati schaute sie mit zusammengekniffenen Augen an. »Er tut es nicht. Was gilt die Wette, daß er es nicht umschüttet?« Csupati drückte siegessicher die Brust heraus.

»Zehn Gespritzte!« erwiderte der Fotograf. »Hier meine Hand darauf. Zehn.«

Csupati blinzelte. »Ich halte die zehn«, entgegnete er und besiegelte die Wette mit einem Handschlag.

»Mir ist das auch zehn Gespritzte wert«, meinte der Klempner.

Csupati nickte. »So viele Gespritzte, Donnerwetter! Hörst du das, Tjutju? Kannst deinem Herrn ein bißchen Wein verdienen helfen. Bring es also her! Aber paß auf!«

An die Theke gelehnt, wandte Kantor den Kopf seinem Herrn zu, als hätte er begriffen, worum es bei diesem Spielchen ging. Die Aufgabe war klar. Vor ihm stand ein Glas mit der gelben Flüssigkeit, die sein Herr so gern trank.

»Na, bring es schon!« spornte Csupati an.

Fast würdevoll blickte Kantor auf seinen Herrn. Sein Zahnfleisch schimmerte über den entblößten Zähnen, daß es aussah, als lächelte er verschmitzt: Schau an, wie ungeduldig mein Herrchen ist!

Langsam neigte er den Kopf zu dem Glas, drehte ihn seitwärts und umfaßte vorsichtig mit der Schnauze den Glasstiel. Ohne die waagerechte Kopfhaltung zu verändern, hob er das Glas auf und stellte sich auf seine vier Beine.

»Jetzt kippt er es um«, flüsterte der Fotograf mit weit aufgerissenen Augen.

»Pst«, winkten die anderen ab.

Mit sicheren, doch gemächlichen Schritten steuerte Kantor auf seinen Herrn zu. Bei ihm angekommen, setzte er sich und hielt ihm das Glas hin. Csupati nahm es ihm ab. »Auf unsere Gesundheit, meine Herren«, sagte er und trank es auf einen Zug aus.

»Na, so was«, sagte der Fotograf, »fünfzig Jahre bin ich nun schon alt, aber so etwas habe ich noch nie gesehen. Gratuliere Ihnen, Obermeister.«

Der Wirt deutete auf ein Blatt Papier, das er mit Reißzwecken an der Wand hinter der Theke befestigt hatte. »Ich habe noch fünf Gespritzte von mir dazugegeben. Wir streichen einfach immer ab.«

Csupati hatte nichts dagegen einzuwenden. Die gewonnene Wette tröstete ihn über seine »Degradierung« hinweg. War denn diese Disziplinarstrafe wirklich so schlimm? Während seiner nahezu anderthalb Jahrzehnte langen Laufbahn – und Laufen und Marschieren waren ja im wahrsten Sinne des Wortes seine Haupttätigkeit gewesen – hatten sich die Vorgesetzten noch nie so viel mit seiner Person abgegeben wie jetzt. Der Parteisekretär und sogar der stellvertretende Polizeichef des Komitats hatten sich mit ihm unterhalten und nach seinen Sorgen und Wünschen gefragt. Csupati hatte dabei den Eindruck gewonnen, daß seine Bestrafung den Vorgesetzten wie ein schwerer Stein auf dem Herzen lag. Na, und hätte er fünfundzwanzig Gespritzte gewinnen können, wenn man ihn und Kantor nicht zum Streifendienst eingesetzt hätte?

Während Csupati durch den Park in der Nähe des Marktplatzes schlenderte, fiel ihm ein, daß er bereits sieben Tage Streifendienst hinter sich hatte. Es blieben also noch sieben Tage, das hieß, er müßte täglich wenigstens drei Gespritzte trinken, um voll in den Genuß seines Gewinns zu kommen; denn sobald man ihn mit Kantor wieder zu anderen Aufgaben heranziehen würde, fände er kaum Zeit und Gelegenheit, die Kneipe am Markt aufzusuchen. Andererseits erschienen ihm die drei oder vier Gläschen vor dem Mittagbrot etwas viel. Er war kein Alkoholiker. Seufzend gestand sich Csupati, daß einen ein Gewinn nicht nur erfreuen, sondern auch belasten kann.

Als er am nächsten Vormittag wieder die verräucherte kleine Gaststätte betrat, begrüßte ihn der Fotograf mit den Worten: »Mit Ihnen gehe ich keine Wette mehr ein. Den Hund hingegen würde ich Ihnen sofort abkaufen.«

»Der ist unverkäuflich.« Csupati hielt es für eine Beleidigung, ihm für Kantor Geld anzubieten – und wäre es noch soviel. Da hörte für ihn jeder Spaß auf. Schweigsam trank er seinen

Gespritzten. Plötzlich drang die Stimme des Fotografen erneut an sein Ohr.

»Sieh da, noch ein Polizist!«

Wie ein elektrischer Schlag trafen diese Worte Csupati. Als hätte jemand an einem Draht gezogen, so hastig zog er den Kopf zurück.

»Auweh!« Wie gelähmt vor Schreck starrte er durch das Fenster. Kaum zehn Meter entfernt stand Major Bokor – wie ein Denkmal.

Csupati sah sich um. »Gibt es noch einen anderen Ausgang?« fragte er den Wirt. »Wenn mich mein Chef hier erwischt, macht er einen Mordskrach; auch für Sie wird es unangenehm.«

»Verstehe! Kommen Sie.« Der Wirt wies auf eine Tür hinter der Theke. »Bißchen eng da drin und dunkel, aber sicher.«

Csupati rief seinen Hund und begab sich mit ihm eilends in den Lagerraum. Im Halbdunkel stolperte Csupati über Bierkästen. Sein Kopf prallte gegen die Hoftür.

»Wir sitzen ganz schön in der Tinte, Tjutju«, flüsterte er und rieb sich die Stirn.

Kantor, auf den sich die Erregung seines Herrn übertragen hatte, sprang hoch und legte eine Pfote auf die altmodische Türklinke. Knarrend gab sie nach, doch die Tür ging nicht auf.

»Warte«, sagte Csupati leise und spähte auf den Hof hinaus. Dort lagen leere Fässer ungeordnet übereinander. In der Bogeneinfahrt stand ein gummibereifter Planwagen.

»Komm ..., wir versuchen es.« Csupati drehte den verrosteten Schlüssel im Schloß um. Sie standen im Freien. Csupati schloß die Tür und ging im Schutz der Fässer auf das Tor zu. Kantor folgte ihm.

Als er den Prellstein vor den Steinlöwen am Hauseingang erreicht hatte, lugte er vorsichtig umher. Doch er zog den Kopf hastig wieder zurück, denn Major Bokor stand noch immer an seinem Platz, von dem aus er sowohl den Eingang zum Lokal als auch die Toreinfahrt beobachtete.

»Verdammte Mausefalle«, brummte Csupati.

Sie gingen in den Hof zurück. Während Csupati eine Möglichkeit suchte, unbemerkt von hier verschwinden zu können, stieg ihm ein angenehmer Duft in die Nase. Er drang aus der weitgeöffneten Tür, die in den Keller führte. Eine Backstube; doch diese Entdeckung half Csupati nicht weiter. Plötzlich fuhr ein junger Bursche mit einem dreirädrigen Kastenwagen auf den Hof. Offenbar hatte er den Polizisten und den Hund nicht bemerkt. Denn er bremste dicht vor Csupati scharf.

»Verzeihung!« stammelte der Bursche erschrocken, denn die aufschlagende Kastentür hatte Csupati gestreift.

Kantor schnupperte. Herrliche Düfte stiegen ihm in die Nase, und er wedelte freudig mit dem Schwanz.

Mit einem Blick erfaßte Csupati die Situation. Der Kastenwagen konnte die Rettung sein.

Csupati beugte sich zu dem Jungen und fragte leise: »Hast du schon mal an einer Fahndung teilgenommen?«

Die Augen des Burschen leuchteten auf. Er schüttelte den Kopf.

»Möchtest du?« Csupati schaute sich um, wobei er den Zeigefinger auf den Mund legte. »Pst ...«

Diese Handbewegung verfehlte nicht ihre Wirkung. Auch der Junge schaute sich um, dämpfte die Stimme und antwortete kaum hörbar: »Ja, sehr gern!«

»Na, dann fahr mich und meinen Hund auf die andere Seite des Marktes. Bring uns auf den Hof des Hauses, in dem das Fotoatelier ist. Durch dreimaliges Klopfen signalisierst du, wann wir herauskommen können, ohne daß uns jemand sieht. Verstehst du?«

»Und dann fallen wir über die Banditen her?«

»Pssst ..., pst ... Es ist doch ein Geheimnis. Während einer Fahndung darf man nicht darüber sprechen.«

Csupati kletterte in den etwa anderthalb Meter langen Kasten. Kantor sprang ihm nach. Dann schloß der Junge die Tür und radelte los.

Eine angenehme Fahrt ist das nicht, dachte Csupati, eine verfluchte Rüttelei; davon kann man ja seekrank werden.

Endlich stand das Fahrzeug; ein dreimaliges Klopfen bedeutete Csupati, daß sie am Ziel waren. Die Tür wurde geöffnet, und der Bursche versicherte, daß niemand in der Nähe sei. Kantor sprang hinaus und lief umher. Sein Herr hatte etwas Mühe, das selbstgewählte Versteck zu verlassen. Er bedankte sich bei dem Dreiradfahrer und klopfte ihm anerkennend auf die Schulter.

»Und die Banditen?«

»Ach so, die Banditen«, Csupati lächelte, »ich muß weitersuchen. Bis ich sie gefunden habe, gilt für dich, den Mund zu halten. Sonst gefährdest du die ganze Fahndung. Verstehst du?«

Der Junge nickte, drehte die Lenkstange herum und radelte davon. Csupati richtete sein Koppel und rückte die Dienstmütze auf dem Kopf zurecht.

»Komm, Tjutju«, sagte er und ging vergnügt auf das Tor zu. »Toll, wie wir den Chef überlistet haben. Meinst du nicht auch?«

Er wandte den Kopf zur Seite, wo er seinen Hund vermutete. Doch Kantor lief nicht, wie gewohnt, links von ihm, sondern trottete einige Schritte hinter seinem Herrn her.

»Was ist? Komm an deinen Platz ...«

Kantor zog die Lefzen hoch, stapfte mit der linken Vorderpfote auf und wedelte mit dem Schwanz. Csupati blieb stehen. »Was hast du?«

Da stieß Kantor seinem Herrn beherzt mit der Schnauze an das Gesäß, und ehe der begriff, was der Hund wollte, hielt Kantor ein Törtchen zwischen den Zähnen.

Csupati tastete nach der Stelle, an der das cremegefüllte Gebäck geklebt hatte. »Wie wachsam du bist, Tjutju. Nicht auszudenken, wie die Leute gelacht hätten, wäre ich mit dem Kuchen am Hintern über den Marktplatz gegangen.«

Im Schaufensterspiegel des Fotografen kontrollierte er sich eingehend von vorn und hinten, dann schnalzte er zufrieden mit der Zunge und wandte sich wieder Kantor zu, der seine Beute schlabberte. »Nun ist alles in Ordnung, nicht wahr? Wir können gehen.«

Sie gingen über den Marktplatz. Vor dem Warenhaus begegnete ihnen Sátori.

»Wo treiben Sie sich herum?« fragte der Hàuptmann mürrisch.

»Wie soll ich das verstehen?« Csupati spielte den Unwissenden.

»Major Bokor hat Sie gesucht.«

»Mich?«

»Natürlich ...«

»Aber ich stand doch vor dem Feinkostgeschäft an der Ecke.«

Sátori blickte ihn zweifelnd an.

»Wirklich«, beteuerte Csupati, dem unter den Blicken des Hauptmanns heiß wurde.

Mit schnellen Schritten näherte sich nun auch Major Bokor. »Sie sind hier?«

»Zu Befehl. Ich bin hier.« Csupati schlug die Hacken zusammen. »Ich melde: Keine besonderen Vorkommnisse!«

»Sagen Sie mal ...«

Sátori unterbrach den Major: »Ich bitte um Entschuldigung, Genosse Major, aber Obermeister Csupati steht bereits seit einigen Minuten bei mir; ich sah ihn von dort kommen.« Er wies auf das Fotoatelier.

Der Major zuckte mit der Schulter. »Na gut, gehen wir!«

Die Freude über das gelungene Husarenstückchen dauerte nicht lange an. Csupati malte sich aus, was alles hätte geschehen können. Eine Disziplinarstrafe wäre das mindeste gewesen; vielleicht hätte man ihn sogar aus der Polizei entlassen. Bei dem Gedanken erschrak er. Ihm kam voll zum Bewußtsein, wie sehr er seinen Beruf liebte. Er war Hundeführer und wollte Hundeführer bleiben. Er verfluchte die unselige Wette mit den Gästen der »Goldenen Laus«. Hätte er nicht so viele Gespritzte gewonnen, wäre er nicht in Versuchung geraten, täglich in das Lokal zu gehen, um seinen »Gewinn« abzuholen. Csupati gelobte sich: Mag sein, was will, ich betrete die »Goldene Laus« nicht mehr. Mögen die restlichen Gespritzten verlorengehen.

Am nächsten Tag lief er mit Kantor an der Gaststätte vorbei, ohne einen Blick durch das Fenster zu werfen. Als er auf seinem Streifendienst gegen Mittag wieder in das Gäßchen einbog, winkte ihm aus dem Lokal der Klempner zu. Wo er denn bleibe? Da ständen noch viele Gespritzte auf dem Papier. Csupati wehrte ab; er sei im Dienst, habe jetzt keine Zeit. Wie zur Bestätigung kam ein junger Wachtmeister auf ihn zugelaufen, den er erst vor kurzem in die Geheimnisse der Spurensuche eingeführt hatte.

»Genosse Obermeister, der Hauptmann Sátori will Sie sprechen.«

»Ist etwas vorgefallen?«

»Ich weiß es nicht. Er hat gesagt, ich solle Sie holen.«

Csupatis Augen leuchteten auf. Vielleicht brauchte man ihn und seinen Hund; vielleicht war die Zeit des Streifendienstes vorbei.

Am liebsten wäre er zur Inspektion gerannt. Auch Kantor schien etwas zu wittern; er zog wie wild an der Leine. Die Treppe zu Sátoris Arbeitszimmer stürmten sie hinauf. Hier war es dem Obermeister gleich, was die anderen, die ihn rennen sahen, dachten.

Hauptmann Sátori saß an seinem Schreibtisch, die Arme auf die Platte gestützt, und las eine Akte. Ab und zu warf er einen Blick auf einen winzigen Dackel, der zwischen den Schriftstücken herumstolperte.

»Toncsi, zurück«, sagte Sátori sanft.

Als der Hauptmann sprach, zuckelten die Hängeohren des kleinen Toncsi, doch den Sinn der Worte konnte er noch nicht erfassen. Er war jedoch beunruhigt und suchte instinktiv ein schützendes Lager. Sátori hatte ihn erst vor einer knappen Stunde von einem Tierarzt geschenkt bekommen.

Was sollte er nun mit dem kleinen Kerl anfangen? In sein Quartier, in dem er zur Untermiete wohnte, konnte er ihn nicht mitnehmen, einem Fremden wollte er ihn jedoch nicht geben. Er hatte daher den Entschluß gefaßt, Csupati zu bitten, den Dackel in seine Obhut zu nehmen.

Polternd und keuchend betrat Csupati das Zimmer. »Ich bitte eintreten zu dürfen ...«

Hinter einem Aktenstoß kroch der Welpe hervor. Kantor bemerkte sogleich das suchende Köpfchen und tappte zum Tisch. Den Kopf etwas zur Seite geneigt, blinzelte er zu seinem Herrn hinüber.

Csupati sah und hörte nichts. Vielmehr wartete er auf den Befehl, der ihn zur Arbeit aufforderte.

»Na, was sagst du dazu?« fragte Sátori in kollegialem Ton und lehnte sich auf seinem Stuhl zurück.

»Wozu? Zu dem Vorfall?«

»Ach wo«, der Hauptmann lächelte. »Zu dem da!« Er wies auf den braunen Fleck, der sich tolpatschig auf dem Tisch bewegte.

Erst jetzt bemerkte Csupati den Dackel. Er trat näher. »Wer ist denn das?«

»Toncsi Bugvári ... Ein reinrassiger Dackel. Hier ist sein Stammbuchauszug. Seine Mutter heißt Anastasia Városszéli, sein Vater Aladár Bugvári.«

»Schau an, welch ein Gehabe! Unsere Hunde können natürlich nicht in so ein amtliches Zivilstandsregister eingetragen werden. Es genügt ja, wenn ich im Gedächtnis behalten habe, daß Kantor der Sohn von Kofa ist, denn beim Polizei- und Militärdienst ist der Name des Vaters nebensächlich. Als ob unsere Hunde allesamt Bastarde wären.«

»Nun ereifere dich nicht so.«

»Und der Vorfall?«

»Ach so«, Sátori winkte ab, »in der Maschinenfabrik und in der Mühle war heute Zahltag, und in der Gaststätte hinter dem Rangierbahnhof sind ein paar Leutchen aneinandergeraten. Das Überfallkommando ist mit Robi und Szultán hinausgefahren. Inzwischen haben sie sicherlich die Ordnung wiederhergestellt.«

Csupatis rundes Gesicht verdüsterte sich. Tiefe Falten zerteilten es. »Also wieder Robi ...«, stellte er verbittert fest.

»Hör schon auf mit diesem Blödsinn. Wie oft soll ich dir

erklären, daß das keine Aufgabe für Kantor ist. Sag mir lieber, was wir mit dem jungen Herrn Toncsi anfangen sollen.«

»Toncsi! Der junge Herr Toncsi ist ein herrschaftlicher Parasit«, schimpfte Csupati und zuckte verächtlich die Schultern. »Was sollen wir mit ihm anfangen!« Das Schicksal des kleinen Dackels interessierte ihn überhaupt nicht, ihn belasteten eigene Sorgen.

»Ich dachte, wir könnten ihn behalten«, meinte Sátori und stellte den kleinen Hund mitten auf den Tisch. »Ich möchte dich bitten ...«

Csupati rümpfte nur die Nase.

»Verdammt noch mal«, fuhr Sátori auf, »soll ich ihn vielleicht auf die Straße werfen?«

»Er gehört dir. Ich brauche ihn nicht. Verschenke ihn doch.«

»Bist du übergeschnappt? Ich habe ihn eben erst bekommen und soll ihn gleich verschenken? Da wird nichts draus.«

Sátori stand auf. Er ging um den Schreibtisch und trat vor Csupati hin. »Da ist noch etwas anderes. Ich bin nach Budapest bestellt. Vermutlich will man mit mir über meine Versetzung sprechen. Ich kann den Dackel jetzt wirklich nicht bei mir behalten. Im Hundezwinger wäre er gut aufgehoben. Du kümmerst dich um ihn, und Kantor wäre auch da.«

»Kantor? Ist der eine Amme oder ein erstklassiger Spurenhund? Wir vergeuden die Zeit. Kantor wird sich nicht mit einem lausigen Dachshund abgeben.«

Sátori öffnete den Mund, doch er sagte nichts, sondern wies auf Kantor, der die Vorderpfoten auf den Tisch gelegt hatte. Seine Nase glänzte feucht, als er sie dem zitternden Welpen näherte. Vorsichtig packte er den jungen Hund im Genick und setzte ihn vor sich auf den Teppich ab. Als Zeichen seiner freundschaftlichen Absicht leckte er Toncsi einige Male über das Rückenfell.

»Was sagst du dazu?« fragte Sátori erheitert. »Kantor zeigt mehr Herz als du.«

»Der wird alt«, brummte Csupati.

»Weil er ohne Erlaubnis seines Herrn mit einem Dackel Freundschaft geschlossen hat?«

»Ach, hör schon auf!«

»Also, wie ist das, nimmst du ihn mit?«

»Vielleicht hat er Würmer ...«

»Bitte sehr, hier ist die tierärztliche Bescheinigung.« Sátori hob ein paar Zettel von den Akten auf. »Keine Würmer, die Schutzimpfung hat er auch bereits bekommen.«

Csupati seufzte. »Und wohin wird man dich versetzen?«

»Ich weiß es nicht. Morgen wird es sich herausstellen.«

»Und was wird mit mir und Kantor?«

»Woher soll ich das wissen?«

»Wärst du imstande, uns hier zu lassen?«

»Du weißt, daß das nicht von mir abhängt.«

»Könntest ja ein gutes Wort für mich einlegen.«

»Will sehen, was sich machen läßt. Erst einmal kümmere dich um Toncsi.«

Im Hundezwinger war es still. Beim Knarren der Lattentür erhob sich nur Elli, Kantors jüngste Tochter, die in der hinteren Box untergebracht war. Die Kopfform hatte Elli von ihrem Vater geerbt und auch den Intellekt. Aber sie war x-beinig, und ihre schlaffe Haltung konnte einen Hundekenner jammern.

»Gib schon Ruhe, alte Jungfer«, knurrte Csupati Elli an, die sich gegen das Drahtnetz bäumte. »Das heißt, beriechen kannst du ihn ja einmal«, und er drückte den kleinen Dackel an Ellis Schnauze, die durch das Gitter schnupperte.

»Verdammt!« Csupati fuhr erschrocken zusammen. Kantor hatte nämlich mit entschlossenem Zugriff die rechte Hand seines Herrn erfaßt, die sich mit dem Dackel der Hündin näherte.

Mensch und Hund schauten sich gegenseitig betroffen an. So etwas hatte es noch nie gegeben.

»Bist du wahnsinnig geworden, Tjutju?«

Kantor senkte den Kopf, als schämte er sich.

An allem ist dieser Knirps schuld, dachte Csupati erbittert, während er die Tür von Kantors Box öffnete.

»Da hast du ihn.« Er legte den Welpen vor Kantor hin, der sich tief in seine Box drückte. »Hol' der Teufel deine Launen«, brummte Csupati. »Ich bin gespannt, wie du diesen Knirps ohne mich abfüttern wirst.«

Nachdem Kantor den kleinen Dackel vorsichtig im Hundestall verborgen hatte, kehrte er in den Vorraum der Box zurück. Er setzte sich und hob den Kopf mit offenem Blick seinem Herrn entgegen. Seine Augen schienen wegen des Zusammenstoßes um Verzeihung zu bitten.

»Hast Hunger, was?« fragte Csupati. Er nahm den Napf, um in die Küche zu gehen. Dort erbat er sich von der Köchin ein flaches Aluminiumgefäß für den jungen Dackel.

Zuerst witterte Kantor in seinem eigenen Topf, dann in dem kleineren, und nachdem er die Düfte identifiziert hatte, trottete er zurück zu Toncsi, der wimmernd versuchte, über eine zehn Zentimeter hohe Schwelle zu kommen.

Csupati schloß die Boxtür. Durch das Gitter beobachtete er, wie Kantor den Dackel zum Freßnapf trug. Er setzte ihn ab.

Das kleine Köpfchen stürzte sich gierig über die Hundemahlzeit. Toncsis Schnauze tauchte in die fettige Brühe, und sogleich riß er sie auch zurück, wobei er mit der langen Zunge die Suppenperlen von seiner glänzenden Nasenspitze ableckte. Der nächste Versuch gelang ihm schon besser.

Solange die schmatzenden Töne aus dem Topf heraufdrangen, saß Kantor regungslos da und beobachtete das kleine Tier mit den langen Ohren. Und als er sah, daß sein Schützling bei der Nahrungsaufnahme keiner Hilfe bedurfte, vertiefte auch er sich mit geräuschvollem Schlabbern in seinen Topf.

Csupati begriff das alles nicht. Diese Verhaltensweise Kantors widersprach allen bisherigen Erfahrungen ebenso wie den Darlegungen in der Fachliteratur.

Auf dem Hof begegnete er seinem Gehilfen und einem anderen jungen Kollegen. Sie trugen blaue Monturen wie Fabrikarbeiter.

»Was gibt's?« fragte Csupati seinen Gehilfen.

»Alles in Ordnung. Der alltägliche Rummel. Nur ein paar Ohrfeigen. Ehe sie ihre Taschenmesser hervorgeholt hatten, waren wir schon an Ort und Stelle ...«

»Ihr müßt euch jetzt hier in acht nehmen«, unterbrach Csupati den Wachtmeister. »Wir haben einen neuen Bewohner. Vorläufig haust er in Kantors Box, und ich rate euch, ihn dem Professor nicht wegzunehmen, denn ich kann mich nicht für ihn verbürgen.«

»Einen neuen Bewohner?«

»Ein Dackeljunges ... Paßt auf Robi und diesen leichtfertigen Szultán auf. Kantor läßt keinen 'ran.«

»Jawohl.«

Csupati fand keine Ruhe. So lang war ihm noch kein Tag geworden. Ungeduldig wartete er auf Sátoris Rückkehr. Der Gedanke, daß der Hauptmann versetzt werden könnte, machte ihn fast krank. Sie hatten gut zusammengearbeitet, und nicht ohne Erfolg. An einen neuen Vorgesetzten müßten er und Kantor sich erst gewöhnen; und noch schlimmer wäre es, wenn sie Major Bokor direkt unterstellt würden. Dann müßten sie mal mit dieser Fahndungsgruppe, mal mit jener arbeiten.

Obwohl es ungewöhnlich war, beschloß Csupati, den Hauptmann vom Bahnhof abzuholen. Er konnte die Ungewißheit nicht länger ertragen; sie würde ihm eine schlaflose Nacht bereiten.

Der Schnellzug aus Budapest traf um zweiundzwanzig Uhr ein. Csupati war lange vor dieser Zeit auf dem Bahnhof und lief ungeduldig herum. Als der Zug einfuhr, blieb er stehen und musterte die aussteigenden Reisenden.

Plötzlich klopfte ihm jemand auf die Schulter. »Was suchst du denn hier?« fragte Sátori.

»Was ich suche? Äh ..., ich bin nur so ...« Es war Csupati peinlich, den wahren Grund zu sagen.

Sátori nickte verstehend. »Du erwartest jemand. Dann will ich nicht stören ...«

»Du störst mich keineswegs«, entgegnete der Obermeister. »Eigentlich warte ich auf niemand. Wir können gehen.«

Der Hauptmann lächelte. Er glaubte zu wissen, was Csupati hergetrieben hatte. Über ein halbes Jahrzehnt arbeitete er mit diesem manchmal eigenwilligen Genossen zusammen.

»Na, dann komm. Ich lade dich zu einem Gespritzten in die Mátyás-Weinstube ein.«

»Das ist gut«, antwortete Csupati gleichmütig, obwohl ihn die Neugier plagte.

Sátori bestellte zwei Gespritzte und erzählte dies und jenes. Csupatis Schweigsamkeit schien er nicht zu bemerken. Als sie wieder auf der Straße waren, hielt der Obermeister es nicht länger aus. »Was ist denn nun?« fragte er gespannt den Kollegen.

»Womit?«

»Quäle mich nicht. Du weißt es genau. Was hat man beschlossen?«

»Eigentlich ist das noch ein Dienstgeheimnis, aber ...« Sátori lachte, als er Csupatis langes Gesicht sah. »Also, Genosse, wir gehen ...«

»Wir?«

»Ja, Kantor, du und ich, wir gehen in die Hauptstadt. Du wirst Einwohner von Budapest. Freut dich das nicht?«

»Und Major Bokor?«

»Von ihm war keine Rede.« Sátori machte eine abwehrende Bewegung.

Csupati riß sich die Mütze vom Kopf. »Das ist gut. Wir bleiben zusammen.«

»Du nimmst also an? Die Meldung ist freiwillig.«

»Aber gewiß doch!«

»Du weißt ja noch gar nicht, worauf du dich einläßt.«

»Macht nichts. Mit dir ginge ich bis ans Ende der Welt ... Das heißt, wenn du mir versprichst, mich niemals mehr zum Streifendienst abzustellen.«

»Du bist unverbesserlich!«

»Nicht wahr, das versprichst du mir?«

»In Ordnung. Und du versprichst mir, im Dienst nie mehr zu trinken.«

»Verspreche ich. Keinen Schluck.«

»Na, Spaß beiseite. Hör zu. Man will eine Spezialfahndungsgruppe zusammenstellen. Versuchsweise. Zu ihr werden die besten Fährtenhunde mit ihren Führern gehören. Bei Kantor gab wohl die Zirkusgeschichte den Ausschlag.«

»Das war ja auch keine Bagatelle«, warf Csupati ein.

»Sicherlich nicht; doch er hat andere großartige Leistungen aufzuweisen. Diese Gruppe wird überall dort in der Republik eingesetzt, wo man es für erforderlich hält. Bist du immer noch bereit mitzukommen?«

»Natürlich. Nur eine Frage. Bekomme ich eine Wohnung? Ich möchte nicht auf lange Zeit von meiner Familie getrennt leben müssen.«

»Man wird sich darum kümmern, sicherlich.«

Am Marktplatz trennten sie sich.

Auf dem Heimweg durch die menschenleeren Straßen gingen Csupati vielerlei Gedanken durch den Kopf. Bisher hatte er sich nicht danach gedrängt, in die Hauptstadt zu kommen. Das Leben in der Komitatsstadt gefiel ihm; er vermißte nicht das Gewimmel und den Glanz der Metropole. Jetzt verspürte er Freude, die aber sogleich von der Frage beschattet wurde, was wohl seine Frau sagen würde? Er hätte sie erst fragen müssen. Schließlich bewohnten sie ein hübsches Häuschen in der Gartenstadt. Nun ja, eine ausgesprochene Gartenstadt war es nicht mehr; ein neuer moderner Stadtteil wuchs empor, und früher oder später müßten sie das kleine Haus und den Garten räumen.

Seine Zweifel erwiesen sich als begründet. Csupatis Frau erklärte nach einigem Überlegen, daß sie vorerst mit den Kindern hier bleiben wolle. Ihr Mann sei ja bisher auch nicht immer zu Hause gewesen. Es würde sich also wenig ändern, wenn er und sein Hund nun zweihundertfünfzig Kilometer weiter weg arbeiteten. Vielleicht sei es sogar besser, denn wenn er nun heimkomme, könne er wenigstens ein paar Tage in Ruhe mit seiner Familie verbringen; da würde ihn niemand gleich wieder wegholen, wie das bisher oft geschah.

In den folgenden Tagen betrat Csupati mit immer schwerer werdendem Herzen den Hundezwinger. Er hatte ihn sozusagen aus dem Nichts aufgebaut. Fast mit Wehmut betrachtete er die selbstgeschnitzten Spielhölzer – die ersten, mit denen er seinerzeit Kantor geschult hatte. Nun also mußte er von allem Abschied nehmen, mußte weiterziehen und neu beginnen, irgendwo in der fremden Stadt für sich und Kantor eine neue Unterkunft suchen.

Hauptmann Sátori war verärgert. Über zwei Wochen zogen sich Beratungen und Aussprachen hin, bis man ihm schließlich im sechsten Stock des ohnehin nicht sehr weiträumigen Budapester Polizeipräsidiums drei Zimmer für seine sechs Mann starke Gruppe zuwies. In jedem der zwölf Quadratmeter großen Räume standen zwei Schreibtische.

»Unsere Leute haben auch keine größeren Zimmer«, meinte der Oberstleutnant, dem die Verwaltung unterstand. »Ihr Techniker kann unser Labor benutzen, und den Hund bringen wir in unserem Hundezwinger auf dem Marton-Berg unter.«

»Ja, ja«, murmelte Sátori.

»Genosse Hauptmann, Sie sind ein Glückspilz, begreifen Sie das nicht?« Der mittelgroße, ergraute Oberstleutnant blickte Sátori lächelnd an. »Sie sind jung, haben eine interessante Arbeit, ein vorzüglicher technischer Apparat unterstützt Sie. Wahrlich, als wir damals anfingen, hatten wir überhaupt nichts. Man verspottete uns und nannte uns Vogelscheuchen, weil unsere Ausrüstung aus ungleichen, zusammengewürfelten Uniformstücken bestand. Ich kann mich noch entsinnen, welch ein Ereignis es war, als wir endlich Fahrräder bekamen und nicht mehr zu Fuß zu den oft fünf, sechs Kilometer entfernt gelegenen Tatorten hinaustrotten mußten ... Ich weiß, das interessiert unsere jungen Offiziere heute nicht mehr. Sie sollten jedoch nicht annehmen, daß alles so war, wie es heute ist.«

»Ich danke Ihnen für den freundschaftlichen Hinweis«, sagte

Sátori, »aber glauben Sie nicht, daß ich aus Bequemlichkeit gegen die dürftige Unterbringung hier agiere. Unsere Gegner entwickeln sich auch. Viele Verbrecher bedienen sich der modernen Technik. Und ich bin der Meinung, daß wir in bezug auf den Einsatz neuester technischer Mittel nachhinken.«

»Moderne Technik allein macht es auch nicht«, entgegnete der Oberstleutnant. »Wozu brauchten wir dann Fährtenhunde.«

Sátori mußte ihm recht geben, und er erinnerte sich einer alten Geschichte.

Als junger Kriminalist hatte er bei der Inspektion des XIII. Bezirks in Budapest gearbeitet. Auf dem Wochenmarkt am Lehelplatz ereigneten sich damals Diebstähle am laufenden Band. Besonders in den frühen Morgenstunden, wenn die Frauen, bevor sie in die Betriebe eilten, noch schnell einkaufen gingen, verschwanden Handtaschen und Geldbörsen.

Die Frauen verdächtigten sich gegenseitig, und bisweilen kam es im Eifer der Auseinandersetzungen sogar zu Tätlichkeiten.

Die Polizeistreifen auf dem Markt wurden verstärkt, doch die Diebstähle hörten nicht auf, und die Täter blieben unbekannt. Schließlich wurde auch Sátori eingesetzt.

Zunächst befragte er die Geschädigten, ob sie etwas Auffälliges vor oder nach der Entdeckung des Verlustes bemerkt hätten. Alle verneinten. Ihre Aussagen stimmten auch darin überein, daß ihnen die Tasche oder die Geldbörse im Gedränge entrissen wurde.

Die Polizei stand vor einem Rätsel. Wie sollte sie der Täter habhaft werden, wenn es keine Verdächtigen, nicht einmal Verdachtsmomente gab?

Sátori, in Zivil, schlenderte bereits den dritten Tag über den Markt. Kurz nach sechs Uhr morgens wurde der erste Diebstahl gemeldet.

»Jemand hat mir die Tasche aus der Hand gerissen«, klagte weinend eine Frau. Sie habe an einem Gemüsestand ihre Börse aus der Tasche nehmen wollen, da habe ihr jemand gegen die Beine getreten, und gleich darauf sei der Henkel ihrer Tasche zerrissen. Die hinter ihr stehenden Frauen hatten niemand bemerkt, der sich durchgedrängt hätte.

»Man hat Sie gegen die Beine getreten?« fragte Sátori.

»Ja, getreten oder gestoßen. So genau weiß ich es nicht.«

Sátori überlegte. Dann ging er die Reihe der Verkaufsstände, hinter denen sich Obst- und Gemüsekisten auftürmten, entlang. Unter den Ständen hätte man bequem hindurchkriechen können. Plötzlich bemerkte er dort einen Hund.

Er war Sátori nicht unbekannt. Jeden Morgen begleitete Rex, so hieß der Hund, seinen Herrn zu dessen Stand auf dem Markt und lief dann mal hierhin, mal dorthin.

Auf der Offiziersschule hatte Sátori auch einen Vortrag über Schäferhunde gehört, die für den Polizeidienst ausgebildet werden. Der Vortrag hatte ihn nicht sonderlich interessiert; für Hunde hatte er nicht viel übrig, und die Dressurerfolge, von denen der Lektor sprach, hielt er für übertrieben. Jetzt weckte der Anblick des scheinbar streunenden Schäferhundes seine Neugier. Langsam näherte sich Rex den Geflügelständen.

Unter dem zweiten Stand blieb er stehen, witterte, dann ging ein Ruck durch seinen Körper, und schon schrie eine Frau: »Ein Dieb! Ach, meine Handtasche!«

»Polizei! Polizei!« riefen andere Stimmen.

Sátori verfolgte den Hund, der eilends dahintrabte und eine eckige, schwarze Lacktasche in der Schnauze hielt.

Am Stand seines Herrn angelangt, steckte er ihm den Kopf zwischen die Beine.

Das ist ein ganz durchtriebener Kerl, dachte Sátori und trat zu dem Händler.

»Guten Tag!« grüßte er. »Sie haben einen klugen Hund. Aber ich rate Ihnen, Rex zur Ruhe zu ermahnen, sonst passiert etwas.«

»Aber, aber ... Ich protestiere ... Ich bin ein ehrbarer Geschäftsmann!«

»Natürlich, gewiß«, erwiderte Sátori, während er zwei Polizisten herbeiwinkte. »Legen Sie Ihrem Hund den Maulkorb an.«

Noch nach Jahren erinnerte sich Sátori daran, wie ihn der Hund angeblickt hatte, während ihm sein Herr den Maulkorb über den Kopf streifte. Unter dem Druck der Beweise – die an diesem Morgen gestohlenen Taschen fand Sátori in einem Karton – gestand der Händler, seinen Hund für Taschendiebstähle abgerichtet zu haben.

Nicht ein Diensthund, sondern der Hund eines Kriminellen hatte Sátori eines besseren belehrt. Seit dieser Zeit war Sátori überzeugt, daß ausgebildete Hunde gute Helfer der Polizei sein können.

Drei Tage nach der Ankunft in der Hauptstadt ging Csupati mit Kantor und dem Dackeljungen auf den Übungsplatz des seinerzeit von Kovács gegründeten »Wildparks«.

Nach einigen Versuchen überwand Kantor die Hindernisse auf der Bahn wie in seiner »Jugendzeit« unter Kovács' Hand und in Gesellschaft von Lux. Dabei waren die Hindernisse mannigfaltiger und schwieriger als jene in der Komitatsstadt des westlichen Grenzbereichs.

Csupati bedauerte, daß sein Freund und ehemaliger Lehrmeister nicht mehr hier war.

»Tja, Genosse«, sagten die Budapester Kollegen, »im Laufe der Zeit entwickelt sich jeder weiter. Kovács ist jetzt Chef in Alag.«

Trotz der frühen Morgenstunde hatten sich Zuschauer eingefunden. Der »Wunderhund« Kantor beeindruckte auch die routinierten hauptstädtischen Hundeführer. Seine Leistungen interessierten sie um so mehr, als ein großer Wettkampf für Diensthunde für Ende September angesetzt war.

Außerhalb des Maschendrahtzauns, der den Übungsplatz umgab, beobachteten viele Neugierige Kantors Sprünge über Hindernisse, das Klettern über Leitern sowie die Ausführung der fast lautlosen Kommandos für die Disziplinübungen. Anerkennende Rufe begleiteten seinen Sprung, mit dem er die zwei Meter hohe Sprungwand beim ersten Anlauf überwand.

»Wozu hast du denn dieses schäbige Ding da mitgebracht?« fragten die Kollegen, als sie den Dackel Toncsi bemerkten.

»Als Aushilfskraft«, antwortete Csupati lächelnd, und Toncsi kläffte, als wollte er gegen die mitleidigen Blicke protestieren.

»Das ist ja ein Hamster«, sagte einer und versuchte, Toncsi über den Kopf zu streicheln. Er zog seine Hand blitzschnell zurück, als die nadelspitzen Zähne des Dackels anzeigten, daß er nicht nur eine kräftige Stimme hatte, sondern daß in dem kleinen Körper mit den kurzen Beinen auch ein unerschrockenes Herz klopfte.

Toncsi lief auf dem Übungsplatz hinter Kantor her und schlüpfte auch durch das Betonrohr. Auf der »Hühnerleiter« erreichte er die erste Sprosse, dann purzelte er hinunter.

Aus dem zweiten Anlauf wurde wieder nur ein Purzelbaum.

Nach dem vierten Purzelbaum legte Toncsi die Vorderpfoten an das untere Ende des einen Holms, schnupperte daran und versuchte dann, auf dem Bauch rutschend, sich nach oben zu ziehen.

»Schau an«, rief Csupati erstaunt, »der hatte wohl eine Katze zur Mutter!«

In Höhe der vierten Sprosse geriet Toncsi ins Stocken. Er wandte den Kopf nach rechts und links, blickte in die Tiefe und plötzlich rutschten ihm die Hinterpfoten weg. Er kam aus dem Gleichgewicht, und sein Hinterteil glitt nach rechts ab. Toncsi klammerte sich an dem Holm fest.

Gleich fällt er, dachte Csupati und wollte hingehen, um dem jungen Hund zu helfen. Kantor jedoch kam ihm zuvor. Er rannte mit Leichtigkeit die Leiter abwärts, packte Toncsi im Genick, hob ihn auf und reichte ihn seinem Herrn hin.

Die Zuschauer staunten und klatschten vor Bewunderung.

»Dieser Hund ist unübertrefflich.« Csupati vernahm die Feststellung mit Stolz. Dann gab er Kantor das Zeichen, die Übung fortzuführen. Der Stummelbeinige hüpfte um Csupati herum.

»Na, komm schon, du kleiner Tölpel«, sagte Csupati und hob Toncsi auf.

Er bereute nun nicht mehr, den Dackel nach Budapest mitgebracht zu haben. Toncsi wurde zu einem interessanten Versuchsobjekt. An Kantors Seite eignete er sich Fertigkeiten an, die weit über seinem Entwicklungsgrad lagen. Wenn Csupati seinen Diensthund in die Stadt führte, mußte Toncsi allerdings im »Berg-Appartement« bleiben. Bei der Erkundung der neuen Umgebung wäre der junge Dackel hinderlich gewesen.

Kantor war zwar in Budapest zur Welt gekommen, aber seine Ausbildung hatte er in der weit kleineren Komitatsstadt erhalten, und dort hatte er auch als Fährtenhund seine Aufgaben erfüllt. Eine Straßenbahn war ihm nicht unbekannt. Dennoch schien es in der ersten Zeit, als machten ihn die vielen in verschiedenen Richtungen fahrenden Bahnen nervös. Zugleich wimmelte es auf der Fahrbahn von Autos und auf den Gehsteigen von Menschen.

An dieses scheinbar ziellose Hasten der sich auf engem Raum begegnenden und überholenden Menschenströme mußte sich Kantor gewöhnen.

Er erfaßte schnell, wie er sich verhalten mußte, und paßte sich mit Geschick der neuen Umgebung und dem Verkehr an, der seine ständige und vielseitige Aufmerksamkeit erforderte.

Nur mit dem Anblick des »Ungeheuers«, das aus dunklen Straßenhöhlen mit glühenden Augen hervorbrauste, konnte er sich nicht anfreunden. Die in die Tiefe führenden Treppen, der aus dem Tunnel strömende Luftzug und die unbekannten Geräusche machten ihn unsicher. In der U-Bahn fühlte sich Kantor irgendwie gehemmt.

Csupati erkannte auch, daß das bisherige System seiner Verständigung mit Kantor in der neuen Umgebung nicht mehr ausreichte, und er brachte ihm neue Befehle bei.

Eines Tages fragte Sátori den Obermeister, wie sie vorankämen.

»Zet-A-u-zet-Ka-be«, antwortete Csupati.

»Was?«

»Ich sage es doch: Zet-A-u-zet-Ka-be!« Csupati griente.

»Ich habe keine Lust, mit dir herumzublödeln. Ich habe Arbeit und Sorgen genug.«

»Du hast doch nicht etwa schon den Sinn für Humor verloren? Zet-A-u-zet-Ka-be heißt natürlich: Zur Arbeit und zum Kampf bereit!«

Sátori winkte ab. »Behalten Sie Ihr Zet-A-u-zet-Ka-be für sich«, entgegnete er in dienstlichem Ton, der Csupati unangenehm an Major Bokor erinnerte.

Mir scheint, aus jedem wird ein Bokor, wenn er einen bestimmten Dienstgrad erreicht hat, schlußfolgerte er, nahm Haltung an und bat vorschriftsmäßig um die Erlaubnis, sich entfernen zu dürfen. Er tat seinem Vorgesetzten und Freund unrecht. Sátori hatte Sorgen und war darum für Humor im Augenblick wenig empfänglich. Seit seiner Versetzung nach Budapest diente er im Grund zwei Herren. Einerseits bereitete er die neue Fahndungsgruppe auf ihre Spezialaufgaben im Republikmaßstab vor, andererseits zog ihn die Kriminalpolizei der Hauptstadt zu Ermittlungen heran, die, streng genommen, nicht in seinem Bereich lagen.

»Ihr seid der neue Besen«, hieß es, und der Ausspruch ließ erkennen, daß man von Sátoris Gruppe Wunder erwartete. Manch Kollege spöttelte auch, daß man in Zukunft auf einige Kriminalisten verzichten könnte, da die Arbeit ja nun von Hunden getan würde. Solche Bemerkungen ärgerten Sátori, stimmten ihn aber auch nachdenklich. In der Überschätzung der Fähigkeiten eines Fährtenhundes lag die Gefahr, daß man Leistungen, Erfolge von ihm erwartete, die er zu bringen nicht imstande war.

Wenn Sátori an den ersten Spezialeinsatz dachte, überkam ihn ein beklemmendes Gefühl. Würde sich Kantor, der »vierbeinige Polizist« – so nannten ihn die Kollegen –, bewähren? Zweifellos hatte er in den vergangenen Jahren Überdurchschnittliches geleistet; doch ein Tier bleibt ein Tier. Instinkt und beste Ausbildung ersetzen nicht das Denkvermögen eines Menschen. Auch Fährtenhunde wie Kantor können nur dann erfolgreich arbeiten, wenn der Hundeführer die Fähigkeiten seines Vierbeiners genau kennt und in seine Arbeitsweise miteinbezieht.

Csupati saß auf einem Feldstein am Rande der Wiese, die vom Hundezwinger durch einen Zaun getrennt war. Er schwitzte und knöpfte seine Uniformbluse auf. Vor ihm auf der Wiese spielten Kinder, ohne sich um Kantor und Toncsi zu kümmern. Das fröhliche Lachen, das an Csupatis Ohr drang, rief die Erinnerung an seine eigenen Kinder in ihm wach. Den vierten Monat war er nun in Budapest, und der anfangs so verlockende »Apfel« schmeckte zunehmend bitterer. Die Arbeit bereitete ihm wenig Freude. Die Polizei der Hauptstadt verfügte über mindestens ein Dutzend Fährtenhunde, die die tägliche Routinearbeit durchführten. Und wenn Csupati mit Kantor eingesetzt wurde, ging es meist nur um Lappalien, wie der Obermeister meinte. Die Spannung bei dieser Jagd ließ zu wünschen übrig, und eine richtige »Verbrecherjagd« hatte es noch nicht gegeben. Hinzu kam, daß sich Csupati nach seiner Familie sehnte.

»Wenn du uns eine anständige Wohnung verschaffst, kommen wir«, hatte seine Frau erklärt, als sie ihren Mann in Budapest besuchte. Natürlich mutete Csupati seiner Familie nicht zu, den provisorischen Wohnraum, den man ihm im Verwaltungsgebäude in der Nähe des Hundezwingers zur Verfügung gestellt hatte, mit ihm zu teilen. Doch woher sollte er eine Wohnung nehmen?

Ich werde es Sátori sagen, beschloß er, morgen werde ich es Sátori sagen, daß ich nicht mehr mitmache. Ich will endlich mit meiner Familie zusammenleben.

In diesem Augenblick erschien ihm die Stadt, in der er jahrelang gearbeitet hatte, ja, der ganze westliche Grenzbereich, wo er in fast jedem Dorf Bekannte wußte, wie ein Paradies. Hätte er sich nur nicht selbst daraus vertrieben ...

Gedankenverloren sah er den spielenden Kindern zu. Wie schön, wenn die eigenen Jungen dabei wären. Mit einemmal entdeckte er Kantor. Hinter ihm trollte Toncsi.

Die Kinder veranstalteten ein Wettrennen. Sie hatten eine Startlinie markiert, und der Schiedsrichter schob jeden Läufer zurück, der zu schummeln versuchte.

Als hätte Kantor die Wettspielbedingungen begriffen, schritt er die Reihe der Kinder genau auf der Startlinie ab, als wollte er verhindern, daß einer sich Vorteile verschaffte.

Die Kinder kreischten, als Kantor einen der kleinen Wettkämpfer, der sich dennoch etwas vorplaciert hatte, am Hintern packte und bis zur Linie zurückzog.

Da ist ein Betrug ausgeschlossen, stellte Csupati fest und lächelte.

Einer der Jungen gab das Kommando: »Los!«

Auf das Startzeichen hin rannte auch Kantor los und erreichte mit dem Dackel auf den Fersen als erster das Ziel: einen verkümmerten Olivenbaum.

Das neue Spiel mit den Hunden gefiel den Kindern. Sie liefen zur Startlinie zurück, hockten sich bewußt zu weit nach vorn und ließen sich, quiekend und quietschend, von Kantor zurückzerren.

Als die Glocke im Hundezwinger die Nachmittagsfütterung ankündigte, blieben Kantor und Toncsi wie auf Kommando stehen und blickten zu ihrem Herrn. Csupati erhob sich. »Na kommt«, rief er. »Euer Tisch ist gedeckt.«

Es war ein schwüler Sommerabend. Die Häuser strahlten die am Tage gespeicherte Wärme aus, und die Temperatur sank gegen Abend nur um wenige Grade. Sátori öffnete Türen und Fenster sperrangelweit; in dem sonst immer zugigen Korridor spürte man dennoch nicht den leisesten Windhauch.

Die Spezialgruppe hatte Nachtdienst. Vorerst war alles ruhig; es gab keine Meldungen, keine Vorkommnisse. Um die Zeit zu verkürzen, rief Sátori den Hundeführer Csupati in sein Zimmer.

»Spielen wir eine Partie Schach.« Mit diesen Worten empfing er den Obermeister.

Csupati verzog das Gesicht. »Schon wieder?«

»Nur wenn du willst ...« Sátori stülpte den Kasten mit den Schachfiguren auf den Tisch.

»Viel Lust habe ich nicht. Erstens ist es unerträglich heiß, und zweitens wirst du mich wieder mattsetzen.«

»Du tust ja gerade so, als würdest du nur verlieren.«

»Also meinetwegen.« Csupati zog einen Stuhl zum Tisch.

Kantor setzte sich neben seinen Herrn. Sein Kopf reichte über den Rand des niedrigen Schreibtischs. Er kannte die schwarzen und weißen Figuren, und er beobachtete während des Spiels seinen Herrn, der mit gerunzelter Stirn dasaß und mal diese, mal jene Figur hin und her schob.

Manchmal beroch Kantor die zur Seite gestellten Figuren, an denen er Ausdünstungen seines Herrn oder dessen Mitspieler wahrnahm.

Die elektrische Uhr an der Wand zeigte zwanzig Uhr dreißig. Die Tür wurde geöffnet, und ein Leutnant trat ein.

»Genosse Hauptmann, Sie werden von der Zentrale am Telefon verlangt.«

Knapp zwei Minuten später erschien Sátori wieder. Eilig zog er sich die Jacke über. »Nimm schnell die Ausrüstung des Hundes und dann in den Hof zwei!«

»Komm, Tjutju!« befahl Csupati und stürzte davon.

Als Sátori die Fahrstuhltür zum Hof öffnete, rollten aus der Garage gerade die Bereitschaftswagen, und er stieg eilig auf den Kommandositz des ersten Wagens. Ungeduldig wartete er, bis auch die Tür des zweiten Wagens hinter Kantor ins Schloß fiel.

Sie rasten über die Kettenbrücke nach Buda hinüber.

Raub im Tunnel, wiederholte Sátori in Gedanken die knappe Information der Zentrale. Während des Spitzenverkehrs am Abend? Vielleicht vor den Augen von Hunderten von Menschen? Das klang so unglaublich, daß es eine Falschmeldung sein konnte ...

Den Eingang zum Autotunnel hatte die Polizei bereits abgeriegelt. Verkehrspolizisten lenkten den Verkehr in Richtung Hauptstraße und Donauufer. Sátori und seine Leute mußten warten, bis einige Auots rückwärts aus dem Tunnel herausgefahren waren.

Sátori wollte gerade aussteigen, um zu Fuß weiterzugehen, als ihm ein Polizist meldete, daß der Eingang frei sei.

In der Mitte des Tunnels begrüßte Oberstleutnant Szálkai den Hauptmann und wies auf ein Postauto, das quer stand und die Durchfahrt versperrte.

»Was ist geschehen?« fragte Sátori.

»Raub«, antwortete Szálkai.

»Pakete? Geld?«

»Ich weiß es noch nicht. Einer der Zeugen behauptet, zwei Männer hätten eine Kiste aus dem Wagen gehoben. In einer solchen Kiste werden gewöhnlich fünf Millionen transportiert.«

»Fünf Millionen Forint?« fragte Sátori bestürzt.

»Sicherlich keine Flöhe«, erwiderte Szálkai verärgert. »Aus mindestens zehn Fahrzeugen sahen die Fahrer zu und taten nichts Besseres, als zu hupen. Hoffentlich sind die Spuren nicht verwischt, und euer Hund findet sie. Der Fahrer des Postautos und sein bewaffneter Begleiter wurden mit Chloroform betäubt. Es dürfte eine Weile dauern, bis sie zur Besinnung kommen. Wir nehmen sie mit ins Präsidium. Sobald Sie etwas gefunden haben oder hier fertig sind, erstatten Sie mir Meldung. Viel Glück!«

Nachdem der Oberstleutnant gegangen war, wandte sich Sátori zu Csupati. »Können wir anfangen?«

»Wo soll ich beginnen?«

»Hinten am Rolladen oder an der Tür zum Fahrersitz.«

Csupati führte Kantor zum Rolladen und befahl. »Such Spur!«

Kantor schnupperte, lief um das Postauto herum bis zur vorderen Wagentür, schnupperte wieder, als hätte er eine Witterung aufgenommen, wandte sich zur Bordsteinkante, blieb stehen, hob den Kopf und deutete damit an, daß die Spur nicht weiterging.

»Zu Fuß haben sich die Täter nicht davongemacht«, meldete Csupati.

»Habe ich auch nicht angenommen«, entgegnete Sátori. »Wahrscheinlich benutzten sie für die Flucht ein Auto; denn Fußgänger im Autotunnel sind ungewöhnlich und würden auffallen.«

Trotz eingehender Suche wurde nichts gefunden, was Kantor hätte helfen können, eine Spur aufzunehmen.

Nachdem Sátori angeordnet hatte, das Postauto zum Polizeipräsidium zu fahren, teilte er dem Leiter der am Tatort eingesetzten Verkehrspolizisten mit, daß nach dem Abschleppen der Wagen der Tunnel freigegeben werden könnte.

Als erster erwachte der Chauffeur aus seinem Chloroformrausch. Er lag auf dem Sofa in Oberstleutnant Szálkais Zimmer und versuchte blinzelnd, sich zurechtzufinden.

Sátori beobachtete von einem Sessel aus, wie sich der Arzt um den Mann bemühte und wie sich die Gesichtszüge des zum Bewußtsein kommenden Fahrers veränderten.

Der Postangestellte war jung, hatte ein ovales Gesicht, dichte schwarze Brauen; er trug eine Uniform. Üppiges Haar verdeckte einen Teil der Stirn.

»Ist er vernehmbar?« fragte Oberstleutnant Szálkai, als er sah, daß sich der Fahrer bewegte.

»Können Sie mich hören?« Der Arzt schüttelte den Mann an der Schulter.

»Ja«, antwortete er leise.

»Ich glaube, man kann es versuchen«, meinte der Arzt. Dann preßte er dem Transportbegleiter das Mundstück des Sauerstoffapparats zwischen die Zähne.

»Können Sie aufstehen?« fragte Oberstleutnant Szálkai den Fahrer. »Dann setzen Sie sich auf den Sessel dort drüben.« Szálkai zeigte auf den Stuhl vor dem Schreibtisch.

Der junge Mann stand auf. Er schien sich schnell zu erholen. Wahrscheinlich hatte er weniger Cloroform eingeatmet als der andere, ein etwa fünfzigjähriger Mann in der schwarzen Uniform des Betriebsschutzes.

Szálkai betrachtete den großen, gutgewachsenen jungen

Mann. Die dunkelblaue Uniform saß ihm wie angegossen. »Geben Sie mir Ihren Personalausweis.«

»Bitte sehr, Herr Oberstleutnant. Hier ist auch mein Betriebsausweis.« Er legte beide vor Szálkai hin.

»Ihr Name?« Der Oberstleutnant blätterte in dem Ausweis.

»József Gazsó. Bin neunzehnhundertzweiundvierzig in Cegléd geboren. Meine Mutter heißt Klara Kora ... Seit drei Monaten arbeite ich im zentralen Fuhrpark der Post. Meinen Militärdienst habe ich absolviert. Ich bin nicht vorbestraft.«

Sátori fiel auf, wie fließend der junge Mann seine Personalien hersagte.

»Das werden wir nachprüfen«, erklärte Szálkai. »Berichten Sie, was Sie über den Vorfall wissen. Jede Kleinigkeit kann von Bedeutung sein. Wann haben Sie Ihren Dienst begonnen?«

»Um achtzehn Uhr habe ich angefangen. Laut Anweisung mußte ich die Wert- und Geldsendungen von vier kleinen Postämtern in Zugló, die um achtzehn Uhr schließen, zum Postamt zweiundsiebzig transportieren. Mein Begleiter war Wachtmeister Futak. In der zweiundsiebzig bin ich neunzehn Uhr zwanzig eingetroffen. Zunächst hieß es, daß ich lediglich als Reserve zum Westbahnhof fahren solle. Den Wachtmeister nahm man daher von meinem Wagen herunter. Zwanzig Uhr zehn sagte mir der Verteiler, daß ich zum Südbahnhof fahren müßte.«

»Wußten Sie, was für eine Ladung Sie fuhren?«

»Nein. Wir stoßen mit dem Wagenheck zurück an die Verladerampe, und der Chauffeur bleibt im Führerhaus sitzen. Von dort kann er nicht sehen, womit der Wagen beladen wird. Ich wußte also nicht, was ich transportierte ... Zwanzig Uhr fünfzehn setzte sich der Kollege vom Betriebsschutz zu mir. Ich bekam die Marschroute und die Fahrtrichtung: Rákóczistraße, Dohánystraße, Engelsplatz, Attila-József-Straße, Kettenbrücke, Autotunnel. Im Kreisverkehr vor dem Tunnel schoß von der Hauptstraße her ein Opel nach vorn. Hätte ich nicht gebremst, würde ich ihn am Heck erwischt haben. Ich habe ihm sogar gedroht. Zwei Männer saßen darin. Dieser Opel hielt dann etwa in der Mitte des Tunnels plötzlich an. Die Wagenreihe vor ihm fuhr weiter. Der Alte neben mir fragte auch noch, was die wohl haben mögen, denn zuerst stieg der Fahrer aus, danach der Mitfahrer. Sie breiteten die Arme aus und machten eine bedauernde Geste. Wegen des ununterbrochenen Gegenverkehrs konnte ich nicht überholen. Da leierte ich die Fensterscheibe herunter und rief den beiden Männern, die unter der Motorhaube hantierten, zu, was los sei. Beide kamen auf unseren Wagen zu, der eine von links, der andere von rechts. Mein Begleiter drehte das Fenster ebenfalls herunter. Der Mann, der zu mir trat, sagte etwas, das ich bei dem Lärm nicht verstand. Da stieg er auf das Trittbrett meines Wagens und schlug mir im selben Augenblick ein Taschentuch oder etwas Ähnliches ins Gesicht ... Was dann geschah, weiß ich nicht.«

»Ist das alles?«

»Hier bitte, auf meinem Fahrbefehl können Sie es nachprüfen.«

»Gut, schon gut ...« Szálkai drückte auf den Knopf der Sprechanlage. Dem eintretenden Polizisten gab er Anweisung, Gazsó ins andere Zimmer zu führen.

Endlich erwachte auch der Betriebsschutzmann. Nachdem er völlig zu sich gekommen war, begann Szálkai in strengem Ton zu fragen.

»Hoffentlich sind Sie sich darüber im klaren, daß Sie die Vorschrift verletzt haben.«

»Ich? Wieso ich ...«, stammelte der hagere Mann mit dem faltigen Gesicht.

»Setzen Sie sich neben mich. So ... Und jetzt erzählen Sie. Die Dienstvorschrift werde ich Ihnen später vorlesen. Seit wann sind Sie im Dienst?«

»Seit zwanzig Jahren.«

»Und benommen haben Sie sich wie ein Anfänger. Vielleicht hätten Sie sogar das Auto der Gangster angeschoben, wenn diese Sie um eine solche Gefälligkeit gebeten hätten.«

»Ich weiß gar nichts. Das Ganze ist wie ein schlechter

Traum ...« Plötzlich fiel ihm etwas ein. Er griff hastig in seine Uniformtasche und kramte darin.

Sátori hatte Mitleid mit dem Mann. Doch sein Bedauern änderte nicht die Tatsachen.

»Die Schlüssel haben wir schon«, sagte Szálkai.

»Gott sei Dank!« seufzte der Betriebsschutzmann erleichtert, »ich dachte schon, man hätte sie mir gestohlen ... Da kann ja nichts Schlimmes passiert sein.«

»Soso, nichts Schlimmes ... Nur ein Kasten mit fünf Millionen fehlt. Der ist offenbar aus dem verschlossenen Auto hinausgeflogen. Und wie? Mit Hilfe der Schlüssel, die sich bei Ihnen befanden. Man hat aufgeschlossen, dann zugeschlossen und die Schlüssel sogar wieder in Ihre Tasche zurückgesteckt. Verstehen Sie?«

»Fünf Millionen!« ächzte der Mann mit weitaufgerissenen Augen. »Dann bin ich erledigt!«

»Kennen Sie den Fahrer?«

»Ja. Vor einer Woche habe ich ihn das erste Mal begleitet.«

Szálkai nickte, dann winkte er einem Kriminalisten, der die Aussage des Betriebsschutzmannes auf Tonband aufgenommen hatte, das Vernehmungsprotokoll auszufertigen.

Der Lautsprecher der Sprechanlage ertönte. Das Labor meldete, daß es gelungen sei, einige Fingerabdrücke zu fixieren, doch weder der Abdruck des Begleiters noch der des Fahrers befänden sich darunter, und keiner der beiden stehe in der Verbrecherkartei. Die Nummern der Banknoten seien auf der Post nicht aufgeschrieben worden.

»Was ist deine Meinung?« fragte Szálkai den Hauptmann.

»Die Sache ähnelt verdammt dem englischen Kriminalfilm ›Der Raub des Jahrhunderts‹. Meinst du nicht auch?«

»Wahrhaftig. So etwas hat es bei uns noch nicht gegeben.«

»Was hast du mit dem Schutzmann und dem Fahrer vor?«

»Wenn sie das Protokoll unterschrieben haben, lasse ich sie frei. Sie festzunehmen, dazu gibt es keine gesetzliche Grundlage. Beide haben ein unangreifliches Alibi. Die zeitlichen Daten erscheinen mir allerdings etwas zu präzise.«

Sátori nickte zustimmend. »Viel Erfolg!« Er stand auf und verabschiedete sich.

Auf dem Flur im sechsten Stock kam ihm Csupati mit Kantor entgegen. Csupati schaute seinen Vorgesetzten an und konnte sich doch nicht zu einer Frage entschließen.

»Ist kein Fall für uns«, brummte Sátori und ging in sein Zimmer. Obwohl er nicht damit rechnete, daß ihm der Fall übertragen würde, ließ ihn der Gedanke an die Vorgänge im Tunnel nicht los.

Wie hätte ich es angestellt? fragte er sich. Zunächst würde ich feststellen, welche Strecke zum Anhalten des Postwagens am günstigsten ist. Das könnte ich am besten im Betrieb selbst. Ich würde mich also zur Arbeit beim Verteilerpostamt melden; dort könnte ich erfahren, wie und auf welchem Weg die Geldtransporte vorgenommen werden. Dann ...

Er legte sich auf das Sofa und betrachtete die staubige Aderung der Zimmerdecke.

Es ist eine uralte Wahrheit, daß geraubtes Geld keine Ruhe läßt. Früher oder später kommt es zum Vorschein, weil es zum Verstecken nicht geeignet ist. Doch Sátori gehörte nicht zu den Geduldigen, die darauf warten konnten, ob und bei wem es auftaucht oder wann jemand Geld auszugeben beginnt, in einem Ausmaß, das seine Verhältnisse übersteigt ...

Das Läuten des Telefons schreckte ihn auf. Er rieb sich die Augen. Wie es schien, hatte er geschlafen, denn über den Dächern der Gebäude tagte es schon.

Oberstleutnant Szálkai rief ihn zu sich.

»Den Fall übernehmen Sie.« Mit diesen Worten empfing er Sátori. »Der Opel wurde übrigens von einer Streife in der Nähe von Budaörs auf der Autobahn gefunden. Gestern nachmittag wurde er vom Eigentümer als vermißt gemeldet, der hatte ihn in der Innenstadt, in der Régipostastraße, abgestellt. Das ist die Lage.«

Sátori nickte. »Nicht viel«, sagte er und freute sich, daß er endlich eine Aufgabe nach seinem Geschmack hatte.

Nachdem Sátori mit der Aufklärung des Postraubs betraut wurde, teile ihm Szálkai vier Kriminalisten als Verstärkung zu.

In der ersten Besprechung faßten sie ihre vorläufigen Kenntnisse zusammen. Die entwendete Kiste enthielt laut amtlicher Meldung der Post fünf Millionen Forint. Es lagen die Protokolle des Postfahrers und seines Begleiters vor. Die Zeugenaussagen waren mehr als dürftig – ein Zeuge behauptete, die Täter seien klein, der andere, sie seien groß gewesen. An ihre Gesichter konnte sich nicht einmal der Betriebsschutzmann erinnern. Die am Tatort gesicherten Spuren verrieten noch weniger.

Sátori legte fest, was zunächst zu tun sei, und schickte seine Mitarbeiter auf den Weg. Er selbst las noch einmal die wortkarge Meldung aus dem Strafregister, in der es hieß: »József Gazsó, geboren 1942 in Cegléd. Name der Mutter: Klara Kora. Nicht vorbestraft.«

Nicht vorbestraft, überlegte Sátori, das schließt jedoch nicht aus, daß Gazsó schon einmal straffällig war. Die Strafe kann inzwischen gelöscht sein.

Er ging ins Archiv und ließ sich die Listen der Akten der letzten zehn Jahre geben. Nach anderthalb Stunden stieß er auf die Akte des Medizinstudenten im dritten Studienjahr József Gazsó, der wegen Betrugs angeklagt und verurteilt worden war. Die Strafe war vor zwei Jahren tatsächlich gelöscht worden.

Sátori gehörte nicht zu den Kriminalisten, die einen Schuldigen immer und zuerst unter den Vorbestraften suchen. Dennoch beauftragte er zwei Mitarbeiter, in Gazsós Betrieb zu gehen und noch einmal mit ihm zu sprechen. Sie sollten auch herumhorchen, ob jemand etwas über seinen Freundeskreis wisse.

Es war bereits nach vierzehn Uhr, als sich Oberleutnant Káldi zurückmeldete und über das Ergebnis seiner Ermittlung berichtete. Gazsó sei bekannt mit Ilona Szönyi aus der Bayzastraße.

»Sie ist so eine Art geistige, äh ...«, Káldi suchte nach dem treffendsten Ausdruck, »so eine Künstlerseele. Sie ist zwanzig

Jahre alt und Kunstgewerblerin. Sie entwirft Intarsien für Stilmöbel. Wenige Tage nach Erhalt ihres ersten Auftrags wurden ihre Eltern Opfer eines Autounfalls. Die Szönyi besitzt eine Dreizimmer-Eigenwohnung. Auf dem rechten Bein hinkt sie etwas. Nach dem Tode ihrer Eltern wurde ihre Wohnung sozusagen ein Künstlersalon ...«

»Ist Gazsó ihr Geliebter?«

»Nein ... Ich glaube nicht.«

»Warum beschäftigen Sie sich dann mit ihr?«

»Na, wegen des ›Salons‹. Die Gesellschaft ist ziemlich gemischt. Mehrere hoffnungsvolle Maler, angehende Dichter, ein paar Journalisten, irgendein Theosoph, denn das Mädchen interessiert sich besonders für die ›Seelenwanderung‹ und die orientalische Mystik.«

Sátori unterbrach seinen Mitarbeiter. »Was soll das? Mir scheint, Sie haben sich mehr als nötig in die Geisterwelt der jungen Dame vertieft. Also kommen Sie zur Sache, was hat dieses Intarsienmädchen mit Gazsó zu schaffen, wenn er nicht ihr Geliebter ist.«

Káldi entgegnete: »Er gehört immerhin zu diesem Kreis, und das Mädchen tituliert ihn mit ›Doktorchen‹. Die Mehrzahl in dieser Gesellschaft sind etwas unsichere Existenzen. Da ist zum Beispiel László Soó, der ehemalige Landesmeister im Boxen, über dessen Tragödie die Sportpresse vor einigen Jahren ausführlich berichtete. Während eines Kampfes erlitt er eine schwere Gehirnerschütterung, an deren Folgen er noch heute leidet. Ein anderer mit verpfuschter Karriere ist ein gewisser Lajos Ládi, den das Mädchen ›Herr Professor‹ nennt. Diesen jungen Mann hat man vor kurzem aus der philosophischen Fakultät der Universität hinausgeworfen, weil er die Kasse im Geschäft seines Vaters knackte und dann vergaß, den Vater, der das Personal verdächtigte, darüber zu informieren. Sein Vater ist übrigens keinen Deut besser. Die Polizei ermittelte nicht nur den wahren Dieb, sondern deckte auch die seit Jahren praktizierte Steuerhinterziehung des Geschäftsinhabers auf ... Unser József Gazsó hatte an der medizinischen Fakultät außergewöhnliche Schwierigkeiten und wurde exmatrikuliert ...«

»Man hat ihn damals auch eingebuchtet«, fügte Sátori hinzu. »Sprechen Sie weiter.«

»Das Mädchen hat noch zahlreiche andere regelmäßige Besucher, unter ihnen einen Maler namens Simon, einen Opernchoristen, einen angehenden Kameramann, einen Theosophen, einen aus der Kutte gesprungenen Priesterschüler, angehende Dichter, unter ihnen einen Matrosen ... Mit einem Wort, eine ziemlich gemischte Gesellschaft. Morgen haben sie die nächste Zusammenkunft. Alánd – ich glaube, das ist der Theosoph – wird einen Vortrag halten.«

»Lassen Sie die Mitglieder der Gesellschaft überprüfen. Vielleicht hilft uns das weiter ... Wo ist denn Ihr Kollege geblieben?«

»Als wir das Mädchen verließen, stießen wir vor der Tür auf einen geckenhaften Burschen mit sehr verlebtem Gesicht. Er schien arg erschrocken zu sein und nannte seinen Namen: László Kárpát. Scheinbar war er angetrunken, doch Alkoholgeruch nahmen wir nicht wahr. Er kam uns beiden verdächtig vor. Mein Kollege heftete sich ihm an die Fersen.«

Sátori nickte zustimmend. »Wenn er kommt, soll er mir sofort berichten.«

Kurz nachdem Káldi das Zimmer verlassen hatte, meldete sich Leutnant Kuti. Er schien etwas verlegen zu sein. »Genosse Hauptmann, ich bitte Sie um Entschuldigung, weil ich doch gar keinen Auftrag hatte.«

»Auftrag? Wofür?«

»Na ja, zum Fahrdienst zu gehen, wo Gazsó arbeitet.«

»Was wollten Sie denn dort?«

»Ein guter Bekannter von mir arbeitet ebenfalls dort. Ich dachte mir, geh mal hin, vielleicht kann er dir etwas über Gazsó erzählen.«

»Hat er das?«

Kuti lächelte. »Zufall, toller Zufall. Gaszó war nicht da. Als ich mit meinem Bekannten sprach, klingelte das Telefon. Eine

Frau verlangte Gazsó zu sprechen. Mein Bekannter erklärte, daß er irgendwo unterwegs sei, und fragte, ob er etwas bestellen könne. Ja, antwortete die Frau, Gazsó soll um vier Uhr gegenüber dem Bad auf der Budaer Seite der Margaretenbrücke sein und vierhundert Forint mitbringen; sie habe keinen Pfennig und müsse die Telefonrechnung bezahlen.«

»Nannte die Frau einen Namen?«

»Nein.«

»Wann wurde das Gespräch geführt?«

»Um Viertel nach drei ...«

»Jetzt ist es fünf Minuten vor vier«, brummte Sátori und wandte sich der großen Stadtkarte von Budapest zu. Er zeichnete mit dem Zeigefinger einen Halbkreis. »In diesem Bereich treffen sie sich.«

»Auweh!« Kuti kratzte sich am Kinn. »Dort gibt es mindestens fünfundzwanzig Gaststätten, Espressos und Weinstuben.«

»Warten Sie mal!« Sátori überlegte. »Dort in der Umgebung sind drei Bäder. Auf der Seite der Burg das Király-Bad, auf der Óbudaer Seite das Csáczár- und das Lukács-Bad ...«

»Man merkt, Sie waren in Budapest Student.«

»Deshalb brauche ich noch nicht alle Budaer Kneipen zu kennen.«

Kuti schlug sich plötzlich an die Stirn. »Ich hab's! Es kann nur die ›Tómalom‹ sein. Diese Kneipe liegt genau gegenüber einem Bad.«

»Dann los! Nehmen Sie sich zwei Mann und beeilen Sie sich. Wenn Sie den Fahrer gefunden haben, verfolgen Sie ihn, oder lassen Sie ihn verfolgen.«

»Habe verstanden!« Kuti stürzte davon. Er stieß fast mit Oberleutnant Káldi zusammen, der hastig nach Sátori fragte.

»Kommen Sie herein«, rief der Hauptmann.

»Genosse Hauptmann, Kovács hängt an der Strippe. Er fragt, was er tun soll. Der Kerl, dem er folgte, ging bis zum Pogány-Turm auf dem Arany-Berg, von dort kehrte er jedoch bald wieder zur Wohnung des Mädchens zurück.«

»Er soll ihn weiter beschatten. Lassen Sie den Pogány-Turm auch beobachten. Was haben Sie da?« Sátori zeigte auf einen Aktendeckel, den Káldi unter den Arm geklemmt hatte.

»Ich habe die ermittelten Daten über das Vorleben einiger der interessantesten Figuren aus der Gesellschaft unseres Intarsienmädchens abtippen lassen.«

»Danke ... Auf neue Spuren sind Sie nicht gestoßen?«

»Nein.«

»Schade.«

Káldi entfernte sich. Sátori setzte sich und lehnte den Kopf an die Wand. Er hatte das Gefühl, als liefe ihm die Zeit plötzlich davon, als tauche sie wie ein Zug in einen dunklen Tunnel. Wohin führte der Schienenweg? Konnte es sein, daß er einer falschen Weichenstellung folgte, einem Nichts nachjagte, daß alle vermeintlichen Spuren in einem Fiasko endeten?

Er begann in dem Aktendeckel zu blättern.

Béla Lázi, Umbruchredakteur einer Wochenzeitung, nicht vorbestraft. István Sümegi, Maler, nicht vorbestraft. Lajos Koczog, Schauspieler; Pál Paku, Heizer; Sándor Simon, Tapezierer; László Kárpát, Chormitglied; Lajos Ládi, Péter Mikulka, László Soó, Mária Lontai, Kamonek, Alásony, alle nicht vorbestraft.

»Ach, schau mal an!« Er las den Namen noch einmal: Géza Hertelendi, vorbestraft. Seine Wohnung lag im III. Bezirk, Arany-Berg, Grundstücksnummer 1734.

Schnell sprang er auf, forderte einen Wagen an und befahl Csupati mit Kantor in den Hof.

»Fahren Sie zum Arany-Berg, genauer zum Pogány-Turm«, sagte Sátori zu dem Fahrer, als er wenige Minuten später den Wagen bestieg.

Csupati hatte das Fahrtziel mitgehört: Arany-Berg, Pogány-Turm. Er hatte keine Ahnung, wo das sein könnte. Ja, zu Hause, im westlichen Grenzbereich, da gab es keinen Hügel, keine Gemarkung, keinen Bach, deren Namen, deren Stelle er nicht gekannt hätte ...

Sie brausten am Donauufer entlang und bogen hinter dem Friedhof in Óbuda zum Arany-Berg ab.

Auf beiden Seiten der Straße wurden Einfamilienhäuser gebaut. Auf einem Hügelrücken sah man vernachlässigte, strauchbewachsene Grundstücke. Den baufälligen Turm umgaben die Überreste eines verfallenen Zaunes. Aus dem Gesträuch, das den Zaun umwucherte, trat ein Polizist vor Sátoris Auto.

»Gibt es mehrere Zugänge?« fragte Sátori.

»Nein, nur einen.«

Sie fuhren bis vor das Tor und stiegen aus. Csupati betrat mit Kantor zuerst das eckige, basteiförmige Gebäude. In der Mitte führte eine schmale Wendeltreppe nach oben. Links öffnete sich eine mit Eisenbändern beschlagene Tür zu einem unfreundlichen Raum, der einer Gefängniszelle glich. An der Wand standen zwei Bierkästen mit leeren Flaschen. Das selbstgezimmerte Bett gegenüber der Tür war mit einer zerknüllten und verschlissenen Wolldecke überzogen.

Csupati ging, während sich sein Vorgesetzter in dem Raum im Erdgeschoß umsah, auf Drängen Kantors die Treppe hinauf. Im Rundgang des ersten Stockwerks hielt er vor der ebenfalls mit Eisenbändern versehenen Tür inne. Er versuchte, die Tür zu öffnen, aber das Schloß gab nicht nach.

»Aufmachen!« Csupati schlug mit beiden Fäusten kräftig an die Tür.

Auf das Gepolter hin kam Sátori die Treppe herauf. Er holte einen Sperrhaken aus seiner Tasche. Der Versuch aufzuschließen war vergebens; im Schloß steckte von innen der Schlüssel. Sie hämmerten nochmals gegen die Tür.

»Polizei!« rief Sátori laut. »Im Namen des Gesetzes, öffnen Sie!«

Schwache Geräusche waren zu hören, dann sprang der windschiefe Türflügel knarrend auf. Im Türrahmen erschien ein Mann in einem weißen Nachthemd, das ihm bis an die Knöchel reichte. Er blinzelte verschlafen und rieb sich mit der Faust die Augen. »Was wollen Sie?«

»Polizei«, sagte Csupati. »Lassen Sie uns hinein.«
»Gleich, aber erst möchte ich mir etwas überziehen.«
»Ist nicht nötig«, meinte Sátori. »Sind Sie Viktor Alánd?«
»Ja. Woher ...?«
»Wer wohnt außer Ihnen hier?«
»Niemand ... Das heißt ... Im Erdegschoß wohnt ein Freund von mir ...«
»Sein Name?«
»Géza Hertelendi.«
»Ist er polizeilich gemeldet?«
»Ja.«
»Und außer ihm?«
Alánd zögerte.
»Wer wohnt noch hier?« Sátori blickte den bärtigen Mann durchdringend an.
»Äh ... Manchmal schläft ein Freund von Géza hier.«
»Ist er polizeilich gemeldet?«
»Nein.«
»Wissen Sie denn nicht, daß jede Person, die sich länger als vierundzwanzig Stunden an einem Ort aufhält, anzumelden ist?«
»Doch, das weiß ich. Aber der Doktor schläft nur gelegentlich hier.«
»Welcher Doktor?«
»Jocó Gazsó, ein Freund des Paters, das heißt Gézas.«
»Und wo befindet sich jetzt dieser Géza Hertelendi?«
»Ich weiß es nicht. Mittags, als ich nach Hause kam, war er noch da mit den Jungs.«
»Mit wem?«
»Mit den Jungs ... Unseren gemeinsamen Bekannten.«
»Wer sind sie?« Sátori schaute Alánd forschend an.
»Ich habe nur den ›Schlagezu‹, den Laci Soó, gesehen. Ich habe nämlich zwölf Stunden gearbeitet, von abends zehn bis früh um zehn. Ich bin bei der Pumpstation in Dunakálasz beschäftigt. Heute ab Mitternacht habe ich wieder Dienst.«
»Wer waren die anderen?«

»Weiß ich nicht, bin nicht hineingegangen; der Pater rief mir zu ...« – »Wer ist Pater?«

»Na, Hertelendi.«

»Was hat er gerufen?«

»Daß ich sie nicht stören soll. Aber den Stimmen nach kam es mir vor, als hätte ich Ládi und Mikulka gehört, doch da bin ich mir nicht sicher.« – »Ziehen Sie sich an.«

Das ist also Alánd, der Theosoph, der morgen abend einen Vortrag halten will! Ein sonderbarer Kauz, dachte Sátori. Er flüsterte Csupati ins Ohr: »Während ich mich mit ihm unterhalte, durchsuche mit Kantor gründlich die Umgebung.«

Der vernachlässigte Turm, der verwilderte Garten schienen wirklich ein geeignetes Versteck zu sein. Geradezu 'ne Lasterhöhle, stellte Csupati fest.

Nachdem Alánd sich angezogen hatte, führte er Sátori in sein Zimmer. Dort hörte sich der Hauptmann mit wachsendem Interesse den ruhigen, eintönigen Bericht des Mannes an. Er war geneigt zu glauben, daß der Theosoph nicht wußte, wann sich seine Freunde aus dem Turm entfernt hatten. Sátori fragte ihn über die Gesellschaft aus, und er war erstaunt, wie genau und anschaulich dieser unbeholfen erscheinende Mann mit den struppigen Haaren die verschiedenen Personen beschreiben konnte.

Hertelendi, der Pater, wie seine Freunde ihn nannten, war sechs Monate lang Zögling des Priesterseminars in Esztergom gewesen; dann mußte er das Seminar verlassen, weil seine Leidenschaft für Frauen größer war als seine Liebe für den Priesterstand.

»Wie lernten Sie ihn kennen?« fragte Sátori, während er an einem primitiven Fernrohr am Fenster drehte.

»Bei Ica ...«

»Bei Ilona Szönyi?«

»Ja. Hertelendi klagte, er habe keine Wohnung. Ich bot ihm an, bei mir zu wohnen.«

»Arbeitet dieser ›Pater‹?«

»Er hat Malerarbeiten angenommen. Eine Zeitlang arbeitete

er mit dem Doktor zusammen. Manchmal habe ich ihnen auch geholfen.«

»Aha.« Sátori zeigte auf das Fernrohr: »Wo haben Sie das her?«

»Aus alten Fernrohren zusammengebaut. Damit beobachte ich die Sterne, vor allem die Venus. Manchmal liegt ein Schatten auf ihrer Oberfläche, dann sieht sie aus wie der Mond. In dieser Zeit beeinflußt sie auch den Weltgeist.«

»Soso.« Sátori blinzelte ironisch Alánd zu. »Was meinen Sie, werden Ihre Freunde zurückkommen?«

»Sicherlich. Wenn nicht heute, dann morgen. Möglich, daß sie Arbeit angenommen haben.«

»Hat er eine Geliebte?«

»Wer?«

»Hertelendi ...«

»Ja, ein wunderschönes Mädchen.«

»Wie heißt sie?«

»Lónyai oder Lontai, ja, ich glaube Maria Lontai. Gesehen habe ich sie nur einmal.«

»Alles, was Sie erzählt haben, müssen wir protokollieren. Es tut mir sehr leid, aber Sie müssen mit zum Präsidium kommen.«

»Um Mitternacht beginnt mein Dienst!«

»Bis dahin sind wir längst fertig, und ich verspreche Ihnen, Sie mit dem Wagen nach Dunakálasz fahren zu lassen.«

Alánd widersetzte sich nicht. Mit der Gleichmütigkeit eines Fatalisten folgte er Sátori. Er äußerte sich auch nicht, als der Hauptmann anordnete, die Tür des Turmes nicht zuzuschließen.

»Heute nacht halten meine Leute hier Wache.«

»Es gibt nichts mitzunehmen. Nur mein Fernrohr würde mich dauern«, bemerkte Alánd resigniert.

Csupati hatte mit Kantor das Gelände ohne Erfolg durchforscht. Doch das schien Sátori im Augenblick nicht zu stören.

Im Präsidium warteten bereits Káldi und Kuti auf Sátori. Die beiden jungen Kriminalisten berichteten abwechselnd.

»Ich habe László Kárpát befragt«, sagte Káldi. »Er hat eine Nachricht des Intarsienmädchens zum Pognány-Turm gebracht, an einen ›Pater‹.«

»Mit dem Mädchen haben Sie nicht gesprochen?«

»Es ist verschwunden.«

»Wieso?«

»Es ist nicht nach Hause gekommen.«

Kuti warf ein, daß auch zum telefonisch vereinbarten Stelldichein im Espresso ›Tómalom‹ kein Mädchen erschienen sei.

»Das ist tatsächlich interessant«, meinte Sátori. »Mit wem hat sich denn der Fahrer getroffen?«

»Als wir ins Espresso kamen, stand ein junger Mann von Gazsós Tisch auf und entfernte sich«, antwortete Kuti. »Gazsó blieb noch eine Stunde dort.«

»Das konnte auch bewußte Irreführung sein.«

»Aber danach ging er heim. Seine Wohnung wird beobachtet.«

»Man ist uns zuvorgekommen«, brummte Sátori. »Überprüfen Sie noch einmal Ilona Szönyis Wohnung, und treiben Sie sämtliche Mitglieder der Gesellschaft auf.«

Gegen einundzwanzig Uhr meldete Kuti, daß sich Gazsó von zu Hause entfernt habe. Zwei Mann folgten ihm abwechselnd.

»Wo befindet er sich im Augenblick?«

»Er wartet an einer Bushaltestelle in Buda.«

»Man darf ihn nicht aus den Augen verlieren.«

Um dreiviertel zehn erhielt Sátori die nächste Meldung. Gazsó war an der Kirche von Ujlak aus dem Bus gestiegen, und der Kriminalist, der ihm folgte, hatte gesehen, daß er in Richtung Hármashatár-Berg zur Endstation der Bergbahn gegangen war.. Eine weitere Beobachtung war nur mit einem Auto möglich.

Verärgert legte Sátori den Hörer auf die Gabel. Gleich darauf klingelte es wieder, und Sátori erhielt die Meldung der Inspektion des dritten Bezirks, daß im Krankenhaus in Felhéviz, Pavillon C, Erdgeschoß, Nummer 17, eine Frau ermordet worden sei. Maria Lontai. Man habe bei ihr eine Menge Banknoten gefunden.

Sátori fuhr zusammen. »Wie sagten Sie? Maria Lontai? Banknoten? Was für Banknoten?«

»Hundertforintscheine.«

»Danke«, sagte Sátori heiser. »Ich komme.« Für die Aufklärung dieses Falles braucht man keine neue Gruppe einzusetzen, überlegte er, der gehört in mein Ressort; ich bearbeite ihn bereits.

Innerhalb weniger Minuten hatte er seine Mitarbeiter alarmiert.

Zwanzig Minuten später, um halb elf Uhr, traf Sátori mit seiner Gruppe am Tatort ein. Vor dem Pavillon C stand ein Polizist, in einem Zimmer des Erdgeschosses waren bereits zwei Kriminalisten der zuständigen Inspektion tätig.

Der drei Meter breite und fünf Meter lange, einfach möblierte und mit Linoleum ausgelegte Raum wies Spuren eines heftigen Kampfes auf, umgestürzte Stühle, ein zerrissener Wandbehang, Blutspritzer. Das Opfer lag quer auf dem Bett. Zwischen Bett und Heizkörper stand eine karierte Einkaufstasche, prall gefüllt mit gebündelten Banknoten. Der Hauptmann betrachtete die hübsche junge Frau. Warum hatte sie sterben müssen? Wem war sie im Weg gewesen? Wenn es zutraf, daß sie identisch war mit jener Maria Lontai, von der Alánd gesagt hatte, sie sei Hertelendis Geliebte, lag die Vermutung nahe, daß die ganze illustre Gesellschaft, zu der auch der Kraftfahrer Gazsó gehörte, mit dem Geldraub zu tun hatte. Woher sonst sollte diese Menge von Banknoten stammen? Aber warum mußte das Mädchen dann sterben, fragte sich Sátori, warum ließ der Täter das Geld liegen?

Nach Meinung des Arztes war der Tod vor etwa anderthalb Stunden eingetreten. Das Opfer war durch drei Stiche getötet worden. Die Herztätigkeit erlosch unmittelbar nach dem Stich, der die Schlagader am Hals durchschnitt. Daher auch die vielen Blutspuren. Der Täter hatte ein außergewöhnlich scharfes

Werkzeug benutzt, vielleicht ein Skalpell. Endgültiges würde die Obduktion ergeben.

Sátori dankte dem Arzt und entließ ihn. Bevor er den Fotografen rief, sah er sich noch einmal im Raum um und prägte sich jede Einzelheit ein. In der Ecke, hinter einem zur Seite geschobenen Vorhang, befand sich ein Handwaschbecken. Es war trocken. Auf der kleinen Spiegelkonsole lagen verschiedene Toiletteartikel. Die Seife war auch trocken. Also hatte der Mörder nicht versucht, eventuelle Blutspuren abzuwaschen. Das Nachtschränkchen war geschlossen, ebenfalls der Kleiderschrank. Kratzer auf dem Linoleum deuteten darauf hin, daß der Tisch verrückt worden war. Der glänzende Fußboden wies Fußtapfen und Blutflecke auf. Ein Fensterflügel stand weit offen. Auf dem Fensterbrett sah man verwischte bräunliche Fußspuren.

Er mußt gestört worden sein, dachte Sátori, deshalb hat er das Geld zurückgelassen.

Der Fotograf und die Kriminaltechniker konnten nunmehr mit ihrer Arbeit beginnen. Auch Csupati und Kantor wurden in den Raum gelassen.

»Wo soll ich die Witterung aufnehmen lassen, Genosse Hauptmann?«

»Bei den Spuren auf dem Fensterbrett. Ich denke, hier kommen wir erst einmal weiter.«

Kantor stützte sich auf den Heizkörper. Einige Sekunden lang beschnupperte er den Sims, dann sprang er durch das offene Fenster. Csupati kletterte ihm nach.

Hauptmann Sátori begab sich auf den Flur, um den Mann zu vernehmen, der das Opfer entdeckt hatte.

Ein mittelgroßer, rothaariger Mann mit wäßrigen Augen lehnte an der Wand, sein blasses Gesicht war von einem struppigen Vollbart umrahmt.

»Wie heißen Sie?«

»Pál Paku, ich arbeite hier als Heizer.«

Während Sátori im Ausweis des Heizers blätterte, zerbrach er sich den Kopf, woher ihm der Name bekannt war. Paku,

Paku ... Zum Teufel auch! Dieser Paku gehörte doch zu dem Bekanntenkreis der Ilona Szönyi.

»Wo haben Sie sich in den letzten zwei Stunden aufgehalten?« Sátori blickte den Mann fest an.

»Bitte ergebenst, von Mittag an habe ich im Kesselhaus gearbeitet.«

Sátori fielen die zitternden Hände des Heizers auf. Sie waren zwar schmutzig, schienen aber keine Arbeitshände zu sein.

Der Heizer sah merkwürdig starr an Sátori vorbei ins Halbdunkel des Flurs.

»Sind Sie Rechtshänder?« fragte der Hauptmann. – »Ja.«

»Dann schlagen Sie den linken Jackenärmel hoch.«

»Dazu haben Sie kein Recht. Ich bin Zeuge«, protestierte Paku.

Ein menschliches Wrack bist du, wahrscheinlich rauschgiftsüchtig, dachte Sátori. Laut fuhr er fort: »Seit wann arbeiten Sie im Krankenhaus?«

»Seit ersten Januar. Ich habe nie unentschuldigt gefehlt. Den ganzen Winter durch habe ich täglich zwölf Stunden im Kesselhaus gearbeitet. Ich will meine Seele durch Arbeit heilen.«

»Ihren Händen sieht man die Arbeit nicht an. Wenn ich mir vorstelle, daß sie eine Kohlenschaufel ...«

Paku unterbrach ihn. »Bitte ergebenst. Wir haben Ölheizung. Und auf meine Hände muß ich besonders achtgeben.«

»Weshalb denn?«

»Ich bin Kunstmaler, doch in dieser barbarischen Welt, in der der Antichrist herrscht ...«

»Bleiben wir bei der Sache«, fiel ihm Sátori ungeduldig ins Wort. »Was suchten Sie gegen zehn Uhr abends in der Wohnung des Mädchens? War sie Ihre Geliebte?«

»Nein! Glauben Sie etwa, ein so schönes Mädchen wie diese Krankenschwester hätte einen wie mich geküßt?«

Sátori zuckte mit der Schulter.

»Für mich ist Maria eine Seelengefährtin gewesen. Wenn ich ein bißchen Freizeit hatte, malte ich im Garten. Manchmal kam sie zu mir, dann erklärte und erzählte ich ihr von der Verwandlung. Eins meiner Bilder habe ich ihr geschenkt. Dort oben auf dem Schrank liegt es. Anders hätte ich bei ihr gar keinen Eindruck gemacht. Der Herr Oberarzt ist sehr reich, aber auch sehr eifersüchtig; er hat mir vierhundert Forint versprochen, wenn ich ihm sage, wer der Pater ist, der Maria heiraten wollte ... Maria hat sich bei mir oft über den Herrn Oberarzt, der ihr nachstellte, beklagt.«

Ein Schnattermaul, dachte Sátori.

»Was haben Sie bei dem Mädchen gesucht?« wiederholte er seine Frage.

»Maria hatte gesagt, sie wüßte eine passendere Arbeit für mich. Nach Feierabend wollte sie mit mir darüber reden. Sie können sich ja nicht vorstellen, wie gräßlich die Arbeit im Kesselhaus ist. Darum kam ich hierher ... Auf mein Klopfen antwortete Maria nicht. Die Tür war nicht zugeschlossen. Ich knipste das Licht an. Auf dem Bett lag sie ... Und Blut ...« Paku schrie auf, verdeckte die Augen mit der Hand und begann hemmungslos zu weinen.

»Bringen Sie ihn zum Wagen«, sagte Sátori zu einem Polizisten. »Der Arzt soll ihm schnellstens ein stärkeres Beruhigungsmittel geben.«

In der Flurbiegung des Erdgeschosses tauchte Csupati auf. Um dem Hund Platz zu geben, drängte der Polizist den Heizer in die Nische zwischen zwei Schränken. Kantor hielt vor Paku so plötzlich an, daß Csupati mit dem Knie an das Hinterteil des Hundes stieß.

Kantor trat vor den struppigen Mann und umwitterte seine Füße. Dann knurrte er. Paku drückte sich mit dem Rücken an die Wand und starrte entsetzt auf den Hund.

»Wer ist das?« fragte Csupati und blieb ebenfalls vor Paku stehen.

»Der Heizer, er hat die Tote gefunden.«

»Ach so. Aufhören!« Csupati zog Kantor an der Leine. Nach dieser Aufforderung trottete der Hund weiter.

Der Polizist führte Paku hinaus.

»Genosse Hauptmann«, meldete Csupati, »von der Ecke des

Krankenhauses an der Donauseite führte mich Kantor zu einer Reifenspur.«

»Genosse Szánto, sind Sie fertig?« fragte Sátori den Fotografen.

»Ja.«

»Dann sichern Sie die Autospur. Genosse Obermeister führt Sie hin.«

Der Techniker richtete sich ebenfalls auf und verstaute seine Instrumente in der Tasche. »Ich bin fertig. Fuß- und Fingerspuren gibt es jede Menge. Morgen früh erhalten Sie die Analysen.«

»In Ordnung«, erklärte Sátori. »Sagen Sie draußen Bescheid, daß das Opfer fortgeschafft werden kann.«

Er warf einen Blick auf die Uhr. Es war eine halbe Stunde vor Mitternacht.

Während er auf Oberleutnant Káldi wartete, der Näheres über Maria Lontai, ihren Lebenslauf, die Verhältnisse, in denen sie gelebt hatte, und so weiter ermitteln sollte, hielt er in Gedanken die bisher bekannten Fakten fest und versuchte, sie in Zusammenhang zu bringen. Der Turm auf dem Arany-Berg. Die Erzählung des bärtigen, merkwürdigen kleinen Mannes. Der geheimnisvolle, spätabendliche Ausflug des Kraftfahrers in die Budaer Berge. Das Mädchen ..., das viele Geld ...

Oberleutnant Káldi hatte folgendes ermittelt:

Maria Lontai war mit einundzwanzig Jahren als Assistentin in das Krankenhaus von Felhéviz gekommen. Sie hatte in der gynäkologischen Abteilung des Oberarztes Várhelyi bereits von der ersten Minute ihres Erscheinens an Aufsehen erregt.

Die medizinische Fachschule hatte sie mit Auszeichnung absolviert, und nach dem Assistentenlehrgang hätte sie an der Universitätsklinik bleiben können, doch sie mochte Schwester Teréza nicht, die mit nonnenhafter Strenge der jungen Krankenschwester unaufhörlich puritanische Moralpredigen hielt, weil Maria von Männern umschwärmt wurde und weil sie sich in dieser Rolle wohl gefiel.

Maria Lontai stammte aus armen Verhältnissen und war

Halbwaise. Ursprünglich hatte sie Lehrerin werden wollen; doch dann meldete sie sich zur Aufnahme an einer medizinischen Fachschule.

»Hier im Krankenhaus war sie Assistentin des Oberarztes der Gynäkologischen Abteilung und seine Geliebte.«

»Wer sagt das?« fragte Sátori.

»Das weiß im Krankenhaus jeder«, antwortete Káldi ohne zu zögern.

»Wie heißt der Oberarzt?«

»Doktor József Várhelyi. Gestern begann sein Urlaub. Wie die Stationsschwester sagt, war er heute vormittag noch mal im Krankenhaus. Maria Lontai hatte ebenfalls Urlaub. Wie man sich erzählt, wollten beide, der Arzt und Maria, an die bulgarische Schwarzmeerküste fahren. Übrigens soll Várhelyi seiner Geliebten ein Haus gekauft haben.« Damit beendete Káldi seinen Bericht.

Sátori durchsuchte noch einmal den Schrank. Ausweise und andere Schriftstücke hatte er in der Nachttischlade gefunden. Jetzt zog er unter der Wäsche eine Handtasche hervor. Darin steckten ein Brief, ein abgegriffenes Gebetbuch, das Abiturzeugnis ...

»Nicht viel«, brummte Sátori, doch dann hellte sich seine Miene auf. Er hielt einen Kaufvertrag in der Hand. Vor wenigen Tagen erst hatte Dr. Várhelyi für Maria Lontai auf dem Rózsadomb, dem Rosenhügel, eine Villa gekauft. Damit war das Gerücht zur Gewißheit geworden.

»Oberleutnant Káldi! Lassen Sie sofort einen Funkspruch an sämtliche Grenzübergänge geben. Doktor József Várhelyi ist festzunehmen und unter Bewachung nach Budapest zu bringen.«

Sátori nahm die Tasche mit dem Geld an sich. »Kommen Sie«, sagte er zu Csupati, der mit Kantor an der Tür wartete. »Es gibt noch viel zu tun.«

Als der Obermeister die gebündelten Banknoten sah, rief er: »Schade, daß wir nicht auf Prozente arbeiten ...«

»Fahren Sie zur Szemléri Straße«, sagte Sátori und hob den Hörer des Funktelefons am Armaturenbrett ab. »Hallo, Duna zwei!« Sie brausten am Donauufer entlang in Richtung Ujlaker Kirche, als sich die Zentrale meldete. »Haben Sie schon irgendwelche Nachrichten über Doktor József Várhelyi?« fragte er.

Der Diensthabende teilte Sátori mit, daß in den vergangenen vierundzwanzig Stunden eine Person dieses Namens das Territorium des Landes legal nicht verlassen habe.

Es war bereits nach Mitternacht, als sie die Szemléri Straße erreichten. Die Gartenhäuser beiderseits der schmalen Talstraße erstreckten sich bis zum Waldrand. Das letzte Haus, vor dem eine Laterne stand, war vor nicht allzulanger Zeit noch ein Forsthaus gewesen.

»Genosse Hauptmann«, sagten die beiden Kriminalisten, die den Hauptmann dort erwarteten, »wir müssen uns entschuldigen. Gazsó ist uns entwischt. Als er hier anlangte, mußten wir etwas zurückbleiben, wenn wir nicht riskieren wollten, daß er uns entdeckt. Etwas zu spät bemerkten wir, daß von diesem Fußweg ein Mann auf ihn zutrat. Gazsó hakte sich bei ihm ein, und schon waren beide im Wald verschwunden. An der Stelle dort drüben.« Der schmächtigere der beiden Kriminalisten zeigte zum Walde hin.

»Das nützt uns viel!« meinte Sátori ärgerlich. »Hoffentlich haben Sie auch Gazsós Spuren hier unter der Lampe zertrampelt, damit man den Hund nicht einsetzen kann.«

»Nein, wir sind den beiden nachgelaufen, doch sie waren schnell verschwunden.«

Csupati steckte den Kopf durch das Autofenster. »Genosse Hauptmann, Telefon!«

Kuti meldete, daß Dr. Várhelyi am Grenzübergang bei Röszke aufgehalten und festgenommen worden sei, man könne ihn jedoch erst am Morgen nach Budapest überstellen. Bei der Durchsuchung habe man gebündelte Banknoten bei ihm gefunden.

»Danke. Veranlassen Sie, daß man auch das Auto in die Hauptstadt bringt.«

Sátori war zufrieden. Die südliche Grenzstation lag zweihundert Kilometer von Budapest entfernt. Ein Wagen mit leistungsstarkem Motor konnte diese Entfernung leicht in zweieinhalb Stunden zurücklegen. Also mußte der Oberarzt abends um einundzwanzig Uhr noch in der Hauptstadt gewesen sein.

»Haben sie ihn erwischt, den Herrn Doktor?« fragte Csupati.

»Ja.« Sátori nickte und reichte den Hörer zum Fenster hinein.

»Und jetzt?«

»Wir setzen Kantor an.«

»Und was soll mit deinem Hund werden?«

»Mit meinem Hund? Mit welchem Hund?«

»Na, mit Toncsi.«

»Toncsi? Wieso Toncsi?« fragte Sátori verständnislos.

»Du hast heute nachmittag gesagt, daß du ihn gern mal sehen möchtest. Da hatte ich ihn mitgenommen.«

»Bist du verrückt geworden?«

Der Fahrer kicherte.

»Aber ich sollte ihn doch . . .«

»Genosse Obermeister, Sie wußten, daß wir zu einem Tatort fahren!«

»Na ja, aber nun ist er hier.«

»Der Dackel bleibt im Wagen. Stehlt mir nicht die Zeit!« Mit diesen Worten schloß Sátori die Diskussion ab.

Csupati setzte Toncsi dem Fahrer auf den Schoß. »Ich hoffe, daß er von dir keine Flöhe bekommt. Tjutju«, sagte er mahnend zu Kantor, »Toncsi bleibt da«, und er gab seinem Hund einen freundlichen Klaps. »Komm, mein Lieber, such Spur!«

»Können wir anfangen?« fragte Sátori leise, nachdem Csupati aus dem Wagen gestiegen war. »Wenn es Kantor nicht gelingt, auf Gazsós Spur zu stoßen, dann müssen wir beträchtliche Polizeikräfte zusammenziehen, um den Wald durchzukämmen.«

Csupati verzog die Nase, und mit einer schnellen Bewegung

warf er sich die Patrouillentasche auf den Rücken. »Irgendeinen Ansatzpunkt werden wir schon finden.«

Am Lampenmast, an dem Gazsó gestanden hatte, wies Csupati auf einen verschwommenen Absatzeindruck.

»Such Spur!« ermunterte er seinen Hund und gab damit Kantor das Gelände frei.

Sátori trat ebenfalls zurück. Um ihn herum, in den Villen am grünen Hügelhang, herrschten Stille, Frieden und Beschaulichkeit.

Erst trottete Kantor zu den beiden Kriminalisten, die vor dem Auto standen. Er witterte an ihnen und kehrte dann wieder zum Lichtmast zurück.

»Such Spur!« trieb ihn sein Herr an. »Gauner, Gauner!« Der Befehl war scharf und eindringlich. Kantor witterte am Mast, drehte den Kopf und zog dann über die Straße.

»Die beiden sind aber nicht in diese Richtung abgehauen, sondern zum Wald hin«, bemerkte der schmächtige Kriminalist.

»Wenn ich mich recht entsinne, haben Sie gesagt, daß der Fremde von dort gekommen ist«, antwortete Sátori.

»Das stimmt auch, ein großer Mann. Etwa dort, wo jetzt der Hund läuft, an der Ecke des gegenüberliegenden Grundstücks tauchte er auf.«

»Dann holt die Taschenlampen aus dem Wagen und los, dem Hund hinterher«, wies Sátori seine Leute an.

Dem Fahrer gab er Befehl zu warten, und einen der UKW-Sender sollte er auf Kanal II abstimmen. Mit seinem Funksprechgerät würde er sich bald melden.

Als Kantor von der Straße auf den schmalen Fußweg abbog, überkam Sátori ein Gefühl der Sicherheit. Seine Bedenken schwanden, ob sein vierbeiniger Mitarbeiter in der Großstadt, wo sich Tausende Gerüche vermischten, mit Erfolg eingesetzt werden könnte. Wie schnell konnte er auch bei der Vielzahl der Verkehrsmittel eine Spur verlieren. Hier jedoch, auf diesem Gelände, war Kantor erprobt, hier konnte man sich auf seinen Spürsinn verlassen.

Der Weg führte auf einen Waldpfad, der nach rechts verlief, um ein strauchbewachsenes Grundstück herum, und nach Sátoris Einschätzung wieder auf die Szemléri Straße stieß.

»Bleib stehen«, bat er Csupati.

Auf dessen Zeichen blieb Kantor stehen und sah seinen Herrn an, als wollte er andeuten, daß sein Herr die Leine abnehmen könnte. Durch das Funkgerät gab Sátori dem Kraftfahrer seinen Standort bekannt und wies ihn an hierherzukommen.

Als der Wagen Sátori erreicht hatte, befahl der Hauptmann dem Fahrer, die Scheinwerfer auszuschalten und langsam hinter ihnen herzufahren.

»Weiter«, sagte er zu Csupati.

Der Obermeister machte Kantor von der Leine los. »Such Spur, Kantor, such Spur!«

Bereitwillig nahm Kantor erneut die Spur auf und ging auf einem Waldweg, der in die Berge führte, vorwärts. Das Auto folgte im Schrittempo. Nach mehreren hundert Metern bog Kantor in eine mit Strauchwerk bewachsene schmale Felsschlucht ein, deren fast senkrechte Wände von dichtem Laubwerk überdacht wurden. Csupati stolperte zwischen den mit Regenwasser gefüllten Fahrspuren und knipste seine Lampe an.

»Wie sehr sich doch die Landschaft plötzlich verändert hat«, meinte Sátori. Er blickte zurück und bemerkte, daß der Wagen vor dem Hohlweg stand. Durch Funk wies er an, daß er dort bleiben sollte. »Leuchten Sie uns kurz die Gegend ab«, befahl er. Das weiße Scheinwerferlicht hinter ihm warf lange Schatten auf den Weg. Rötliche Streifen zogen sich in Parallelen durch das gelbe Felsgestein. Unvorstellbar, daß diese unberührte Landschaft so nahe der Hauptstadt lag. Für einen Augenblick vergaß Sátori seinen gefahrvollen Auftrag und ließ sich von der romantischen Schönheit der Natur gefangennehmen.

Csupatis Pfiff schreckte ihn auf.

Kantor wartete am Rande einer grauen Felsplatte. Csupati beleuchtete sie mit seiner Lampe. Zwischen Wand und Platte entdeckte er einen Spalt.

»Was sagen Sie dazu, Genosse Hauptmann?« fragte er.

»Was soll ich sagen: Pistole ’raus! Kommen Sie denn da durch?«

Kantor knurrte leise und ungeduldig.

»Nur vorsichtig«, flüsterte Csupati Kantor ins Ohr und stieß den Hund mit dem Knie sanft ins Hinterteil. Kantor trottete weiter, und auch Csupati preßte sich durch die enge Öffnung. Zum Glück wurde der Spalt nach einigen Schritten breiter. Csupati schien in eine Höhle geraten zu sein.

»Sie können kommen!« rief er zurück zu Sátori und klopfte sich den Uniformrock ab.

Kantor witterte zwischen den Steinblöcken und lief unruhig hin und her. Plötzlich blieb er stehen und gab Laut.

»Was habt ihr gefunden?« fragte Sátori, als er die beiden eingeholt hatte.

Csupati kauerte auf zerwühlter Erde vor einer Holzkiste. »Mir scheint«, sagte er, »das ist die Kiste, die man aus dem Postauto entwendet hat.«

Diese Feststellung bedurfte keines besonderen Scharfsinns. Auf dem aufgebrochenen Kistendeckel war gut leserlich das Zeichen der Ungarischen Nationalbank zu sehen.

»Verdammt, sie ist leer.« Csupati erhob sich enttäuscht. Er ließ den Lichtkegel seiner Lampe kreisen. Plötzlich hielt er inne. »Schau an, ein Damenschuhabsatz ...«

Sátori hatte mit manchem gerechnet, aber daß sie in einer Höhle landen würden, überraschte ihn doch. Schnell schätzte er ihre neue Lage ein und setzte sich über Funk mit dem Fahrer in Verbindung. »Geben Sie die Meldung weiter und fordern Sie Verstärkung an. Schnellstens!«

»Genosse Hauptmann«, sagte Csupati, »wenn sich die Täter hier verbergen, dann ist Kantor der beste Höhlenfachmann; er würde nicht nur die Kerle stellen, sondern auch aus dem tiefsten Innern der Höhle zurückfinden.«

Sátori überlegte, ob sie weitergehen oder an Ort und Stelle auf die Verstärkung warten sollten. Kantor enthob ihn einer Entscheidung. Er sprang um einen Felsblock herum und blaffte. Csupati folgte ihm. Im Lichtkegel erkannte er auf der lehmigen Erde deutliche Fußabdrücke.

»Genosse Hauptmann, hierher.«

Kantor spitzte die Ohren. Aus der sich im Dunkel verlierenden Tiefe der Höhle wehte ein kühler Luftzug.

»Eine Höhle haben wir in unserer Dienstzeit bisher noch nicht entdeckt«, brummte Sátori.

»Mir kann sie gestohlen bleiben«, meinte Csupati, während er vorsichtig den ziemlich glitschigen, abschüssigen Boden abtastete.

Das Geräusch ihrer Schritte löste ein Echo aus, das vor ihnen herzulaufen schien.

Dem Hauptmann wurde plötzlich bewußt, daß sie der Jagdleidenschaft eines Hundes wegen etwas unternahmen, wozu sie nicht verpflichtet waren. Sie hätten vor der Höhle auf die Verstärkung warten sollen, die eine entsprechende Schutzausrüstung mitbringen würde. Sie selbst verfügten weder über ausreichende Beleuchtung und schon gar nicht über Sturzhelme und Seile ...

Er wollte gerade den Befehl zur Umkehr geben, als Kantor den Eingang zu einem wesentlich größeren Raum als den vorhergehenden erreichte.

Irgendwo plätscherte Wasser.

Als Csupati in den Raum hineinleuchtete, sah er einen Bach. Klares Wasser rieselte durch ein steilwandiges Felsbett. Im Lampenschein schillerten von der Decke herabhängende Tropfsteine.

Kantor blickte in das Wasser. Csupati kniete neben seinem Hund und erschrak. Unter ihm, halb im Wasser versunken, lagen zwei Männer.

»Da sind sie!« entfuhr es ihm. Er blickte sich suchend um, ob es eine Möglichkeit gab, sich vom steilen Ufer hinunterzulassen.

Eine Weile stand Kantor steif wie eine Statue und lauschte in das unterschiedliche Rauschen der Höhle. Etwas beunruhigte ihn offenbar. Dann lief er umher, bis er eine Art Treppe fand.

»Vielleicht leben sie noch«, murmelte Csupati.

»Wie wollen wir sie heraufbringen?« fragte der Hauptmann.

Csupati antwortete nicht, sondern kletterte vorsichtig hinunter, wobei er sich gegen die kahlen Felswände stützte.

Der Hund beobachtete regungslos seinen Herrn; da er jedoch kein Zeichen bekam, folgte er ihm nicht.

Bis zu den Waden im Wasser, watete Csupati zu der Stelle, wo die beiden Männer lagen.

Csupati hob einen auf. »Der lebt noch!«

Mit unendlicher Mühe und Kraftanstrengung trug er den Bewußtlosen bis zu den Steinstufen und legte ihn darauf. Dann ging er zurück. Als er den Körper des zweiten Mannes aufhob, fiel dessen Kopf zurück.

»Dem ist nicht mehr zu helfen«, sagte Csupati.

»Lassen Sie ihn liegen. Die Genossen, die zur Verstärkung kommen, werden ihn herausholen. Wir müssen uns um den anderen kümmern.«

»Sofort. Ich sehe nur nach, ob dieser hier Papiere bei sich hat«, erwiderte Csupati. Er fand einen Ausweis und steckte ihn in die Tasche. Dann ging er zu der Naturtreppe zurück.

Gemeinsam schafften er und der Hauptmann den Bewußtlosen die Stufen hinauf. Von ihm konnten sie etwas erfahren.

Aus seinen Taschen zogen sie einige durchnäßte Papiere, einen Ausweis und ein paar Hunderforintscheine. Sátori entzifferte die Eintragungen im Personalausweis. »Lajos Ládi ... Ládi? Das ist doch der ›Herr Professor‹!«

Im Ausweis des Toten stand der Name Peter Mikulka, und als Beruf war Fotografengehilfe eingetragen.

»Es ist besser, wir warten jetzt auf die Verstärkung«, erklärte Sátori.

Csupati nickte und sah sich nach Kantor um. Er war nirgends zu sehen. »Tjutju!«

»Uuuuu«, schallte das Echo.

»Wo bist du?«

Csupati horchte, doch eine Antwort kam nicht. Unruhig blickte er zu Sátori.

»Möglich, daß er hinausgegangen ist... Schau doch einmal nach. Vielleicht hat er eine weitere Spur gefunden?«

Beunruhigt lief Csupati zurück zum Eingang, preßte sich durch den Spalt und rannte fast zu dem Wagen und fragte den Fahrer, ob er Kantor gesehen hätte.

»Er ist doch mit Ihnen hineingegangen.«

»Ja, aber nun ist er verschwunden. Haben Sie ihn herauskommen sehen?« Der Fahrer verneinte.

Der Schweiß trat Csupati auf die Stirn. Er hielt es für ausgeschlossen, daß ein so disziplinierter Hund wie Kantor ohne Befehl seinen Herrn verließ. Vergebens zerbrach er sich den Kopf; er konnte sich nicht entsinnen, dem Hund einen weiteren Auftrag gegeben zu haben. Da kam ihm plötzlich der Dackel in den Sinn. Er überlegte nicht lange. »Gib schnell den Dackel her«, sagte er ungeduldig zu dem Fahrer. Er war in großer Eile.

Csupati griff durch das Fenster, hob Toncsi hoch und eilte zurück zu Sátori.

»Was soll uns der Dackel?« fragte der Hauptmann verständnislos.

»Er soll uns helfen, Kantor zu finden.«

»Haben Sie ihn denn nicht gefunden?«

»Nein, Kantor ist verschwunden, wahrscheinlich ist ihm etwas zugestoßen.«

»Was soll ihm denn zugestoßen sein? Ein Hund spürt eher eine Gefahr als der Mensch. Das müßten Sie als Hundeführer doch wissen.«

»Schon, schon. Jedenfalls meldet er sich nicht auf meinen Ruf. Helfen kann jetzt nur Toncsi.«

Sátori zweifelte am Erfolg dieses Einsatzes, doch er widersetzte sich nicht. In der Nähe einer der Höhlenöffnungen, auf dem feuchten, lehmigen Boden, entdeckte Csupati die Spuren seines Hundes. Das sollte der Ausgangspunkt für den Dackel sein. Er drückte die Nase des kleinen Hundes auf die Fährte

Kantors und spornte Toncsi an: »Such Spur! Such Kantor ... Hörst du?«

Der Dackel wedelte zunächst mit dem Schwanz, beschnupperte Kantors Spur, schnappte spielerisch nach Csupatis Hand. Endlich schien er zu begreifen, was sein Herr von ihm wollte.

Gerade traf die Verstärkung ein, da lief der Dackel los, auf einen Gang zu, den sie bisher nicht entdeckt hatten. Plötzlich hielt der Obermeister den Dackel zurück und rief seinen Vorgesetzten. Auf dem Erdboden zeichnete sich das Profil einer Schuhsohle ab.

Sátori betrachtete die neue Spur nachdenklich.

»Mindestens Größe fünfundvierzig«, schätzte Csupati.

Der Dackel wurde immer unruhiger. Er zerrte an der Leine, und als Csupati ihn weitergehen ließ, rannte er schnell in den anderthalb Meter hohen, dunklen Gang hinein.

Kantor hatte tatsächlich erneut Witterung genommen und war außerhalb des Lichtkreises der Lampen geraten. Die Dunkelheit störte ihn jedoch nicht. Er »sah« besser mit der Nase als jeder Zweibeiner am hellichten Tag mit den Augen. Der Spur folgend, lief er durch einen niedrigen Stollen, der ins Freie führte, auf einen schmalen abschüssigen Felsenpfad. Plötzlich rollte ein Stein in die Tiefe. Das polternde, widerhallende Geräusch veranlaßte Kantor stehenzubleiben. Er warf den Kopf hoch. Weit über ihm blinkte mattes Licht. Da hörte er menschliche Stimmen. Kantor sprang instinktiv zur Seite und schlug mit der Schulter gegen die Wand. Irgendwo löste sich ein Felsblock, rollte mit Getöse den Pfad hinunter und traf den Hund so unglücklich am Kopf, daß der jaulend zusammensackte ...

»Tjutju«, flüsterte jemand besorgt, »mein Goldstück ...«

Als Kantor die Stimme seines Herrn vernahm, hob er schwerfällig den Kopf.

»Er lebt!« rief Csupati beglückt und umarmte liebevoll seinen Hund.

Kantor stellte sich auf seine vier Beine, ein wenig tapsig noch, schüttelte sich und blickte seinen Herrn an.

Nachdem sich Csupati überzeugt hatte, daß Kantor nicht verletzt war, nahm er den Dackel auf den Arm, streichelte ihn liebevoll, lobte seine Klugheit und drückte ihm einen schallenden Kuß auf den Kopf.

»Können wir weitermachen?« fragte Sátori, der hinzugekommen war.

»Ich glaube schon. Wir gehen weiter«, sagte Csupati zu Kantor. »Aber keinerlei Eigenmächtigkeiten mehr!«

Nach einigen Schritten führte der Felsweg senkrecht nach oben. Kantor kletterte auf das schmale Plateau hinauf, das sich über ihren Köpfen erstreckte, und folgte einer Spur zwischen den Felsen aufwärts.

Sátori und Csupati beleuchteten Kantors Weg mit ihren Taschenlampen.

»Wir machen uns selbst zur Zielscheibe«, flüsterte Csupati. »Stehen hier auf dem Plateau, das Licht verrät uns, während sich der Täter hinter irgendeinem Felsen versteckt hat.«

»Ich glaube nicht, daß er eine Waffe besitzt, sonst hätte er sie schon benutzt.«

»Möglich, aber nicht sicher«, entgegnete Csupati, der Kantor nicht aus den Augen ließ.

Der Hund stieg weiter aufwärts.

»Wie eine Gemse«, meinte Sátori.

Ich müßte ihm nachklettern, überlegte Csupati, als Kantor hinter einem Felsen verschwand. Gleich darauf schlug der Hund an, Steine prasselten herunter, und ein Mensch schrie mit Verzweiflung in der Stimme: »Pater.«

»Warten Sie, allein lasse ich Sie nicht hinauf«, sagte Sátori zum Obermeister, der im Begriff war, Kantor nachzuklettern. Er beorderte die Genossen, die zur Verstärkung gekommen waren, sich anzuseilen und den Mann, der den Schrei ausgestoßen hatte und von Kantor bewacht wurde, herunterzuholen und in die Höhle zu bringen.

Es war ein schwieriges Unternehmen, und die Polizisten

bedurften großer Geschicklichkeit, den Weg zu gehen, den Kantor leichtfüßig gelaufen war. Der Abstieg gestaltete sich noch schwieriger, denn der Mann, den sie trugen, war bewußtlos. Ob er verletzt war oder nur aus Angst vor dem Hund das Bewußtsein verloren hatte, mußte erst festgestellt werden.

»Das ist doch Soó, der Schlagezu«, hörte Csupati, der mit Kantor als letzter zurück in die Höhle kam. »Wie kommt er hierher? Sein Augenlicht ist so schlecht, daß er bei Tageslicht Schwierigkeiten hat. In der Finsternis findet er sich überhaupt nicht zurecht.«

»Vielleicht hat ihn jemand geführt?«

Kantor und Toncsi bellten fast gleichzeitig.

»Was ist?« fragte Sátori.

»Hierher, hierher!« Csupati richtete den Schein seiner Lampe in einen Felsspalt.

Der Dackel zerrte vergeblich an irgendeinem Gegenstand. Csupati kam ihm zu Hilfe und zog eine große Ledertasche hervor.

»Kein schlechter Fund«, meinte Sátori. »Auf Fingerabdrücke untersuchen und Inhalt feststellen.« Dann blätterte er in dem Ausweis, der in der Jackentasche von Soó gefunden worden war. »Es ist Soó, der Exboxweltmeister. Warum hat er nach Pater geschrien? Hat der ihn hergeführt?«

Csupati horchte auf. »Pater? Ist das nicht der Spitzname von Hertelendi?«

Sátori nickte und rief laut: »Hertelendi!« Nur das Echo antwortete ihm. »Kommen Sie hervor! Sie haben das Spiel verloren!«

Csupati beobachtete Kantor, der, mit der Nase am Boden hin und her lief. Vor einem Kamin machte er halt, hob den Kopf und knurrte.

»Was ist, Tjutju?« Der Hundeführer ging zu ihm und blickte die steilen Felswände hoch. Wenige Meter über ihm hing ein Mann. Mit Händen und Füßen stemmte er sich gegen die Wände.

»Machen Sie keinen Mist! Kommen Sie herunter! Oder soll

ich den Hund auf Sie hetzen oder schießen? Na los, kommen Sie schon!«

Der Mann sah wohl ein, daß es keinen Zweck hatte, sich der Aufforderung zu widersetzen. Langsam ließ er sich hinunter.

»Das ist ja Gazsó, der Postfahrer«, rief der Hauptmann fast erfreut. »Legt ihm Handschellen an.«

»Er hat ein Messer bei sich«, sagte Csupati, der ihn durchsuchte. »Hoppla! Und da ist viel, viel Geld ...«

»Das Geld laßt stecken. Geben Sie mir seinen Personalausweis.«

Kantor war immer noch erregt.

»Wohin willst du denn jetzt?« rief ihm Csupati zu.

Kantor stand wieder vor dem Kamin und bellte.

»Ist da noch einer drin?« fragte Sátori den Festgenommenen.

»Ja.«

»Der Pater?«

»Ja.«

»Da sind wir ja alle beieinander. Rufen Sie ihm hinauf, daß es besser ist, wenn er freiwillig herunterklettert, denn Kantor ist manchmal ein bißchen taktlos.«

Gazsó rief Hertelendi mit zitternder Stimme.

»Kommen Sie getrost herunter«, sagte Sátori. »Der Hund tut Ihnen nichts, wenn Sie sich meinen Anweisungen fügen.«

»Kantor, zu mir!« befahl Csupati. Kantor wedelte mit dem buschigen Schwanz, setzte sich neben seinen Herrn und blieb in der sprungbereiten Stellung, bis der Pater aus dem Kamin auftauchte und sich widerstandslos die Handschellen anlegen ließ. Da erst beruhigte sich der Hund, streckte sich auf den Bauch und legte den Kopf auf die Vorderläufe.

Sátori ordnete die Beendigung der Aktion an.

Auf dem Schreibtisch von Hauptmann Sátori türmten sich Akten und Vernehmungsprotokolle. In einigen Punkten stimmten die Aussagen überein, in anderen widersprachen sie sich. Vor Sátori lag die schwierige Aufgabe, das Knäuel zu entwirren und einwandfrei zu klären, welche Rolle jeder der Verdächtigen gespielt hatte.

Als erster gab Gazsó auf. Bei seiner erneuten Vernehmung gestand er, daß Soó, Ládi, Mikulka und Hertelendi das Postauto überfallen hatten. Hertelendi hatte die Aktion geplant. Gazsós Aufgabe war es, zur gegebenen Zeit seine Kumpane zu benachrichtigen, wann er starten und auf welcher Strecke er fahren würde. Der Überfall im Tunnel war so geschehen, wie er es gleich nach der Tat zu Protokoll gegeben hatte.

Es war also richtig, daß man ihn laufenließ, überlegte Sátori, auf diese Weise führte er uns zu den anderen.

Gazsó und Hertelendi hatten sich im Gefängnis von Vác kennengelernt, wo beide wegen Betruges einsaßen. Nach der Haftentlassung hatte Gazsó seinen neuen Freund mit Ilona Szönyi bekannt gemacht. Seitdem gehörte Hertelendi zum Kreis des »Intarsienmädchens«.

Der Plan, das Postauto auszurauben, stammte von Hertelendi. Wie Gazsó berichtete, war darüber das erste Mal gesprochen worden, nachdem sich der »Pater« in ein Mädchen verliebt hatte, in Maria Lontai.

Gazsós Geständnis wurde durch Ládis Aussage bestätigt. Auch behaupteten beide übereinstimmend, daß die geraubte Kiste mit dem Opel in die von Hertelendi schon früher entdeckte Höhle gebracht wurde. Die Beute sollte nach vier Tagen aufgeteilt werden. Als sie jedoch dorthin kamen, stellten sie fest, daß vor ihnen ein anderer die Kiste aufgebrochen hatte. Das Geld war weg. Hertelendi verdächtigte sogleich Mikulka. Der Fotografengehilfe hatte den Auftrag gehabt, den gestohlenen Opel auf die Autobahn zu fahren und dort stehenzulassen. Er war jedoch sehr spät, erst nach anderthalb Stunden, zu seinen Freunden zurückgekehrt, die im Pogány-Turm auf ihn gewartet hatten. Zu dieser Zeit, so hatte Hertelendi geschlußfolgert, wäre Mikulka noch einmal zur Höhle gefahren und hätte sich das Geld geholt. Da Mikulka die Tat bestritt, geriet Hertelendi so in Wut, daß er auf den schmächtigen Mann einschlug. Ládi wollte Mikulka beistehen. Doch als Soó nun ebenfalls zu schlagen begann, flüchteten beide. Sie fürchteten sich vor dem »Schlagezu«. Er verfolgte sie bis an den Bach, schlug erst Mikulka nieder, dann Ládi ... Kaum zwei Stunden später hatte Kantor sie im Bachbett aufgespürt.

Sátori las die Geständnisse wieder und wieder, als wollte er sie auswendig lernen. Dann beschäftigte er sich noch einmal eingehend mit der Analyse.

Es bestand kein Zweifel, daß auch Hertelendi im Zimmer der ermordeten Maria Lontai gewesen war. Wenn er ihr Geliebter war, muß das nicht am Tattag gewesen sein, überlegte Sátori, Hertelendi hätte aber ein Tatmotiv: Eifersucht.

Er befahl, den Festgenommenen vorzuführen.

Unterleutnant Kuti, der Hertelendi bereits vernommen hatte, betrat hinter ihm das Zimmer und deutete dem Hauptmann mit einem Achselzucken an, daß das Verhör nichts erbracht hatte.

»Setzen Sie sich«, sagte Sátori zu Hertelendi und wies auf einen Stuhl. »Warum haben Sie Maria Lontai umgebracht?«

»Was ... Was soll ich getan haben?« Hertelendi erblaßte und wollte aufspringen, doch Kuti, der hinter ihm stand, drückte ihn nieder.

»Ich denke, Sie wissen, wessen wir Sie verdächtigen«, bemerkte Sátori betont ruhig.

»Ja ... Nein ... Das heißt ...«

»Wo waren Sie am Abend, als Maria Lontai ermordet wurde, gegen einundzwanzig Uhr?«

»Ich weiß es nicht.«

»Ich werde Ihrem Gedächtnis nachhelfen. Sie waren bei Maria Lontai. Wir fanden Ihre Fingerabdrücke im Zimmer. Hier, überzeugen Sie sich.«

»Ich soll Maria ermordet haben? Ich?« Die Stimme versagte ihm. »Ich habe es nicht getan.«

»Ein offenes Geständnis betrachtet das Gericht als mildernden Umstand, und den hätten Sie bitter nötig ...«

»Ich habe sie nicht getötet.«

»Dann erzählen Sie, wo Sie zur fraglichen Zeit gewesen sind und wer das bezeugen kann.«

Hertelendi schwieg.

»Sie wollen es nicht sagen? Auch gut. Dann werde ich es Ihnen sagen ...«

»Ich habe Maria nicht getötet.«

»Das werden wir herausfinden. Erst einmal stehen Sie unter dem Verdacht. Tun Sie doch nicht so, als wüßten Sie das nicht; schließlich hat man Sie bereits vernommen.«

»Aber nicht wegen Marias Ermordung.«

»Sondern?«

»Wegen der Ausraubung eines Autos.«

Sátori blickte mit gespielter Mißbilligung zu Kuti. »Lassen wir doch diese Raubgeschichte. Sie ist eine Bagatelle im Vergleich zu dem Mord. Ich sage Ihnen jetzt, wie es gewesen ist. Sie dürfen mich berichtigen, wenn etwas nicht stimmt ...

Sie riefen vormittags um halb elf in der gynäkologischen Abteilung des Krankenhauses in Felhéviz an und verlangten Maria Lontai zu sprechen. Man antwortete Ihnen, sie sei in Urlaub. Da Maria Ihnen nichts von Urlaubsplänen gesagt hatte, beschlossen Sie, zu ihr zu gehen. Das Zimmer war verschlossen. Gegen drei Uhr telefonierten Sie mit Ilona Szönyi und baten sie, Gazsó für vier Uhr in das Lokal Tómalom zu bestellen. Ihr Freund kam pünktlich. Sie auch. Mit ihm vereinbarten Sie, sich abends um zweiundzwanzig Uhr erneut zu treffen. Danach lungerten Sie bis zum Abend vor dem Krankenhaus herum. Dann sahen Sie Maria aus einem Auto steigen. Sie liefen ihr nach, drangen in ihr Zimmer ein, und dann ...«, Sátori deutete mit einer Handbewegung einen Stich an.

Hertelendi biß sich nervös auf die Lippen.

»Das Motiv ist klar: Eifersucht.«

»Es ist nicht wahr!« rief Hertelendi. »Ich liebte Maria!«

»Genau das sagte ich ja. Die Eifersucht hatte Sie gepackt. Und als Sie auch noch die Tasche voll Geld erblickten, glaubten Sie, das Mädchen hätte mit einem ihrer Bandenmitglieder gemeinsame Sache gemacht und die Beute geplündert. Daß Sie nun in rasende Wut gerieten, Hertelendi, ist bis zum gewissen Grad verständlich. Das Mädchen, das Sie so sehr liebten, dem Sie völlig vertrauten, dem zuliebe Sie den Raub ausklügelten und ausführten, hatte Sie betrogen, hatte Sie hereingelegt.«

Hertelendi starrte den Hauptmann an. »Von welchem Geld sprechen Sie? Ich habe keine Tasche mit Geld gesehen.«

»Kommt Ihnen diese Tasche nicht bekannt vor?« Sátori öffnete den Panzerschrank. »Bitte. Betrachten Sie sie genau.«

Hertelendis Augen weiteten sich.

»In der Höhle haben Sie dann mit Mikulka abgerechnet, den Sie verdächtigten«, fuhr Sátori fort.

Hertelendi stöhnte auf. »Wenn ich ... Ihnen aufrichtig ... alles erzähle, glauben Sie mir dann, daß ich ... Maria nicht umgebracht habe?«

»Wenn Sie wirklich die Wahrheit sagen ...«

»Ich habe Maria tatsächlich den ganzen Tag gesucht. Ich war auch gegen einundzwanzig Uhr in ihrem Zimmer; die Tür war nicht verschlossen gewesen. Doch da war es bereits zu spät. Dieser Strolch ... Durch das Fenster ist er geflohen ... Ich wollte ihn erwischen, bin ihm nachgerannt.«

Eine Stunde lang diktierte Hertelendi seine Aussage dem Protokollanten.

Oberarzt Várhelyi trat lässig und etwas gebeugt ins Zimmer. Gesenkten Kopfes ging er zum Schreibtisch. Vor Sátori blieb er stehen, reckte sich auf und rief wütend: »Ich protestiere! Was erlauben Sie sich? Dafür werden Sie sich verantworten müssen!«

Schrei nur, dachte Sátori, mit dem Gebrüll willst du nur deine Angst verdecken.

»Wissen Sie denn nicht, wer ich bin?« Várhelyis Stimme überschlug sich fast.

»Gewiß.« Sátori nickte und erwiderte ruhig: »Doktor József Várhelyi, Oberarzt am Krankenhaus in Felhéviz ... Verheiratet, kinderlos. Sie wohnen im Stadtbezirk Zugló und besitzen auf dem Rózsadomb eine Villa, die Sie für Ihre Geliebte gekauft haben, für Maria Lontai. Vor vier Tagen wurde das Mädchen ermordet, mit einem Skalpell. Drei Stiche genau ins Herz ... Das war sie doch?« Mit einer jähen Bewegung hielt Sátori dem Oberarzt ein Bild vor und blickte ihn gespannt an.

»Nein!« Várhelyi wandte sich ab und bedeckte die Augen mit den Händen. »Kann ich ein Glas Wasser bekommen?«

Sátori wartete, bis der Polizist ein Glas Wasser brachte, das Várhelyi mit zitternder Hand zum Mund führte.

»Warum haben Sie das Mädchen umgebracht?«

»Ich schwöre bei meinem Leben ... Bei meiner Ehre ...«

»Schwören Sie nicht. Reden Sie lieber.«

»Glauben Sie mir, ich liebte Maria. Warum hätte ich sie umbringen sollen?«

»Weil Sie sich mit ihr überworfen hatten.«

»Das ist absurd. Eine Verleumdung. Am Abend war ich gar nicht bei Maria.«

»Nicht? Man hat Sie aber gesehen ...«

Sátori drückte auf den Klingelknopf am Schreibtisch. Einige Sekunden später wurde die Tür geöffnet. Ins Zimmer trat Pál Paku, der Heizer.

»Kennen Sie diesen Herrn?« fragte ihn Sátori.

»Herrn sagen Sie? Das ist ein Mörder. Er hat sie umgebracht. Schauen Sie nur seine Hände, die sind noch rot vom Blut!«

Várhelyi blickte unwillkürlich auf seine Hände.

»Sehen Sie es?« rief Paku und trat einige Schritte näher zu Várhelyi.

»Der Mann lügt!« schrie Várhelyi.

»Ich lüge? Ich habe es gesehen ... Jawohl, gesehen. Er ist durchs Fenster geflohen. Er glaubt, weil er der Chef ist und viel Geld hat, darf er sich alles erlauben. Vierhundert Forint hat er mir gegeben, damit ich ihm alles über das Mädchen sage. Ich habe ihm nichts gesagt, aber jetzt soll er es wissen: Maria hat ihn mit dem ›Pater‹ betrogen; und wenn ihn der ›Pater‹ an jenem Abend erwischt hätte ...« Er begann zu schwanken, Schaum trat vor seinen Mund.

Sátori befahl, für Paku einen Arzt zu rufen.

»Er ist ein Epileptiker«, sagte Várhelyi erklärend, »und er haßt mich. Ich habe Maria nicht umgebracht. Nun ja. Wir haben uns gestritten«, gab Várhelyi dann zu.

»Worüber?«

»Maria erklärte plötzlich, nicht mit mir in Urlaub fahren zu wollen.«

»Plötzlich? Wie soll ich das verstehen?«

»Nun ja, erst hatte sie zugesagt, und wir hatten auch die Reisepapiere besorgt.«

»Gab sie einen Grund an?«

»Ja. Darüber bin ich in Wut geraten.«

»War es ein anderer Mann?«

»Ja, sie schleuderte mir ins Gesicht, daß sie einen anderen liebe.«

»Woher haben Sie das viele Geld?« fragte Sátori.

»Sie werden es nicht glauben. Das Geld haben wir gefunden.«

»Wo?«

»Im Wald, in einer Höhle.«

»Wann?«

»Am Tag, als Maria . . .«, der Oberarzt sprach nicht weiter.

»War Ihnen die Höhle bekannt?«

»Nein.«

»Wie sind Sie denn dorthingekommen?«

»Am Tag zuvor gingen wir dort spazieren.«

Wieder unterbrach Sátori ihn. »Wer wir?«

»Maria und ich. Als wir Motorengeräusch hörten, blickten wir von einem Plateau in die Tiefe. Vor einem Hohlweg stand ein Auto. Vier Männer hoben eine Kiste heraus und schleppten sie in den Hohlweg hinein. Nach einiger Zeit kamen sie zurück, ohne Kiste, stiegen ins Auto und fuhren davon. Maria war neugierig; ich sollte mit ihr hingehen. Ehrlich gesagt, ich hatte Angst, die Männer könnten zurückkommen. Am nächsten Morgen ließ Maria mir keine Ruhe. Wir fanden die Höhle und die Kiste.«

»Und sie war voller Geld?«

»Ja.«

»Haben Sie den Aufdruck ›Nationalbank‹ nicht gesehen?«

»Ich war schrecklich aufgeregt ...«

»Von dem Geldraub am Vortag hatten Sie weder gehört noch gelesen?«

»Nein.«

»Das zu glauben fällt mir schwer. Erzählen Sie weiter.«

Várhelyi errötete.

Zwei mit Geld gefüllte Taschen versteckten Várhelyi und Maria in einer Felsspalte, zwei weitere nahmen sie an sich. Den Tag verbrachten sie zusammen. Erst am Abend gingen sie in Marias Zimmer. Da plötzlich hatte das Mädchen Várhelyi ihren Entschluß mitgeteilt, nicht mit in Urlaub zu fahren, weil sie einen anderen liebe.

»Wieviel Geld forderte sie?« fragte Sátori.

»Die Hälfte.«

»Und Sie waren damit nicht einverstanden. Da kam es zu einem Handgemenge. War es so?«

»Ja.«

»Sie ergriffen das Skalpell auf dem Tisch ...«

»Nein! Sie ergriff es, ging auf mich los und bedrohte mich.«

»Sie versuchten, es ihr zu entreißen?«

»Ja ...«

»Und töteten dabei das Mädchen.«

»Nein!« ächzte der Arzt.

»Wo haben Sie das Messer weggeworfen?«

»Nirgends. Das heißt, ich weiß es nicht. Bitte, ich beschwöre Sie, ich weiß überhaupt nichts mehr.«

Várhelyi starrte verzweifelt auf Sátori. Der Hauptmann schaltete das Tonbandgerät aus.

»Den Mord haben Sie aus Gewinnsucht begangen«, sagte er ruhig. »Über die Herkunft des Geldes dürften Sie keinen Zweifel gehabt haben. Der Rundfunk hat den Postraub in seinen Frühnachrichten bekanntgegeben. Darum sind Sie zur Höhle zurückgegangen. Sie vermuteten, daß es die geraubte Kiste war. Maria Lontai forderte für sich die Hälfte, anderenfalls drohte sie Ihnen mit einer Anzeige. Sie hatten das Mädchen gerade niedergestochen, da wurden Sie gestört. Jemand öffnete die Zimmertür. Deshalb flohen Sie durch das Fenster. Sie sprangen in Ihren Wagen ... So war es doch!«

»Nein, nein und nochmals nein!« wehrte Várhelyi ab.

In der Tür erschien ein Polizist.

»Führen Sie ihn ab!« sagte Sátori, und er starrte lange nachdenklich auf die Tür, die hinter dem Arzt ins Schloß gefallen war.

Es war neun Uhr früh. In dem mit weißem Kunststein verkleideten trapezförmigen Gebäude des Budapester Polizeipräsidiums begann der Tagesdienst, als der Wagen mit Sátori, Csupati und Kantor auf die Straße fuhr.

»Hast du eine Decke?« fragte Sátori.

»Wenn nötig, sogar zwei.«

»Dann komme ich mit zu dir. Ein Schläfchen im Garten wird mir gut tun.«

Der Wagen war bereits in die Mártonhegyi-Straße eingebogen, als Sátori es sich plötzlich anders überlegte. »Fahren Sie zum Krankenhaus in Felhéviz.«

»Warum denn?« fragte Csupati.

Sátori zuckte mit der Schulter. »Mir ist ein Gedanke gekommen. Weiß nicht, ob er uns weiterbringt. Auf jeden Fall schauen wir uns dort noch einmal um.«

Csupati schwieg. Er war die unerwarteten Einfälle seines Vorgesetzten gewohnt.

Durch den hinteren Eingang fuhren sie auf den Hof des Krankenhauses und hielten neben dem Kesselhaus.

»Nimm Kantor mit«, sagte Sátori beim Aussteigen.

Im Vorraum des Kesselhauses befand sich der Umkleideraum der Heizer.

Sátori fragte einen älteren Arbeiter, der ihm verwundert entgegeneilte, welcher Spind Paku gehörte. Der Mann zeigte auf einen in der Nähe des Fensters stehenden Schrank aus Eisenblech. Die Tür war nicht verschlossen.

»Laß Kantor Witterung nehmen.«

Der Hund beroch die im Spind hängenden Kleidungsstücke und Gegenstände und schnaubte einige Male heftig. Die aufgerichtete Rute und das gesträubte Fell deuteten seine Erregung an.

»Such Spur«, ermunterte ihn Csupati.

Kantor lief aus dem Kesselhaus hinaus und steuerte auf den gegenüberliegenden Pavillon zu. Im Erdgeschoß dieses Gebäudes hatte Maria Lontai gewohnt. Vor der offenen Tür blieb Kantor stehen, wandte sich um und begann zu kreisen.

»Such Spur!« befahl Csupati.

Der Hauptmann beobachtete erwartungsvoll den Hund, der auf dem mit Ziersträuchern bepflanzten Rasen umherlief.

»Such Spur!« ertönte der Befehl des Hundeführers.

Kantor verschwand im Gesträuch des Goldregens, der hinter dem Kesselhaus üppig wucherte.

»Der hat etwas gefunden«, meinte Csupati, als Kantor zweimal kurz bellte, und wand sich durchs Gebüsch.

»Nichts berühren!« Sátori glaubte, er hätte laut gerufen, dabei hatte er nur geflüstert. Aber Csupati kam bereits zurück und zeigte dem Hauptmann, was Kantor gefunden hatte: ein Skalpell. Um vorhandene Fingerabdrücke nicht zu verwischen, hatte es Csupati vorsichtig mit einem Taschentuch aufgehoben.

Sátori nickte befriedigt. »Danke, Kantor, das hast du gut gemacht. Bald werden wir wissen, wer der Täter ist.«

Die Untersuchung des Skalpells durch den Kriminaltechniker ergab, daß auf dem Griff auch Fingerabdrücke von Pál Paku waren. Nach mehreren hysterischen Auftritten gestand der Heizer seine Tat. Er habe Maria umgebracht, um ihre Seele zu retten.

»Das ist kein Fall für einen Richter, sondern für einen Psychiater«, erklärte Hauptmann Sátori, als er einige Zeit später das angeforderte psychiatrische Gutachten las. »Er war Morphinist, und das Gift hat seinen Geist zerstört.«

# SCHACH-MATT

Ein besonders beliebtes Café befand sich in einem Gebäude, in dem mehrere Redaktionen untergebracht waren. Hier trafen sich Journalisten, junge Lyriker, Artistenschüler, angehende Tänzerinnen und Abenteuerlustige, die sich in diesem Kreis einen unterhaltsamen Abend versprachen. Auf den kleinen Tischen standen alkoholfreie und Mixgetränke. Die Gäste diskutierten oder schwatzten.

Eines Abends stand István Szemes an der Tür zum Schachzimmer. Unschlüssig blickte er in den Raum, suchte Bekannte, die ihn, so hoffte er, an den Tisch bitten und ihm einen Gespritzten spendieren würden. Zwar besaß er noch zwanzig Forint, doch wäre es ihm lieber gewesen, keinen Fillér davon ausgeben zu müssen. Wieder einmal bewegte ihn die Frage, wohin er sein Lebensschiff nun steuern solle. Seit seinem achtzehnten Lebensjahr hatte er sich dem Journalismus verschrieben; er hatte mal für diese, mal für jene Zeitung gearbeitet, war nirgendwo seßhaft geworden. Ihm ging kein guter Ruf voraus, weil er unzuverlässig war, ständig irgendwelche Frauengeschichten hatte, gern und übermäßig dem Alkohol zusprach und sich im Rauschzustand so unmöglich benahm, daß ihn der Chefredakteur jeder Zeitung, für die István in den vergangenen fünfundzwanzig Jahren geschrieben hatte, lieber gehen als kommen sah. Gestern während eines Banketts war es erneut zu einem Skandal gekommen.

»Putja!« Dieser Kosename für Szemes schwebte wie ein Rettungsanker aus einer Ecke in sein Ohr.

Der »Türke«! Szemes entdeckte das ihm freundlich und ermutigend zulächelnde, mondrunde Gesicht, und mit einem erleichterten Seufzer ging er auf den Tisch zu.

»Was ist los?« fragte der »Türke«.

»Man hat auf meine weitere Mitarbeit verzichtet, ausgerechnet auf meine. Verstehst du das? Ein Gespritzter täte mir jetzt gut. Auf Kummer muß man trinken.

»Wahrhaftig.« Der »Türke« bestellte für István einen Gespritzten.

»Kannst du mir einen Hunderter leihen. Ich habe eine wunderschöne Holzschnitzerei ...« Der »Türke« unterbrach ihn. »Schon gut.« Er kannte Putja seit zehn Jahren, immer bot er etwas als Gegenwert an, das er nicht besaß, und meist vergaß er auch die Rückzahlung des Darlehens. »Erzähl uns die Geschichte deiner letzten Ehe. Hier sitzen Kollegen, die sie noch nicht kennen.«

»Du meinst den Betriebsunfall?« Der »Türke« lachte. Die Kollegen am Nebentisch horchten auf.

»Es war ein Betriebsunfall«, erklärte István. »Hätte mich die Redaktion nicht nach Dunaszeg geschickt, wäre es nicht passiert.« Er begann zu erzählen und redete sich so in Feuer, daß er selbst nicht hätte sagen können, was an der Geschichte stimmte und was er zugedichtet hatte.

In Dunaszeg sollte er Material für eine Reportage über »Maßnahmen zur Verhütung von Überschwemmungen« sammeln. Statt des Hochwassers kam ihm eine Kindergärtnerin entgegen. Die etwas mollige junge Dame sehen und sich in sie verlieben war das Werk eines Augenblicks. Bereitwillig begleitete István sie nach Haus. Essen und Trinken schmeckten, und das Mädchen war so nett und ihm zugetan, daß er vergaß, was ihn nach Dunaszeg geführt hatte. Am nächsten Morgen ereilte ihn das Verhängnis. Vater und Bruder der jungen Dame entdeckten István, beschimpften ihn, das Mädchen kompromittiert zu haben, drohten Prügel an, bis der Journalist sich zur Heirat bereit erklärte, um die Ehre des Mädchens wiederherzustellen. Bereits fünf Monate nach der Hochzeit brachte seine Frau ein Kind zur Welt. Es war durchaus keine Frühgeburt gewesen.

Der »Türke« drückte Szemes den Hunderter in die Hand. »Was willst du jetzt anfangen?« fragte er ihn. Während er auf die Antwort wartete, lächelte er.

»Weiß ich nicht; irgendwo wird man schon einen scharfsinnigen Reporter benötigen.«

»Du bist ein großer Esel«, sagte einer. »Bisher haben dich die Frauen aufs Kreuz gelegt. Warum drehst du den Spieß nicht herum?« Was der Kollege noch sagte, ging in johlendem Gelächter unter.

Die scherzhafte Bemerkung blieb in Istváns Ohr hängen. Da sein Arbeitseifer nicht groß und seine Moral löchrig war, beschäftigte er sich immer häufiger mit dem Gedanken, wie er es anstellen könnte, auf Kosten anderer zu leben, gut zu leben.

Das Telefon schreckte Sátori aus seinen Grübeleien auf. Szálkai verlangte ihn zu sprechen. »Genosse Hauptmann, kommen Sie zu mir. Ich habe einen Auftrag für Sie.«

In Szálkais Zimmer saß eine Frau mit flacher Brust und eckigem Gesicht, sie trug eine dicke Brille mit schwarzer Fassung.

Als Sátori eintrat, stand Szálkai auf und stellte der Frau den Hauptmann vor. »Erzählen Sie ihm alles; er wird sich Ihrer Sache annehmen.«

»Doktor Stella Bárdy, Mathematikerin«, sagte die Frau und streckte ihm die Hand hin.

Die hat aber eine knochige Hand! dachte Sátori. »Womit kann ich Ihnen dienen?«

»Mein Verlobter ist verschwunden. Seit zwei Wochen suche ich ihn vergebens unter den Adressen, die er angegeben hat. Niemand hat ihn gesehen.«

»Dürfte ich um den Namen bitten?«

»Doktor Stella Bárdy...«

»Um den Namen Ihres Verlobten.«

»Pardon ... Putja ... Äh ... Doktor István Szemes.«

»Szemes?« Sátori dachte nach. Irgendwie kam ihm der Name bekannt vor.

»Ja, István Szemes.«

»Hat er Geld von Ihnen bekommen?«

»Ja, das heißt nein. Kein Darlehen, verstehen Sie? Er besitzt eine Villa, eine halbfertige. Ich habe ihm zwanzigtausend für den Ausbau gegeben; Geld habe ich genug, und wir möchten doch bald in unser Haus ziehen.«

Sátori nickte mehrmals. Zwanzigtausend, das war schon was.

»Aber seitdem hat sich Putja, ich meine Doktor Szemes, bei mir nicht mehr sehen lassen.«

»Und nun befürchten Sie, daß er Sie betrogen hat. Verständlich. Wir werden eine Anzeige aufnehmen.«

»Eine Anzeige? Sie mißverstehen mich. Ich komme nicht des Geldes wegen; Putja besitzt mein Vertrauen. Das Haus existiert. Ich habe es mit eigenen Augen gesehen.«

Warum sie dann zur Polizei gekommen sei, wollte Sátori wissen.

»Sie sollen mir helfen, ihn wiederzufinden.«

Der Hauptmann blickte die Frau mitleidig lächelnd an.

»Sie wollen ihn als vermißt melden«, meinte er. »Nun gut. Ich muß Sie dennoch um einige Angaben bitten. Wie lernten Sie Herrn Szemes kennen?«

Stella wandte sich um. »Durch eine Heiratsanzeige.«

»Aha.« Sátori verstand und nickte. Er erkundigte sich, wann und in welcher Zeitung das Inserat gestanden hatte, ob sie die Chiffre noch wisse. Nachdem er alle Angaben protokolliert hatte und die Frau gegangen war, wandte er sich an Szálkai.

»Klarer Fall von Heiratsschwindel. Die Frau ist mit ihrer Vertrauensseligkeit geradezu ein ideales Opfer. Oder was meinen Sie, Genosse Oberstleutnant?«

»Das Haus scheint immerhin zu existieren.«

»Wir sollten es uns einmal ansehen.«

»Genosse Hauptmann, denken Sie daran: Die Frau hat eine Vermißtenmeldung erstattet und keine Anzeige wegen Heiratsschwindel. Sie will den Mann, nicht das Geld zurück haben.«

Sátori schmunzelte. »Und wenn sie beides nicht kriegt?«

Der Oberstleutnant zuckte mit der Schulter. »Wenn keine Anzeige vorliegt, können wir nichts gegen den Mann unternehmen. Aber Sie haben recht, vielleicht ändert die Frau ihre

Meinung, wenn wir ihr nachweisen, daß sich ihr Verlobter bester Gesundheit erfreut und sie die zwanzigtausend Forint in den Wind schreiben kann.«

Wenige Tage später meldete sich bei Sátori eine ältliche Frau.

»Ich bin Armand Telepis, Witwe und eine ehrsame Kleingewerbetreibende«, sagte sie mit weinerlicher Stimme.

»Bitte nehmen Sie Platz.« Sátori wies auf einen Stuhl.

»Ich bitte Sie um Hilfe. Er hat mich hereingelegt und auch noch mit einer schamlosen Person betrogen.«

»Von wem sprechen Sie?«

»Na, von ihm! Von meinem Verlobten.«

»Von Doktor István Szemes?«

»Ja«, erwiderte die Frau verdutzt. »Kennen Sie ihn vielleicht? Das ist schön! Dann werden bei ihm sicherlich ein paar Freundesworte helfen ...«

Sátori mußte die Frau enttäuschen. Er kannte Szemes nicht, wenigstens nicht so, wie sie meinte.

»Lernten Sie Herrn Szemes durch eine Heiratsanzeige kennen?«

»Woher wissen Sie das? Ich habe nach dem Tode meines Mannes vier Jahre allein gelebt. Das ist schwer und für eine Geschäftsfrau erst recht. Sie können sich nicht vorstellen, wieviel Ärger man mit den Lieferanten und den Heimarbeitern hat ... Ich hatte es satt, allein zu sein, und ich sehnte mich nach einem Menschen.« Sie schluchzte.

»Wieviel Geld gaben Sie Herrn Szemes?«

»Insgesamt sechzigtausend Forint. Er besitzt nämlich eine halbfertige Villa.«

Der Hauptmann fiel ihr ins Wort. »... aber leider kein Geld, um den Bau zu Ende zu führen.«

»Genau das hat er gesagt.«

»Liebe Frau, es ist zu befürchten, daß es sich bei Ihrem Bräutigam, bei Herrn Szemes, um einen gewöhnlichen Betrüger handelt. Sie sind nicht die erste und einzige, der er diese Geschichte erzählt hat, und leider mit Erfolg. Die halbfertige

Villa, die er Ihnen gezeigt hat – er zeigte Sie Ihnen doch, oder?«

Die Frau nickte, senkte den Kopf und weinte.

»Das Grundstück mit dem Haus gehört ihm nicht. Wir haben das bereits überprüft. Wollen Sie eine Anzeige wegen Betrugs erstatten?«

»Ja«, hauchte die Frau, »er ist wohl doch ein schlechter Mensch.«

István Szemes betrat das Espresso mit einer weißen Nelke im Knopfloch. Sein Schritt war etwas unsicher. Zu spät hatte er sich erinnert, daß er dieses Lokal nicht zum erstenmal als Treffpunkt angegeben hatte. Eine der Frauen, so dachte er, könnte auf die Idee kommen, mich hier zu suchen. Unschlüssig, ob er nicht besser gehen sollte, blickte er sich um. Sein Blick begegnete dem einer schwarzgekleideten Frau. Sie lächelte und deutete mit einer Handbewegung an, daß sie es sei, die hier auf einen Herrn mit weißer Nelke im Knopfloch wartete.

Ich werde sie begrüßen und bitten, mit mir anderswo hinzugehen, beschloß Szemes, der der Verlockung, ein neues zahlkräftiges Opfer zu finden, nicht widerstehen konnte. Er trat an den Tisch und sagte sein gewohntes Sprüchlein auf. Seiner Stimme fehlte der Charme. Er wurde sich dessen bewußt, verhaspelte sich.

»Von hundert Schreiben hat mich allein Ihr Brief bewegt«, begann er zum drittenmal. »Ich muß ehrlich gestehen, daß diese erste, persönliche Begegnung meine Vorstellungen nicht nur bestätigt, sondern noch übertrifft. Ein erfahrener Mann wie ich, der längst über das Strohfeuer der Jugend hinaus ist ...«

Die Stimme versagte ihm. Auf der Straße vor dem Espresso fuhr ein Polizeiauto vorbei. Im selben Augenblick sah Szemes einen Polizisten mit Hund sich dem Eingang des Lokals nähern. Er starrte auf die uniformierte Gestalt. Das ist doch Csupati mit Kantor, ging es ihm durch den Sinn, ich habe einmal eine Reportage über die beiden geschrieben. Er sprang auf, stammelte: »Pardon«, legte die linke Hand auf seinen Magen und rannte in Richtung der Toiletten. Dort kam er schnell wieder zu sich, schalt sich einen Narren, hielt alles für Einbildung. Doch der Mut zurückzugehen, fehlte ihm, und er suchte einen Fluchtweg. Szemes hatte Glück. Am Ende der Waschkabinen war der Eingang für das Personal. Die Tür stand sperrangelweit offen, und nach einigen Schritten befand er sich auf dem engen Hof eines Mietshauses zwischen aufgetürmten Bierkästen und Fässern. Das Tor zur Straße war auch geöffnet. Szemes stolperte über etwas. Sein Fußknöchel schmerzte. Unbemerkt erreichte er seinen alten Opel, den er in einer Nebenstraße geparkt hatte.

Als Csupati das Espresso betrat, sah er einen Mann aufspringen und davonlaufen. Das Äußere hätte der Obermeister nicht beschreiben können, er hatte nur eine weiße Nelke im Knopfloch wahrgenommen.

»Das ist unser Mann, Tjutju«, sagte er zu Kantor und folgte dem Flüchtenden. Im Toilettenraum lag eine weiße Nelke.

Csupati ließ seinen Hund die Spur aufnehmen. Kantor führte ihn auf den Hof, lief hinaus auf die Straße, bog an der nächsten Ecke in eine Nebenstraße ein und stürzte auf einen Opel zu, der mit aufheulendem Motor aus der Reihe der vor und hinter ihm parkenden Wagen ausscherte. Kantor war flinker als sein Herr. Er sprang auf das Dach des Wagens.

»Ihm nach! Haltet ihn!« schrie Csupati und sah verzweifelt dem davonbrausenden Auto nach.

»Warum brüllst du? Steig ein.« Sátori wies den Fahrer des Polizeiwagens an, dem Opel zu folgen.

In der Mitte der Brücke, vor der Einfahrt zur Margareteninsel, schaltete die Ampel auf Rot um. Der Opel wurde in der angestauten Wagenreihe eingeklemmt. Deutlich hörte Szemes die Polizeisirene. Er sprang aus dem Wagen und zwängte sich eilends durch den Autostrom. Kantor war ebenfalls abgesprungen. Weit kam Szemes nicht. Der Hund drückte ihn gegen das Brückengeländer, das der Gestellte angstvoll umklammerte.

Inzwischen hatten auch Sátori und Csupati die Stelle erreicht.

»Na, Tjutju«, sagte der Obermeister, »du kennst doch diesen Herrn. Er hat einmal über uns beide geschrieben. Damals trug er noch keine weiße Nelke im Knopfloch.«

Drückende Hitze lastete über der Stadt. Gegen Mittag kam Bewölkung auf. Eine unerträgliche Schwüle machte das Atmen schwer. Auch der Ventilator brachte keine Erleichterung. Sátori schwitzte auch, wenn er sich nicht bewegte. Erste Regentropfen fielen, es donnerte, und dann ging ein Regenschauer nieder, den Sátori erleichtert und befriedigt wahrnahm. Als das Prasseln nachließ, öffnete er die Flügel des Fensters zum Lichthof. Die drückende Schwüle ließ nach. Im Schacht heulte der Wind, vermischt mit Stimmen. Sátori hob verwundert den Kopf und lauschte.

»Glatzkopf ... Die Bullen bluffen. Laß dich nicht 'reinlegen ...«

Sátori glaubte schon an Halluzinationen; bisher hatte er nicht bemerkt, daß der Lichthof ein Schallträger war. Erneut drangen Wortfetzen an sein Ohr.

»Das Zeug haben sie nicht gefunden. Es gibt keine Beweise ...«

Der Hauptmann lehnte sich hinaus. In der Tiefe des Schachtes war niemand zu sehen. Er rief Szálkai an. »Genosse Oberstleutnant, sagt Ihnen der Spitzname Glatzkopf etwas?«

»Ja, ein Einbrecher. Er sitzt mit seinen Kumpanen unten im Arrest.«

»Dann kommen Sie schnell herauf. In meinem Zimmer kann man hören, was sie reden.«

Zwei Minuten später war Szálkai bei Sátori. Noch immer heulte der Wind im Schacht, und zwischendurch erklangen Stimmen, verzerrt, gespenstisch.

»Wenn du spuckst, breche ich dir alle ...«

»Hören Sie?« fragte Sátori.

Szálkai nickte. Er hatte schon manches Gewitter in diesem Gebäude erlebt, doch Stimmen hatte der Wind noch nie in den Lichthof getragen.

Sehr bald war das Geheimnis gelüftet. In einigen Zellen wies das Dunstrohr murmelgroße Löcher auf, die den Häftlingen ermöglichten, Mitteilungen hineinzusprechen und zu hören. Das Dunstrohr endete unter dem Dach, knapp über Sátoris Büro.

Wozu ein Gewitter doch gut ist, überlegte der Hauptmann; es reinigt nicht nur die Luft, es hilft uns auch, Verbrechern auf die Spur zu kommen.

Es klopfte. Csupati trat ins Zimmer. Auf seinem runden Gesicht lag ein strahlendes Lächeln. »Genosse Hauptmann, im Oktober bekomme ich eine Wohnung.«

»Ich gratuliere dir.«

»Wissen Sie, wo die Attila-József-Wohnsiedlung ist?«

»Auf der Üllöi-Straße... Auf dem Gelände der ehemaligen Vatéria-Maria-Barackenstadt.«

»Ist das eine schöne Gegend?«

»Geh doch hin und schau sie dir an.«

»Gleich?«

»Von mir aus ...«

Das Telefon klingelte. Sátori langte hastig nach dem Hörer. Nach einer Weile sagte er: »Habe verstanden. – Na siehst du«, er wandte sich wieder Csupati zu. »Mit der Wohnungsbesichtigung wird jetzt nichts.« In dienstlichem Ton fuhr er fort: »Holen Sie Kantor und die Ausrüstung. Die Gruppe startet vom Hof zwei.«

Als Sátoris Gruppe auf dem vernachlässigten Waldweg in den unter dem Namen Könyereg bekannten Teil des zur Donau parallel verlaufenden Höhenzugs hinaufstieg, brach die Sonne wieder hervor.

Am Tatort standen ein Geländewagen der Komitatsbehörde und ein schwarzer Wolga. Ein junger Polizeioffizier erstattete Sátori Meldung.

»Vor einer halben Stunde hat uns ein Mann mit einer erregten Stimme angerufen und mitgeteilt, daß auf dem Weg zur Schutzhütte etwas Schreckliches passiert sei.«

Sátori blickte in den Wolga hinein. Auf dem Vordersitz sah

er ein achtzehn bis zwanzig Jahre altes Mädchen, der Kopf hing zur Seite.

»Man hat sie erdrosselt«, meinte Sátori.

»Das wird die Obduktion ergeben.«

Rechts vom Wagen, auf dem Fahrweg, der zum waldigen Gebirgszug führte, waren deutlich Spuren von Tieren und Menschen zu sehen. »Eselshufe«, stellte Csupati fest. »Und hier scheint ein Besoffener gelaufen zu sein.« Csupati deutete auf die kreuz und quer verlaufenden Sohlenabdrücke zwischen den Hufspuren.

»Und die dort?« Sátori wies auf Spuren, die rund um den Wolga verliefen.

»Hm ...« Csupati überlegte. »Verschieden große Absatzeindrücke. Hier waren mehrere.« Er wies Kantor an, eine Spur aufzunehmen. Zögernd setzte sich der Hund in Richtung Wald in Bewegung.

Sátori folgte dem Hundeführer. Den Wolga und die Umgebung des Wagens würden seine Leute, ein guteingespieltes Kollektiv, untersuchen.

Der teils steinige, teils lehmige Weg war vom Regen schlüpfrig. Nach kaum einem halben Kilometer bog der Fahrweg scharf nach links ab und führte über eine kleine Lichtung, die die Sicht auf ein baufälliges Gehöft freigab. Kantor lief bis zur Mitte des Hofes, blieb stehen und wandte den Kopf zur Veranda. Er machte einige Schritte seitwärts, witterte hin und her und steuerte schließlich auf den halbgeöffneten Stalleingang zu.

Csupati schnallte dem Hund die Suchleine ab und rief laut zum Stall hinein: »Ist hier jemand?«

Kantor antwortete ihm aus der Stalltür. Mit leisem, mahnendem Kläffen rief er seinen Herrn herbei. Im Stall standen zwei Esel an der Krippe. In der Ecke lag ein unrasierter, etwa fünfzig Jahre alter Mann auf einem Haufen Heu. Kantor umwitterte die Gestalt. Csupati beugte sich zu dem Mann nieder. »Der riecht nach Alkohol«, stellte er fest.

»Weck ihn auf!« befahl Sátori. Csupati packte den Schlafenden an der Schulter.

»Na, na!« Der unsanft wachgerüttelte Mann polterte los und erhob sich.

»Wer sind Sie?« fragte ihn Csupati.

»Iiiich ...?«

»Wer sonst?«

»Ich bin der Bauer.«

»Und wie heißen Sie?«

»Lajos Fuchs«, sagte er, während er sich mit den schmutzigen Händen die Augen rieb.

»Na los, kommen Sie«, sagte Sátori energisch.

Csupati faßte den Taumelnden am Arm.

»Wie sind Sie zu dem Auto gekommen?« fragte ihn Sátori streng.

»Auto? Ich weiß nicht ..., ach so, ja, ein Mann kam und sagte, sein Auto ist steckengeblieben, ich soll ihn herausschleppen. Ich bin mit meinen Eseln hinuntergezogen ...«

Sátori beobachtete mißtrauisch die Gesichtszüge des Bergbewohners. Wie sich herausstellte, wohnte er seit langem hier oben. Allmorgendlich übernahm er mit seinen Eseln auf dem Markt im nahe gelegenen Óbuda kleinere und größere Warentransporte.

»Ist noch jemand im Hause?«

»Nein. Ich lebe hier allein.«

»Sie sind also mit dem Mann gegangen?«

»Ja, das heißt, da kam das Gewitter. Wir warteten, bis es vorüber war.«

»Wie sah der Mann aus?«

»Er war jung, dünn – mit schwarzem Haar.«

»Und wann sind Sie hinuntergegangen?«

»Als der Regen nachließ. Der Mann war sehr ungeduldig. Ich sagte, wir sollten noch warten. Aber er wollte nicht!«

»Und was geschah weiter?«

Statt zu antworten, blinzelte der Mann und fragte argwöhnisch.

»Wer sind Sie eigentlich? Warum fragen Sie?«

»Kriminalpolizei.« Sátori wies sich aus.

»Er wollte mir einen Hunderter geben, wenn ich das Auto herausschleppe. Er sprach von einer Delegation. Die soll sich auf dem Csúcs-Berg befinden. Er sollte die Dolmetscherin dorthin fahren. Schließlich gab ich nach. Ich schirrte die Kati und die Böske an. Der junge Mann ging voraus. Als ich beim Wagen anlangte, schlug er dort immer wieder die Hände zusammen. Er war sehr verzweifelt. Er sagte, den Wagen brauchte ich nicht mehr herauszuziehen ... Wenn nicht, dann eben nicht. Ich kehrte um. Er gab mir dennoch hundert Forint.«

»Und Sie haben nichts im Auto gesehen?«

»Ein Mädchen saß im Wagen. Ich bin nicht neugierig.«

»Sie haben nicht gesehen, ob die Frau im Wagen lebte?«

Der Eseltreiber guckte tölpelhaft drein. Er blickte bald auf Sátori, bald auf Csupati.

»Na, heraus mit der Sprache!«

»Warum sollte sie nicht leben?«

Sátori strich sich nachdenklich über das Kinn. Was mochte von all dem Wahrheit und was Lüge sein? Er beschloß, den Mann zum Wolga hinunterzuführen und ihm das ermordete Mädchen zu zeigen.

Mittlerweile fiel Csupati auf, daß Kantor keinen Ton von sich gab. Der Hund saß, zwei Schritte von ihnen entfernt, ruhig da. Der Eseltreiber war ihm völlig gleichgültig. Auf dem Rückweg lief Kantor neben ihnen her. Er knurrte nicht und witterte auch nicht an den Fußspuren des Mannes.

Beim Anblick der vielen Polizisten sagte der Bergbewohner kleinlaut: »Ich bin ein anständiger Mensch, glauben Sie mir, ich habe nichts gestohlen.«

»Das hat auch niemand behauptet.« Sátori schob den Mann an die offene Wagentür. Der schreckte zurück.

»Und wo ist der junge Mann geblieben?«

»Er wollte telefonieren gehen. Ich habe ihm gesagt, weiter unten findet er eine Telefonzelle. Mich hat er dann nach Haus geschickt.«

»Genosse Hauptmann«, flüsterte Csupati, »das ist nicht unser Mann. Kantor interessiert sich kein bißchen für ihn.«

Sátori vertraute den Eseltreiber einem seiner Kriminalisten an. »Versuche eine neue Spur aufzunehmen«, riet er Csupati.

Bei dem neuerlichen Versuch ging Kantor jedoch wieder in Richtung Waldhaus. Nach einigen hundert Schritten hielt Csupati seinen Hund zurück und teilte Sátori mit, daß die Lage unverändert sei.

Sátori winkte resigniert ab. Das war wirklich enttäuschend.

Drei Stunden später wußte Sátori, daß der Wolga einem Chemiebetrieb gehörte, der Fahrer János Dávid hieß, sechsundzwanzig Jahre alt, verheiratet und Vater von zwei Kindern war. Das Opfer: Erzsébet Pintér, neunzehn Jahre alt, Verwaltungsangestellte, gleichfalls Mitarbeiterin des Betriebes.

Der Pförtner erinnerte sich, daß das Mädchen nachmittags um zwei Uhr in den betriebseigenen Wolga eingestiegen und mit János Dávid weggefahren war.

Abends um zehn Uhr gelang es der Polizei, den Fahrer in der Nähe seiner Wohnung festzunehmen.

»Was haben Sie auf dem Csúcs-Berg gesucht?«

Auf der Stirn des jungen Mannes standen Schweißperlen. Er rang die Hände, sprach stammelnd und flüsternd. »Ich verstehe das nicht ... Glauben Sie mir, ich begreife das nicht. Ich ging zu dem Gehöft, weil der Wagen steckengeblieben war. Daß ich die Dolmetscherin einer Delegation fahre, habe ich nur gesagt, um meinen Worten größeren Nachdruck zu geben. Ich dachte, man würde mir dann schneller helfen ... Das Mädchen wartete im Auto. Doch dann kam das Gewitter, und wir sind erst reichlich anderthalb Stunden später zum Wagen zurückgekehrt.«

»Waren Sie mit dem Mädchen befreundet?«

János Dávid zögerte. »Nicht wie Sie denken. Sie gefiel mir, ja ..., aber sonst ...«

Sátori bohrte weiter. »Es war keine Dienstfahrt?«

»Nein«, gestand Dávid. »Erzsébet hatte an diesem Nachmittag frei. Ich lud sie ein, mit mir in die Berge zu fahren.«

»Haben Sie bei uns angerufen?«

»Ja.«

»Warum sind Sie nicht zum Tatort zurückgegangen? Warum haben Sie nicht dort auf die Polizei gewartet?«

»Ich wollte nicht ausreißen. Aber ich hatte nicht die Nerven zurückzugehen. Ich konnte einfach nicht, bitte glauben Sie mir.«

»Ich muß Sie festnehmen.«

»Tun Sie das bitte nicht. Ich habe zwei Kinder, und ich liebe meine Frau... Tun Sie es nicht. Man wird mich aus dem Betrieb entlassen.«

»Das ist Sache Ihres Direktors. Sie können von uns doch wohl nicht erwarten, daß wir ihm sagen, das Auto hätten wir irgendwo in der Stadt gefunden.«

Die Überprüfung des Tatorts, die Zeugenaussage des Eseltreibers und die Erklärungen des Fahrers überzeugten Sátori keineswegs. Möglich, daß Dávid nur das Opfer unglücklicher Umstände war, möglich, aber auch... Die Spuren deuteten mit großer Wahrscheinlichkeit darauf hin, daß jemand das Mädchen vergewaltigen wollte und es, weil es sich wehrte, erdrosselte.

In den folgenden Tagen begaben sich Sátori und Csupati mit Kantor mehrmals an den Tatort. Sie suchten die Fortsetzung jener einzigen Spur, die beim Abdruck des einen Schuhabsatzes neben dem Auto begann. Doch sie fanden sie nicht.

Eines Nachmittags um sechzehn Uhr dreißig meldete ein Monteur der Wasserwerke, daß sie bei Arbeiten am Rohrleitungsnetz in der Gegend des Tábor-Bergs eine tote Frau gefunden hätten.

Sátori fuhr mit seiner Gruppe sofort dorthin. Die Fundstelle lag kaum einen halben Kilometer von der Stelle entfernt, wo Erzsébet Pintér ermordet wurde.

Der Arzt stellte fest, daß der Tod vor zwei bis drei Stunden eingetreten war. Mehrere Fußspuren führten im Kreis herum. An einer Stelle war das dürre Gras niedergetreten.

»Hier«, sagte Csupati zu Kantor. »Such Spur!«

Er glaubte fest, Kantor würde seine Worte verstehen. Und fast schien es so. Kantor drückte die Nase in das Gras und setzte sich in Bewegung.

Sátori schloß sich ihnen an. Nach knapp einem Kilometer blieb Kantor vor dem halbgeöffneten Tor einer Villa stehen und sah seinen Herrn an. Csupati hingegen blickte seinen Chef an. Sátori nickte.

»Such Spur, Kantor!«

Kantor lief zielsicher auf dem mit Kies bestreuten Gartenweg vorwärts. Er ging die Treppe hinauf, die zur Terrasse führte, stellte sich auf die Hinterläufe und versuchte, die Glastür zu öffnen.

Auf dem Schild neben der Tür stand der Name des Elektroingenieurs: Jenö Klótár. Csupati läutete. Es meldete sich niemand.

Kantor kratzte erregt an der Tür.

»Da muß aber jemand drin sein«, bemerkte Csupati.

Nach nochmaligem Läuten öffnete eine alte Frau die Tür. Als sie den Hund erblickte, wich sie entsetzt zurück. Csupati hielt Kantor kurz an der Leine und beruhigte die Frau. Weder der Hund noch Csupati hatten den etwa fünfzigjährigen Mann bemerkt, der von irgendwoher gekommen war und nun die Treppe zur Terrasse hinauf stieg. Kantor knurrte und sah Csupati aufmerksam an.

»Was suchen Sie hier?« fragte der Mann streng.

»Sind Sie Herr Klótár?«

»Ja. Und was wollen Sie?«

Wieder knurrte Kantor und versuchte, sich dem Mann, der stark nach Kölnischwasser roch, zu nähern.

»Halten Sie den Hund zurück! Und verschwinden Sie augenblicklich, sonst rufe ich die Polizei.«

»Das ist nicht nötig; sie ist schon da.« Sátori wies seinen Ausweis vor. »Kriminalpolizei.«

Herr Klótár verzog das Gesicht. Wesentlich höflicher fragte er: »Was wünschen Sie?«

»Dürfen wir hineingehen?«

Der Mann stieß die Tür weit auf. »Bitte.«

Kantor sprang ins Vorzimmer. Er umging die entsetzt zur Seite weichende alte Frau, und ehe Sátori die Schwelle überschritt, bohrte der Hund den Kopf zwischen die Jacken und Mäntel, die an der Garderobe hingen.

»Was soll denn das heißen? Den Schaden, den der Hund anrichtet, werden Sie mir ersetzen ... Unerhört!«

Sátori wollte etwas erwidern, doch er sah Kantor mit einem Lederhandschuh zwischen den Zähnen, den er dem Hundeführer hinhielt.

»Gehört der Ihnen?« fragte Sátori.

»Ja. Aber wenn ihn der Hund zerbeißt ...«

»Das tut Kantor nicht«, entgegnete Csupati.

»Könnte ich mit Ihrer Frau sprechen?« Sátoris Stimme klang ruhig.

»Meine Frau? Wieso meine Frau? Ich bin geschieden. Aber was gehen Sie meine Familienangelegenheiten an? Wenn Sie nicht sofort sagen, was Sie hier suchen, werde ich mich über Sie beschweren.«

»Siehst du«, flüsterte die Alte, »auch jetzt gibt sie keine Ruhe.«

Sátori schaute die Frau neugierig an. »Wie soll ich das verstehen?«

»Meine arme Mutter sieht Gespenster«, antwortete der Mann und herrschte die Mutter an: »Hör auf zu jammern.«

»Wo wohnt Ihre Frau?« fuhr Sátori fort.

»Ich weiß es nicht ... Irgendwo im Ausland. Seit zwei Jahren. Das letzte Mal rief sie aus Wien an.«

»Aha.« Sátori nickte. Die zunehmende Erregung des Ingenieurs entging ihm nicht. »Aus Wien also.«

»Ja ... Sie war ein leichtfertiges Frauenzimmer. Aber das dürfte die Herren wohl nicht interessieren.«

»Vielleicht doch«, bemerkte Csupati.

»Wann haben Sie sich scheiden lassen?« fragte Sátori schließlich.

»Vor einem Jahr.«

»Mich hat er nicht mitgenommen«, keuchte die Mutter haßerfüllt. »Ich hätte dem Gericht alles gesagt.«

Csupatis lautes Räuspern unterbrach die Auseinandersetzung. Das war freilich keine sehr diskrete Ermahnung, doch sie veranlaßte Sátori, das Thema zu wechseln. »Wo arbeiten Sie?«

»Ich bin Forscher. Erfinder, wenn Ihnen das mehr sagt.«

»Sie sind demnach nicht an eine bestimmte Arbeitszeit gebunden?«

»Nein.«

»Gehen Sie oft spazieren?«

»Ich lebe gesund.«

»Pflegen Sie hier in der Umgebung spazierenzugehen?«

»Wo denn sonst? Das ist doch wohl erlaubt. Wir gehen selten in die Stadt hinunter.«

»Lieben Sie den Wald?«

»Mein Sohn liebt die Natur, er ist so erzogen worden«, warf die Mutter ein.

Sátori nickte zustimmend. »Bitte, kommen Sie mit uns.«

Klótár zuckte zusammen.

»Wohin bringen sie dich? Was wollen sie von dir?« schrie die Mutter und sprang mit einer Behendigkeit auf, die ihr Alter Lügen strafte. »Ich lasse es nicht zu!«

»Beruhigen Sie sich, gute Frau ... Wir möchten Ihren Sohn in einer bestimmten Angelegenheit als Sachverständigen um seine Meinung bitten.«

»Hörst du?« ermahnte Klótár seine Mutter. »Die Herren brauchen meinen Rat.«

Sátori führte den Ingenieur zur Rohrleitung am Berghang. Er hielt sich neben ihm, um die psychologische Wirkung zu beobachten, jenes Entsetzen, das sich auf dem Gesicht eines Menschen abzeichnet, wenn er unverhofft eine Leiche erblickt.

Der Ingenieur prallte zurück, wankte, hatte sich jedoch schnell wieder in der Gewalt und fragte den Hauptmann empört: »Was soll das bedeuten?«

Sátori zuckte nur die Schulter.

Der Mann wandte den Kopf zur Seite.

Sátori forderte ihn auf: »Betrachten Sie die Tote gründlich. Kennen Sie sie?«

»Woher sollte ich sie kennen?«

»Sind Sie ihr heute bei Ihrem Spaziergang nicht begegnet?«

»Iiiiich?« Er dehnte die Frage, als ob er Zeit gewinnen wollte und nach einer entsprechenden Antwort suchte. Die Zeitdauer, die jemand zum Nachdenken braucht, verrät manchmal mehr als eine stundenlange Rede. Sátori beobachtete den Ingenieur mit festem Blick.

»Zwei der hier Anwesenden haben Sie gestern nachmittag um halb sechs und heute vormittag auf dem Waldpfad gesehen.«

»Ich ... Ich gehe oft spazieren. Das sagte ich bereits.«

»Ob Sie der Frau begegnet sind, wollte ich wissen.«

»Ich habe sie nicht erwürgt.«

»Wer spricht denn von Erwürgen? Sie müssen mitkommen zum Polizeipräsidium.«

»Ich weigere mich.«

»Dann muß ich Sie festnehmen lassen. Es ist besser, Sie kommen freiwillig mit.«

Am nächsten Morgen begegnete Sátori vor dem Polizeipräsidium Klótárs Mutter. Sie erkundigte sich, ob ihr Sohn bald nach Hause könnte.

»Das hängt von ihm ab«, antwortete ihr Sátori.

»Mein Sohn hat die Frau nicht ermordet. Es muß ein anderer gewesen sein. Gestern trieb sich bei uns ein Unbekannter herum, ein wüst aussehender Kerl. Ich sah ihn schon einmal. Wenn Sie wollen, helfe ich Ihnen.«

»Ich danke Ihnen.« Sátori nickte ihr zu und betrat nachdenklich das Polizeipräsidium.

In seinem Büro wartete Káldi auf ihn.

»Haben Sie über Frau Klótár, die Frau von Jenö Klótár, etwas in Erfahrung bringen können?« fragte Sátori.

»Vor zwei Jahren meldete Klótár der Polizei, daß seine Frau

verschwunden sei. Das war im Mai. Die Frau stand dann auch ein Jahr lang auf der Suchliste. Dann meldete Klótár, daß seine Frau ihn aus Wien angerufen habe; sie habe Ungarn illegal verlassen. Er reichte daraufhin auch die Scheidung ein.«

»Warum hat Frau Klótár ihren Mann verlassen? War ein anderer im Spiel?«

»Bisher habe ich nichts Derartiges ermitteln können.«

»Fragen Sie doch einmal in Klótárs Betrieb nach.« Mit diesen Worten entließ er Káldi.

Sátori saß eine ganze Weile am Schreibtisch und durchdachte das bisherige Ermittlungsergebnis. Seine Frage an den Ingenieur, woher er gewußt habe, daß die Frau erwürgt wurde, hatte Klótár mit der Behauptung beantwortet, die Würgemale am Hals gesehen zu haben. Die Frau war tatsächlich erwürgt worden, ebenso wie das Mädchen im Wolga. In Klótárs Wohnung fand Kantor einen Handschuh. Feststand, daß der Mörder Handschuhe getragen hatte. Der Abdruck des Schuhabsatzes stimmte zwar mit den Maßen von Klótárs Schuhen überein, doch solche Schuhe gab es viele. Diese Beweise allein reichten nicht aus, um Klótár länger festzuhalten. Völlig schleierhaft war bisher auch das Tatmotiv. Der Hauptmann seufzte. Ihm widerstrebte es, Klótár freizulassen. Endlich entschloß er sich, einen Haussuchungsbefehl zu erwirken. Vielleicht fände er irgend etwas, das den Ingenieur belastete und zu einem Geständnis brachte.

»Wohin?« fragte Csupati, als der Hauptmann ihn aufforderte, mitzufahren.

»Zur Klótár-Villa ... Haussuchung ...«

Als sie die Veranda erreichten, erschien Klótárs Mutter. Sie war wieder recht unfreundlich, als hätte sie am Morgen nicht mit Sátori vor dem Polizeipräsidium gesprochen.

»Was wollen Sie denn noch?« fragte sie scharf.

»Es tut mir sehr leid«, sagte Sátori, »wir haben einen Haussuchungsbefehl.«

»Mein Sohn ist unschuldig!«

»Bitte treten Sie zur Seite und hindern Sie uns nicht bei der Arbeit.«

Die Frau wollte sich zurückziehen, doch Kantor verstellte ihr den Weg.

»Ruf den Hund weg!« rief Sátori Csupati zu.

»Zu mir!« Auf das Kommando hin ließ Kantor, sichtlich widerwillig, die Frau in Ruhe.

»Schaut euch überall um«, ordnete Sátori an. »Im Garten, im Keller ...«

Csupati und Kantor gingen hinaus. Sátori stand vor den Kleiderschränken. Er öffnete eine Tür.

»Wenn auch nur irgend etwas wegkommt ...«, schrie hinter ihm Klótárs Mutter.

»Bleiben Sie ruhig, stören Sie mich nicht.«

Im Flur war Csupatis Stimme zu hören. Er kam aufgeregt hereingestürmt und stieß dabei Sátori beinahe um.

»Genosse Hauptmann, das hat Kantor gefunden.« Er hielt einen Nylonbeutel hoch.

Jenseits des Zaunes winkte Leutnant Kuti mit beiden Händen Sátori lebhaft zu. »Kommen Sie schnell, Genosse Hauptmann!«

»Gleich«, rief Sátori und wandte sich Csupati zu. »Woher haben Sie den Beutel?«

Den Beutel hatte Kantor in einem Winkel des Gartens gefunden. Da ein Stück fehlte, forderte Csupati den Hund auf, danach zu suchen. Bald stieß Kantor auf ein von Füchsen oder streunenden Hunden ausgescharrtes Loch, aus dem er weitere Nylonstücke hervorzog. Da war Csupati zu Kuti gelaufen und hatte ihn gebeten, an der Stelle zu graben.

Sátori eilte sofort hinaus und spornte die eifrig grabenden Polizisten an.

Nach einer knappen halben Stunde hatten sie eine etwa anderthalb Meter breite und ebenso tiefe Grube ausgehoben.

»Hier liegt ein Sack!« rief ein Polizist.

»Vorsichtig«, warnte Sátori und beugte sich über den Grubenrand. »Legen Sie ihn frei, und ziehen Sie ihn heraus.«

Nach wenigen Spatenstichen war der Kunststoffsack für alle sichtbar.

Csupati faßte ihn an einem Ende, ließ ihn aber sogleich wieder los und wandte sich voller Ekel ab. »Pfui Teufel, wie der stinkt!«

»Heben Sie ihn heraus«, befahl Sátori den anderen.

Als die Polizisten den Kunststoffsack an beiden Enden packten und hochhoben, platzte eine Ecke auf. Zwei vermoderte Damenschuhe rutschten heraus.

Sátori wandte sich an Leutnant Kuti. »Fordern Sie den Arzt und die Techniker an, und veranlassen Sie, daß Klótár hergebracht wird.«

Csupati forderte er auf, mit ihm zurück ins Haus zu gehen. Aus dem Küchenfenster blitzte ihnen haßerfüllt ein Augenpaar entgegen.

»Die alte Hexe wird gleich wieder anfangen zu toben«, meinte Csupati.

»Das macht nichts. Wir werden schon fertig mit ihr.«

Sátori klopfte zerstreut mit dem Bleistift auf die Tischplatte. Vor ihm saß Klótár; hinter dem Ingenieur lehnte Csupati am Fensterrahmen.

»Wann wurde Ihre Frau republikflüchtig?«

»Aber das fragen Sie doch schon das dritte Mal.« Der Ingenieur blickte Hauptmann Sátori zornig an. Er ballte die Hände und rutschte unruhig auf seinem Stuhl herum. Csupati trat näher zu ihm. Kantor, der bisher unter dem Tisch gelegen hatte, erhob sich und stellte sich neben Klótár.

»Also, wann hat Ihre Frau unsere Republik verlassen?«

Klótár legte die Fäuste in den Schoß und schwieg.

»Spritzen Sie Ihre Obstbäume?«

Die Frage kam so unverhofft, daß der Ingenieur Sátori verständnislos ansah.

»Nun, Ihr Garten ist sehr gepflegt. Die Bäume sind frei von Ungeziefer. Sie müssen starke Gifte, ich meine wirksame Gifte benutzen.«

»Wen interessiert das, was soll das?« fragte Klótár aufgeregt.

»Genosse Hauptmann, ich melde ...« Leutnant Kuti trat ins Zimmer. Aber er verstummte beim Anblick des Ingenieurs sofort.

»Ist es wichtig?« fragte der Hauptmann.

»Ja.«

Sátori erhob sich. »Gehen wir hinaus. Genosse Obermeister, Sie bleiben mit Kantor hier.«

Im Nebenraum berichtete Kuti, was er von Nachbarn erfahren hatte. »Die Ehe des Ingenieurs muß für die Frau ein Martyrium gewesen sein. Die Alte brach ständig Streit vom Zaun und verdächtigte die Schwiegertochter, sich mit anderen Männern einzulassen. Die Nachbarn halten das für eine böswillige Verleumdung der Alten; denn man sah die junge Frau Klótár nie allein und nie in Begleitung eines anderen Mannes. Vor etwa zwei Jahren hörte ein Mann, als er auf seinem Hof arbeitete, daß die Alte der Schwiegertochter Strafe androhte. Ein paar Tage später will er ein Schluchzen gehört haben, das aus einem Kellerfenster drang.«

»Und wer war in dem Keller?«

»Seiner Meinung nach nicht die alte Frau. Man erzählt sich auch, daß der Ingenieur immer ein Muttersöhnchen gewesen sei, alles tat, was sie wollte, und sich von dieser Abhängigkeit nie befreit habe.«

»Mir scheint, auch er ist ein pathologischer Fall«, meinte Sátori nachdenklich. »Csupati soll den Ingenieur in den Garten führen, und Sie holen die Mutter.«

Sátori verstand sich auf psychologische Wirkungen. Das zeigte sich wieder einmal im Garten Klótárs.

Man führte den Ingenieur von der strauchbewachsenen Seite her zu der freigelegten Grube. Csupati drängte den stolpernd schreitenden Mann vor sich her. Am Kopfende der mit einer groben Plane zugedeckten Leiche blieb Csupati stehen.

»Schlagen Sie die Decke zurück!« sagte Sátori.

Der Anblick, der sich Klótár bot, machte ihn taumeln.

»Das kann ..., das kann nicht wahr sein ...«, stammelte der Ingenieur und rieb sich die Augen.

»Erkennen Sie sie?«

»Nein ..., das heißt ...«

»Aber die Fohlenfellschuhe mit Krokodilledereinsatz werden Sie doch wiedererkennen?«

»Juci!« Der Schrei erstickte in einem Röcheln.

»Wie konnten Sie das nur tun!«

»Ich habe es nicht getan ... Sie hat doch aus Wien angerufen!«

»Aus Wien hat Sie in den letzten zwei Jahren niemand angerufen!«

»Aber sie sagte doch ...«

»Wer sagte, was?«

»Meine Mutter sagte, Juci habe aus Wien angerufen und erklärt, sie wolle mit mir nichts mehr zu tun haben ...«

Auf dem gepflegten Gartenweg näherten sich Oberleutnant Káldi und Leutnant Kuti mit Klótárs Mutter. Sie war in tiefes Schwarz gekleidet.

»Was wollen Sie von meiner Mutter?« fragte der Ingenieur.

»Die Wahrheit, Herr Klótár, oder sind Sie bereit zu gestehen, daß Sie Ihre Frau getötet haben?«

»Ich habe es nicht getan! Ich liebte sie. Seitdem sie mich verlassen hatte, bin ich wie ein Irrer herumgelaufen. Jede Frau erinnerte mich an sie; alle habe ich gehaßt ... Mutter, sag doch, du weißt es, daß ich Juci nicht getötet habe. Sie hat mich verraten und ist nach Wien geflohen ...«

»Aber ihre Leiche liegt hier«, sagte Sátori.

Der Rücken der Alten streckte sich. »Mein Sohn ist unschuldig. Ich habe es getan! Ich konnte es nicht ertragen, daß diese Person ihn betrog.« In ihrer Stimme schwang Haß. »Ich habe sie vergiftet. Sie hat sich hier eingenistet und mir meinen Sohn weggenommen. Dafür mußte sie bestraft werden.«

Sie ist wahnsinnig, schoß es Sátori durch den Kopf.

Während des erregten Ausbruchs seiner Mutter sank Klótár auf die Knie und beugte sich tief über die Grube. Plötzlich sprang er auf und wollte sich auf seine Mutter stürzen. Kantor stellte sich knurrend zwischen beide.

»Was hast du gemacht?« schrie er. »Meine Seele hast du vergiftet, belogen hast du mich. Und ich? O hätte ich dir nie geglaubt ... Ich Unglückseliger, wie konnte ich ...«

Sátori fiel ihm ins Wort. »Was konnten Sie? In Ihrem Haß zwei unschuldige Frauen umbringen?«

Der Ingenieur starrte ihn entgeistert an. »Ich hasse alle Frauen«, entgegnete er tonlos. »Der Gedanke, einem anderen könnte es wie mir ergehen, machte mich wahnsinnig. Ich mußte sie töten.«

»Machen wir Schluß.« Sátori winkte den Polizisten, den Ingenieur und seine Mutter abzuführen. »Für uns gibt es noch Arbeit«, sagte er zu Csupati.

»Was denn? Sie haben doch sein Geständnis.«

»Und wenn er es widerruft? Dem Staatsanwalt muß ich Beweise vorlegen.«

»Den Handschuh!«

Sátori winkte ab. »Das ist kein Beweis. Kantor fand ihn nicht am Tatort, sondern hier im Haus. Ich habe etwas anderes, das uns vielleicht hilft.« Er nahm einen Jackenknopf aus der Tasche, an dem ein winziger Stoffrest hing.

»Wo haben Sie ihn gefunden?« fragte Csupati.

»In dem Wolga ..., bei einer nochmaligen Durchsuchung.«

Systematisch und sorgfältig suchten sie in jedem Winkel. Die Pepitajacke, von der der Knopf abgerissen war, fanden sie nicht.

»Der Ingenieur kann, wenn der Knopf überhaupt ihm gehört, die angerissene Jacke ja auch außerhalb des Hauses versteckt haben«, meinte Csupati. Sie gingen zum Kleiderschrank im Schlafzimmer.

Kantor bohrte den Kopf zwischen die Anzüge. Er zog tief die Gerüche ein und schaute dann auf seinen Herrn. Als dieser einen Anzug heraushob und Kantor vor die Nase hielt, deutete der Hund durch Schwanzwedeln an, daß er begriffen hatte, was er suchen sollte.

»Dann los! Such Spur!«

Auf das Kommando lief Kantor im Zimmer umher, witterte an jedem Möbelstück. Beim Bett hielt er inne. Er witterte an den Seitenteilen des Bettes entlang, bläffte einmal und versuchte, den Kopf unter die Matratze zu schieben. Csupati hob sie an.

»Zum Teufel!« entfuhr es Sátori.

Auf dem Stahlboden lag eine sorgfältig auf Bruch zusammengelegte karierte Pepitahose. Sátori verglich den Stoffrest an dem Knopf mit der Hose. »Meiner Ansicht nach ist es dasselbe Muster. Aber wo ist die Jacke?«

Csupati hielt Kantor die Hose vor die Nase. »Such Spur!«

Kantor suchte im Badezimmer, in der Diele, der Küche, im Keller. Dann zog er auf den Hof hinaus und blieb vor einem Holzschuppen stehen. Csupati öffnete die Tür.

Mit sichtlichem Widerwillen, den Kopf hin und her werfend, scharrte Kantor die Kohlen auseinander, die in einer Ecke des Schuppens aufgetürmt waren, und prustete dabei. Der aufgewirbelte Kohlenstaub füllte bald den Raum. Auf einmal erschien aus der schwarzen Staubwolke Kantor. Zwischen den Zähnen trug er etwas.

»Aber das ist doch die Jacke!« rief Sátori erregt, als Kantor seine Beute auf die Treppe legte. Er raffte sie auf und lief hinaus ans Tageslicht.

»Die Jacke..., und hier ist die Stelle, wo der Knopf herausgerissen worden ist.«

Kantor blies prustend den Kohlenstaub aus seiner Nase.

Csupati strich ihm über das Fell. »Hast du gut gemacht, Tjutju«, lobte er und setzte hinzu: »Bist du aber schmutzig. Ich werde dich baden müssen.«

Es war Freitagnachmittag. Csupati hatte übers Wochenende dienstfrei. Er wollte am Abend zu seiner Familie fahren. Da er Kantor nicht mitnehmen konnte, nutzte er die ihm verbleibenden Stunden bis zur Abfahrt des Zuges für einen ausgedehnten Spaziergang. Sie gingen ihren gewohnten Weg auf der von ein- und zweistöckigen Häusern gesäumten Bergstraße. Aufwärts benutzte Csupati stets die Serpentinenstraße bis zum Szabadság-Berg. Abwärts kehrte er auf den geradewegs nach unten führenden Treppen zum Depot zurück. Er liebte diese ruhige Straße, freute sich über die gepflegten Gärten und wünschte sich manchmal, in einem solchen Haus zu wohnen. Sein Wunsch weckte jedoch keine Neidgefühle in ihm, und er stellte sich nicht einmal vor, wie es in einem der Häuser innen aussah. Kantors Bläffen riß ihn in die Wirklichkeit zurück. Er blickte auf seine Armbanduhr.

»Auweh!« sagte er, denn die Uhr zeigte Viertel vor sechs. »Wir müssen uns beeilen, Tjutju, um achtzehn Uhr müssen wir im Depot sein. Eine halbe Stunde später fährt mein Zug.«

Kantor trabte leichtfüßig an der Seite seines Herrn. Csupatis Sohlen klapperten auf dem Asphalt. Sie hatten die Serpentine schon das zweite Mal gekreuzt, als Kantor auf der Höhe der nächsten Treppenreihe plötzlich innehielt.

»Komm schon«, ermahnte ihn ungeduldig Csupati, der dem Hund um mehrere Stufen voraus war. Doch Kantor rührte sich nicht vom Fleck. Er reckte den Kopf hoch und schnupperte.

»Tjutju!« Csupati blieb nun ebenfalls stehen. In diesem Augenblick drang ihm scharfer Rauchgeruch in die Nase. Er schaute sich um. Ungefähr hundert Meter weiter unten, etwa an der Mitte der Treppe, stieg eine dunkelgraue Rauchsäule über die Bäume.

»Zum Teufel auch«, rief er. »Kantor!«

Auf dieses Zeichen legte Kantor los. Innerhalb weniger Augenblicke hatte er seinen Herrn überholt, obwohl Hunde auf Treppen, auch auf breiten Stufen, abwärts wesentlich langsamer und unsicherer vorankommen als aufwärts.

Csupati sah nicht nur den Rauch, sondern bemerkte jetzt auch die Flammen, die aus den Fenstern eines zweistöckigen Hauses herausschlugen.

Einige Menschen standen vor dem Gartenzaun und starrten wie gelähmt in die Flammen.

»Ist die Feuerwehr alarmiert?« fragte Csupati, völlig außer

Atem, einen Mann, der nur mit den Schultern zuckte. »Los, rufen Sie die Feuerwehr! Worauf warten Sie?«

Der dienstliche Ton brachte den Mann zur Besinnung.

»Sofort«, antwortete er, machte kehrt und rannte die Straße hinunter, wo er einen Feuermelder wußte.

»Wo ist der Hydrant? Gibt es hier keine Schläuche? So stehen Sie doch nicht untätig herum«, herrschte Csupati die Neugierigen und Gaffer an. Seine Worte wirkten. Bewohner der unmittelbar angrenzenden Grundstücke schlossen ihre Gartenschläuche an die Wasserleitungen und richteten den Stahl auf das brennende Untergeschoß. Der Wasserdruck war zu gering, um das Feuer erfolgreich einzudämmen.

Plötzlich entdeckte Csupati eine Frau, die auf die Haustür zurannte. Im letzten Moment hielt er sie zurück. »Sind Sie wahnsinnig geworden?«

»Mein Sohn ... Mein Junge!« schluchzte die Frau und versuchte, sich loszureißen.

»Ihr Kind ist da drinnen?« fragte er erschrocken.

»Ja.«

»Wo ist er?«

»Im kleinen Zimmer neben der Küche ... Lassen Sie mich hinein!«

»Haltet sie fest!« rief Csupati zwei Männern zu, die die Frau, da sie sich wehrte, etwas unsanft zurückrissen.

Csupati nahm einem Burschen den Wasserschlauch aus der Hand und richtete den Strahl auf das Treppenhaus. Der Rauch reizte seine Augen. Er holte sein Taschentuch hervor, feuchtete es an und hielt es sich vor den Mund. Irgendwo weinte ein Kind.

»Kantor!« Der Hund stand neben ihm; er war Csupati gefolgt. Nun stieß er seinen Herrn mit dem Kopf.

»Du bist hier?« Csupati atmete erleichtert auf. »Hörst du es? Ein Kind ...« Trotz seiner Aufregung kam ihm die Stimmlage in den Sinn, mit der er Kantor vor Jahren die Lebensrettung von Kindern aus Feuergefahr beigebracht hatte. »Verstehst du?« Er blickte seinen Hund an und wies nach oben.

Kantor lauschte, dann lief er die Treppe hoch, nachdem Csupati sein Fell naßgespritzt hatte.

Im oberen Stockwerk blieb Kantor stehen. Beizender Rauch drang in seine Nase. Wohin nun? Aus einem Zimmer kam das Weinen. Die Tür stand zwar offen, doch der Rahmen hatte Feuer gefangen. Einen Augenblick zögerte Kantor, dann sprang er durch den Feuervorhang hindurch ... Das Kinderbett stand in einer Ecke des Raumes. Kantor stützte sich mit den Vorderläufen auf das Gitter. Das Bettgestell kippte um. Ein kreischendes weißes Bündel rutschte heraus. Vorsichtig nahm es der Hund in die Schnauze.

Der Türrahmen brannte stärker. Gierig züngelten die Flammen. Kantor setzte zum Sprung an. Er hörte seinen Herrn rufen und folgte durch den Rauch der Stimme ...

Als Csupati mit dem Baby aus dem Haus trat, kamen ihm Feuerwehrleute entgegen.

»Der Rettungswagen ist auch gleich hier«, rief jemand Csupati zu, der, das Kind fest an sich gedrückt, zur Mutter rannte.

Kantor ging hinkend zum Gartenzaun, legte sich in den Schatten eines Strauchs und leckte seine Pfoten. Dann kam Csupati, hockte sich neben Kantor nieder und begann unter gutem Zureden die Wunden des Hundes einzuschmieren und zu verbinden. »Hat nichts zu sagen ..., schon gut, mein Tjutju ...«

Noch wohler als der lindernde Balsam tat dem Hund das Streicheln seines Herrn.

Csupati hatte den Schnellzug am Abend verpaßt, und darüber freute sich Kantor; denn in dieser Nacht durfte er so wie früher unter dem Bett seines Herrn schlafen. Und wo gab es einen schöneren Platz?

Es war September. Eines Tages gegen Mittag wurde im Polizeipräsidium die Meldung gemacht, daß im Bakony-Gebirge auf der Staße nach Fenyöér unbekannte Täter einen geschlossenen Geländewagen gesprengt und die darin transportierten Lohngelder der Bergleute entwendet hatten. Mit der Beute von einer halben Million Forint waren sie verschwunden.

Sátoris Gruppe erhielt den Befehl, sich sich an den Tatort zu begeben. Mit dem Wagen fuhren sie bis zu einem kleinen Ort, der in einem Tal des Bakony-Gebirges lag und eine Bahnstation hatte. Es handelte sich um eine Nebenstrecke der Eisenbahn, die für den Abtransport der im nahe gelegenen Bergwerk geförderten Kohle genutzt wurde.

Vom Bahnhof, wo die in kleinen Förderwagen eintreffende Kohle in Waggons gekippt wurde, schlängelte sich eine schmale, befestigte Waldstraße in die Berge zu der Zeche hinauf. In einer Kurve der Serpentine, auf halbem Weg zwischen Bahnhof und Bergwerk, hielt Sátoris Wagen an.

Die Gruppe wurde von Kriminalisten der zuständigen Inspektion empfangen. Sátori interessierte sich zunächst dafür, wann sich der Überfall genau ereignet hatte. Die Antwort ergab, daß die Täter bereits sechs Stunden Vorsprung hatten. Ungeklärt war bisher, ob der Sprengsatz, der vor dem aufwärtsfahrenden Wagen explodiert war, eine Spezial-Haftmine aus dem zweiten Weltkrieg oder eine selbstgebastelte Zeitbombe gewesen sei.

In der Mitte der schmalen Bergstraße war in dem steinigen Boden ein etwa fünfundzwanzig bis dreißig Zentimeter tiefes Loch.

»Sie waren doch Soldat?« Mit dieser Frage wandte sich Hauptmann Sátori an Csupati.

»Natürlich, Artillerist.«

»Können Sie den Geruch des Paxits von dem des Dynamits unterscheiden?«

»Selbstverständlich ...«

»Na – denn mal los!«

Csupati wies Kantor an, auf der Böschung sitzen zu bleiben, und ging zu dem trichterförmigen Loch. Er kniete nieder und betrachtete die rauchgeschwärzten Steine. Zwei Schottersteine nahm er heraus und beroch sie.

Kantor war unruhig, rührte sich jedoch nicht vom Fleck. Er

beobachtete, was sein Herr tat. Jetzt legte Csupati kleine Steine auf seinen Handteller und blickte Kantor an. Mit einem einzigen Sprung stand der Hund neben ihm und steckte die Nase in das Loch.

»Nun?« fragte Sátori.

»Paxit.« Csupati erhob sich.

»Inzwischen ist der Techniker eingetroffen. Er wird es genau feststellen können. Ob es Kantor gelingt, eine Spur aufzunehmen?«

Der Obermeister blickte sich suchend um und entdeckte einen Streifen, der quer über die Straße führte. »Ich glaube, die haben mit einer Zündschnur gearbeitet.«

»Möglich. Gehen Sie ihm nach.«

Csupati führte seinen Hund zu den Sträuchern am Straßenrand. Kantor kletterte die steinige Böschung hinauf.

»Was ist?« fragte Sátori, weil der Hund stehenblieb und nieste.

Csupati hob ein Stück morsches Holz auf und hielt es Sátori unter die Nase. »Riechen Sie?«

»Hm, das ist ...«

»Ein Gemisch aus Pfeffer und Paprika. Derjenige, der hier am Werk war, kennt sich in Hunden aus.«

»Dann können wir ja einpacken«, meinte Sátori ärgerlich.

»Tja, so sieht das aus. Wir werden es trotzdem versuchen. Geben Sie mir Leutnant Kuti mit.«

Sátori nickte. »Ich gehe zum Bergwerk hinauf. Wenn irgend etwas sein sollte, finden Sie mich dort.«

»Jawohl!«

Leutnant Kuti und der Hundeführer folgten Kantor auf einen Pfad neben den Gleisen. Immer wieder nieste der Hund, ein Zeichen, daß er der Pfefferspur folgte. Nach einer halben Stunde überquerte er die Schienen, blieb stehen, witterte. Er hatte die Spur verloren. Sie kehrten um und stiegen hinauf zum Bergwerk.

»Genosse Hauptmann«, meldete Csupati, »wir müssen von vorn anfangen.«

»Von vorn? Was wollen Sie von vorn anfangen? Noch einmal den Pfefferweg gehen?«

»Natürlich nicht. Ich will versuchen, ob Kantor eine neue Spur aufnimmt. Vielleicht finden wir unter dem Strauch doch irgend etwas, das uns weiterhilft. Am Strauch hatten sich die Täter zu schaffen gemacht; das beweist jedenfalls das Stück Holz.«

»Na, dann reißen Sie den Strauch heraus und halten ihn dem Hund immer wieder vor die Nase. Etwas anderes haben wir nicht gefunden. Vorerst bleiben Sie hier. Ich will mit dem Direktor sprechen. Vielleicht ergeben sich einige Anhaltspunkte.«

Der Direktor rang verzweifelt die Hände. Vor dem ebenerdigen Gebäude hatten sich die Bergleute versammelt, diskutierten heftig das Ereignis und rätselten, wann sie nun ihren Lohn erhalten würden.

»Wer hat bisher den Lohn ausgezahlt?«

»Der Buchhalter natürlich«, antwortete der Direktor. »Ich habe die Hauptdirektion sofort informiert. Man hat mir versprochen, soviel Geld herauszuschicken, daß die Arbeiter wenigstens einen Teil des Lohnes erhalten. Den Rest werden sie morgen oder übermorgen bekommen.«

»Wieviel Menschen arbeiten hier?« fragte Sátori.

»Sechshundert!«

»Und wo ist der Buchhalter?«

»Er ist in Urlaub. Heute sollte sein Vertreter die Löhne auszahlen.«

»In Urlaub? Seit wann?«

»Seit gestern ...«

»Wie heißt der Buchhalter?«

»Kázmér Hajdú.«

»Seit wann arbeitet er hier?«

»Seit acht Jahren.«

»Wer hat Kenntnis davon, wann der Geldtransport hier eintrifft?«

Der Direktor winkte ab. »Das ist doch kein Geheimnis. Im

Grunde weiß jeder, daß am Zahltag das Geld mit einem Auto hertransportiert wird ...«

Sátori unterbrach ihn. »Wer hat Zugang zum Sprengstoff?«

»Die Schießmeister.«

»Wie viele sind es?«

»Sechs.«

»Und wer führt darüber Buch?«

»Der schichtleitende Steiger.«

»Könnte ich ihn sprechen?«

Der Direktor rief ins Nebenzimmer hinüber: »Erzsike! Rufen Sie Jójárt an. Er soll mit dem Kontrollbuch zu mir kommen.«

Während sie warteten, blickte Sátori zum Fenster hinaus. Draußen wogte das bunte Laub der Wälder.

Kurze Zeit später betrat Jójárt den Raum. »Sie haben mich rufen lassen?«

»Der Genosse Hauptmann hat einige Fragen an Sie.«

»Bitte, ich stehe zur Verfügung.« Der hagere Mann mittleren Alters trat bereitwillig zu Sátori.

»Wie verbuchen Sie das Sprengmaterial, das Sie aus dem Lager geben?«

»Hier bitte.« Er überreichte Sátori ein Heft mit verschmiertem Deckel.

Sátori schlug aufs Geratewohl eine Seite auf. »Und wie kontrollieren Sie den Verbrauch?«

»Na ... Wir kennen doch die Gesteinsverhältnisse. Im großen und ganzen wissen wir, wieviel Paxit man für den Abbau einer Tonne benötigt.«

»Nur so im großen und ganzen?«

»Na ja, das Gestein kann von Lehmschichten unterbrochen sein; in solchen Fällen gibt es nur Knall und Rauch, das Gestein selbst rührt sich nicht. Da muß man dann neue Sprenglöcher setzen.«

»Wie hoch ist in einem solchen Fall der Verbrauch?«

»Ungefähr das Anderthalbfache.«

»Und wer macht das?«

»Die Schießmeister.«

»Werden die auch kontrolliert?«

»Die müssen bei mir abrechnen. Sie tragen den Verbrauch in ein Buch ein.«

»Könnte einer von ihnen ein Päckchen mit nach Hause nehmen, ohne daß das auffällt?«

»Wie stellen Sie sich das vor? Die Schießmeister sind zuverlässige, ernste Männer mit Prüfung. Eine so verantwortungsvolle Arbeit können sie erst nach zehnjährigem Dienst bekommen.«

»Wer hat in letzter Zeit den meisten Sprengstoff verbraucht? Ich meine, wer hat das meiste Erz gesprengt?«

»Einen Augenblick bitte.« Der Steiger blätterte in seinem Heft. »Im vergangenen Monat die Brigaden Kanizsai, Avar und Vincze ...« Er wandte sich dem Direktor zu. »Nicht wahr, im August hat die Brigade Vincze gearbeitet?«

»Ja.«

»Danke, das genügt mir«, sagte Sátori und schrieb sich die Namen in sein Notizbuch.

»Wollen Sie noch etwas wissen?« fragte Jójárt.

»Nein. Danke.«

»Glück auf!«

Der Steiger ging, und der Direktor fragte mit trockener Kehle: »Genosse Hauptmann, Sie denken doch nicht etwa, daß man das Paxit aus unserem Betrieb entwendet hat?«

»Vorläufig denke ich gar nichts ... Bitte, zeigen Sie mir das Büro des Buchhalters.«

Der Direktor führte Sátori zur Buchhaltung. Er öffnete die Tür weit. »Ein recht kleiner Käfig, meinen Sie nicht auch?« In der Ecke stand der Geldschrank, davor der Schreibtisch. In dem etwas größeren Raum nebenan arbeitete eine junge Frau. Sátori nickte ihr zu.

»Kann ich ein Handtuch oder etwas anderes haben, das der Buchhalter benutzt? Irgendeinen Gegenstand. Ein Bleistift genügt auch.«

Die junge Frau sprang bereitwillig auf, öffnete den Schrank und wies auf eines der Fächer. Sátori trat näher.

»Rühren Sie nichts an, bitte«, sagte er.

Bevor er Csupati rief, stand er einige Minuten grübelnd vor dem Schrank. Die Antwort des Direktors, daß alle hier Arbeitenden wußten, auf welchem Weg die Lohngelder am Zahltag hierhertransportiert wurden, befriedigte ihn nicht. Jemand mußte Konkreteres wissen, zum Beispiel die genaue Uhrzeit, wann das Auto losgefahren und wann es an einer bestimmten Stelle der Straße zu erwarten war. Wer war dieser Jemand, der außerdem einkalkuliert hatte, daß die Polizei Fährtenhunde einsetzen würde; sonst hätte er nicht Pfeffer gestreut. Ein Anfänger steckte wohl kaum hinter diesem Jemand. Sátoris Herz krampfte sich zusammen, als er die vor dem Gebäude wartenden Bergleute sah. Hier hatte man nicht eine Person beraubt, hier mußte er den Lohn von Hunderten sehr hart arbeitender Menschen wiederbeschaffen.

Im Vorraum tauchte Kantor auf, hinter ihm sein Herr.

»Hier im Schrank sind ein paar Sachen.« Sátori zeigte auf die offene Tür.

»Dieses Frottierhandtuch?« fragte Csupati und zog es heraus. »Da hast du es, Tjutju.«

Nach einigem Schnuppern drehte Kantor den Kopf zur Seite und schnüffelte auf dem Betonfußboden. Langsam lief er dem Ausgang zu.

Sátori wandte sich an den Direktor. »So etwas haben Sie wahrscheinlich noch nicht gesehen, kommen Sie mit.«

Auf dem Flur wies er Oberleutnant Káldi an, ihnen die anderen Kriminalisten nachzuschicken und während seiner Abwesenheit mit Leutnant Kuti die Arbeiter zu befragen.

Der Betriebsleiter folgte der Gruppe.

Im Vorraum wurde der Hund unsicher, bis ihm Csupati das Handtuch erneut vor die Nase hielt.

Beim Anblick Kantors und der Polizisten verstummte das Gespräch der Arbeiter vor dem Gebäude. Viele hundert Augenpaare beobachteten den Hund, der die Nase über die Erde hielt.

Kantor bog zum Wald hin ab und führte die Männer einen

Bergpfad aufwärts. Er umging den Schachtturm und lief zu einer Steintreppe. Nach etwa anderthalb Kilometer erreichten sie die Bergarbeitersiedlung, die in der Talbiegung lag. Die zweistöckigen Häuser waren neu. Man vermeinte noch, den frischen Kalkgeruch des Außenputzes zu spüren.

Vor der Siedlungsgaststätte blieb Kantor stehen. Er schaute zurück, und nachdem er festgestellt hatte, daß ihm sein Herr gefolgt war, betrat er die Schenke. Er ging in dem Raum rundherum und wandte sich dann der Theke zu. Dort setzte er sich nieder und schaute auf Csupati.

Die Gaststube war voll. Sátori winkte den Wirt zu sich. »Kennen Sie Kázmér Hajdú?«

»Den Buchhalter?«

»Ja.«

»War er heute hier?«

»Heute vormittag, ja, er hat einen Kognak getrunken.«

»Worüber hat er gesprochen?«

»Wie meinen Sie das?« fragte der Wirt.

»So, wie ich es gefragt habe ... Zum Beispiel über seinen Urlaub; ob er vorhat, zu verreisen; irgend etwas dieser Art, verstehen Sie?«

»Wir haben uns gar nicht unterhalten, denn ein Fremder war bei ihm. Aber mit dem hat er sich auch nicht unterhalten. Ich fand es irgendwie komisch. Sie tranken jeder einen Kognak und gingen wieder.«

»Wohin?«

»Das weiß ich nicht«, antwortete der Wirt und zog die Schultern hoch.

Sátori winkte Csupati zu sich. Auf einen Zischlaut seines Herrn ging Kantor noch einmal im Raum herum und trottete dann hinaus.

Auf dem Gehsteig hielt ihm sein Herr das Handtuch nochmals vor die Nase. »Such Spur!«

Kantor lief über die Brücke, die einen Bach überquerte, und blieb schließlich vor einem Siedlungshaus stehen.

Csupati klingelte. Die Tür wurde geöffnet. Eine ältere Frau

steckte den Kopf durch den Spalt. Kantor beachtete sie nicht, sondern drängte an ihr vorbei.

»Haben Sie keine Angst«, beruhigte Csupati die erschrockene Frau. »Er tut Ihnen nichts.«

Sátori wies sich aus und fragte die Frau nach ihrem Namen.

»Ich bin Frau Hudák. Aber was wollen denn Sie von mir?«

»Wohnt hier Kázmér Hajdú?« Seine Stimme klang etwas unsicher, weil er sich bewußt wurde, daß er keinen Haussuchungsbefehl hatte. Das Eindringen des Hundes in das Haus konnte üble Folgen haben.

»Ja«, antwortete statt der Frau, reichlich verwundert, der Direktor. »Kázmér wohnt hier. Aber woher wissen Sie das?«

»Nicht wir, sondern der Hund. Ist Herr Hajdú zu Hause?«

»Nein.«

»Gehört das Haus ihm?«

»Nein«, sagte die Frau. »Er wohnt hier zur Untermiete.«

»Wissen Sie, wohin er gegangen ist?«

»Gegen Mittag war er zu Haus. Er sagte, er wollte verreisen, er habe Urlaub genommen ...«

Der Direktor warf ein: »Hajdú ist im vorigen Jahr nach seiner Scheidung hier eingezogen. Seine Wohnung in der Stadt hat die Frau mit den Kindern behalten.«

»Danke«, sagte Sátori und nickte verstehend. Dann wandte er sich wieder der Frau zu. »War Hajdú allein?«

»Ein großer, dunkelhaariger Mann begleitete ihn, aber der kam nicht herein. Herr Hajdú nahm nur seine Tasche und sagte: ›Frau Hudák, zwei Wochen lang sehen Sie mich nicht.‹«

Csupati kam mit Kantor zurück und zupfte Sátori am Jackenärmel. Das war das Zeichen, daß er ihm vertraulich etwas mitteilen wollte. Sátori meinte zu wissen, was Csupati ihm sagen wollte. Er hatte ja selbst gemerkt, daß die Spur hier zu Ende war. Was hatte er also erreicht? Er hatte erfahren, wo der Buchhalter wohnte. Das hätte er auch im Werk erfragen können.

»Nichts«, flüsterte ihm Csupati zu.

Der Hauptmann überlegte. »Haben Sie zufällig von ihm ein Bild?« fragte er die Frau.

»Von wem?«

»Na, von Ihrem Untermieter.«

»Von Herrn Hajdú? Warum sollte ich ein Bild von ihm haben. Aber Sie können ja in seinem Zimmer nachschauen ... Kommen Sie!«

So sieht es schon anders aus, dachte Sátori erleichtert: Wenn uns der Besitzer hereinruft, braucht man keinen Haussuchungsbefehl.

»Gehen wir also«, forderte er den Direktor auf. In Hajdús Zimmer zog er die Lade des Nachtschränkchens heraus. Darin fand er tatsächlich drei Paßbilder. Eins steckte er ein. Dann öffnete er auch den Schrank, rührte aber nichts an.

»Herrn Hajdú ist doch nichts zugestoßen?« fragte die Frau besorgt.

»Nein, nichts. Wir hätten ihn gern gesprochen, das ist alles. Na, dann auf Wiedersehen.«

Sie gingen schweigsam zum Schacht zurück, wo inzwischen ein neuer Geldtransport eingetroffen war. Auf dem Flur standen in einer langen Reihe die Bergarbeiter. Die junge Frau händigte jedem gegen Quittung eine Summe aus. Beim Anblick der Männer, die ihr Geld nachzählten, atmete der Direktor erleichtert auf.

»Nun wird es in der Produktion wohl keine Stockung geben«, bemerkte Sátori. »Sagen Sie, sind hier in letzter Zeit Fremde aufgetaucht?«

»Ich wüßte nicht.«

Aus einem der Büros kam Káldi und machte dem Hauptmann ein Zeichen.

»Entschuldigen Sie mich jetzt«, verabschiedete sich Sátori von dem Direktor, »und seien Sie mir nicht böse, daß Sie so viel laufen mußten.«

»Ach, das war nicht der Rede wert.«

»Sorgen Sie dafür, daß alles wie bisher weiterläuft.«

»Was sollen wir nun den Leuten sagen?«

»Nichts weiter. Alle wissen ohnehin, was geschehen ist.«

Káldis Bericht war kurz, doch er stimmte Sátori nachdenklich.

Seit einiger Zeit liefen in dieser Gegend Gerüchte um, die offensichtlich die Bevölkerung in Unruhe versetzen sollten. Die Kombinatsbehörde plante, so hieß es, die im Privatbesitz befindlichen Gärten in den Bergarbeitersiedlungen zu verstaatlichen; außerdem würden durch Rationalisierungsmaßnahmen Hunderte von Bergleuten arbeitslos; und auch auf die Genossenschaftsbauern könne etwas zukommen: Ende des Jahres müßten sie die staatlichen Kredite zurückzahlen, dann würde ihnen kaum etwas Geld für notwendige Anschaffungen verbleiben. Obwohl die örtlichen Organe alles unternahmen, um die Bewohner von der Haltlosigkeit solcher Behauptungen zu überzeugen, hielten sich die Gerüchte hartnäckig. Nach Sátoris Meinung mußte zwischen den Gerüchten und dem Überfall auf den Geldtransport kein Zusammenhang bestehen; es mußte nicht, doch es konnte so sein. Vielleicht hatten die Täter nicht damit gerechnet, daß die Arbeiter, so schnell wenigstens, einen Teil ihres Lohnes erhalten würden, und man hätte die berechtigte Verärgerung und die Ungewißheit für weitere politische Diffamierungen genutzt.

Sátori sagte zu Oberleutnant Káldi: »Gehen Sie in die Siedlungsgaststätte und versuchen Sie, eine genaue Personenbeschreibung von dem Mann zu bekommen, mit dem Hajdú heute vormittag dort war. Wahrscheinlich ist es derselbe, der ihn gestern besucht hat. Ein großer, breitschultriger Mann mit dichten Augenbrauen ...«

Sátori holte das Foto aus seiner Tasche hervor. Er betrachtete das Bild des Buchhalters nachdenklich und hielt es dann plötzlich Káldi vor das Gesicht. »Kommt er Ihnen nicht bekannt vor?«

Der Oberleutnant musterte das Foto lange, doch dann schüttelte er den Kopf.

Sátori nickte mehrmals. »Na schön, macht nichts. Also, wie wir es besprochen haben.« Er blieb allein. Und wieder betrachtete er das Bild. Er brummelte etwas halblaut vor sich hin und starrte zum Fenster hinaus.

Csupati störte ihn. »Genosse Hauptmann, Kantor ist unruhig.«

»Wundert Sie das? Unter so vielen Menschen!«

»Nicht deshalb ist er unruhig. Vorhin klammerte er sich an mein Hosenbein und schleppte mich zum hinteren Ausgang.«

»Was will er denn?«

»Ich weiß es nicht. Das Handtuch macht ihn nervös.«

»Hajdús Handtuch?«

»Ja.«

»Los, gehen wir ihm nach.«

Diesmal verließ Kantor das Bergwerksbüro durch den Ausgang zum Schachtturm. Fünf Mann folgten ihm. Der Hund umging schnell das Gebäude, zog am Haupteingang vorbei und trottete auf demselben Fußweg, den er schon einmal entlanggegangen war, dem Walde zu. Nach etwa einhundert Schritt hielt Sátori den Obermeister an. »Meinen Sie nicht, daß er uns wieder zur Gaststätte führt? Vielleicht fühlt er sich beleidigt, weil wir ihm keinen Krug Bier bezahlt haben?«

»Sollen wir umkehren?«

»Ich habe keine Lust, noch einmal ins Tal hinunterzusteigen.«

»Tjutju! Stop!«

Auf die Stimme seines Herrn blieb Kantor zwar stehen, doch drehte er widerwillig den Kopf zurück.

»Er will nicht umkehren«, sagte Csupati.

»Na, dann in Teufels Namen«, willigte Sátori ein.

Als sich Csupati in Bewegung setzte, erkannte Kantor, daß er auf dem eingeschlagenen Weg weitergehen durfte.

Bald erreichten sie erneut die Bergarbeitersiedlung.

»Habe ich es nicht gesagt? Er führt uns in die Kneipe.« Der Hund verließ jedoch bereits an der ersten Abzweigung die Hauptstraße und lief auf dem Bürgersteig wieder dem Wald zu. »Er hat doch keinen Durst«, meinte der Hauptmann scherzend.

»Schade!« seufzte Csupati.

Kantor führte sie in eine schmale, verwahrloste Straße, die sich durch die Berge schlängelte, und erhöhte das Tempo. »He, rase nicht!« rief Csupati, der sich mit dem Taschentuch den Schweiß von der Stirn wischte.

Sie gelangten in ein Tal. Nach zwei Kilometern mündete die Straße auf einen gepflasterten Platz vor einem Schachtturm. Seine beiden riesigen Räder schimmerten rostrot in der untergehenden Sonne. Um den Turm herum standen baufällige Baracken. Sátori sah sich um. Von menschlichem Leben keine Spur. »Wohl ein stillgelegtes Bergwerk«, brummte er. Ein leichter Wind strich durch die Baumkronen. Herbstlich gefärbtes Laub schwebte zur Erde, raschelte unter den Füßen der Männer. Kantor hielt es nicht länger an dieser Stelle. Er überquerte den verwilderten Platz und lief zu einem halb eingestürzten, scheunenähnlichen Gebäude. Vor dem türlosen Eingang blieb er stehen. Seine Haare sträubten sich, und er knurrte warnend. Csupati griff wie auf Kommando nach seiner Pistole. Sátori bedeutete den anderen Genossen, einen Halbkreis zu bilden.

Auf einen Zischlaut Csupatis lief Kantor in den dunklen Raum. Einige Sekunden später erschien sein Kopf wieder in der Türöffnung. Der Hund bläffte, als wollte er seinen Herrn auffordern, ihm zu folgen. Csupati trat in das Gebäude. Als sich seine Augen an die Dunkelheit gewöhnt hatten, wich er erschrocken zurück. Ein paar Schritte vor ihm lag ein verkrampfter menschlicher Körper.

»Genosse Hauptmann«, rief Csupati, »kommen Sie schnell.«

Sátori drehte den toten Mann vorsichtig auf den Rücken und leuchtete ihm mit der Taschenlampe ins Gesicht. Dann nahm er das Foto des Buchhalters aus seiner Tasche. »Erkennen Sie ihn?« fragte er Kuti.

Der junge Kriminalist nickte.

»Durchsucht seine Taschen«, sagte Sátori. Er ging hinaus, um über Funk Verstärkung anzufordern. Inzwischen prägte sich

Csupati die Schuhsohlen des Toten ein und begann vor dem Gebäude Spuren zu suchen, An einer Stelle, wo der Boden locker war, stieß er auf zwei verschiedene Sohlenabdrücke. Der kleinere stammte offenbar von dem Toten. Der andere Abdruck war größer und zeigte das Profil einer geriffelten Gummisohle.

»Das wird sie sein«, brummelte er.

»Haben Sie etwas gefunden?« fragte der Hauptmann.

»Ja, ziemlich frische Spuren.«

»Kann sie der Hund aufnehmen?«

»Natürlich.«

Kantor zog an der Leine, wollte weiter. Doch Sátori erklärte, sie müßten warten, bis Oberleutnant Káldi mit seiner Gruppe hier sei.

Inzwischen hatte Leutnant Kuti die Taschen des Buchhalters durchsucht und meldete dem Hauptmann, daß er Ausweise, Zettel, Füllhalter, einen Taschenkalender und zwanzig Forint sichergestellt habe.

Csupati trat ungeduldig von einem Bein aufs andere. »Genosse Hauptmann, Kantor will weiter.«

»Er soll warten«, antwortete Sátori, als wäre der Hund ein Mensch. »Ermahne ihn zur Geduld. Káldi und seine Leute müssen bald kommen.«

Nach fünfzehn Minuten, die Csupati wie Stunden erschienen waren, traf Káldi mit seiner Gruppe ein.

Sátori teilte dem Oberleutnant in ein paar kurzen Sätzen mit, was sie bisher festgestellt hatten, und befahl ihm, alle am Tatort auffindbaren Spuren zu sichern. Aus Káldis Bericht ging hervor, daß der Mann, der gestern nachmittag im Bergwerksgelände aufgetaucht war, höchstwahrscheinlich mit der Person identisch war, mit der der Buchhalter heute vormittag in der Gaststätte Kognak getrunken hatte.

Sátori wandte sich an Kuti. »Geben Sie mir den Kalender des Toten.« Er nahm ein Tuch aus der Tasche, legte den Kalender darauf und blätterte in dem Telefonverzeichnis. Nach einigen Sekunden gab er Kuti das Büchlein zurück.

Káldis Ermittlungen an der Arbeitsstelle und in der Bergarbeitersiedlung gaben keinen Aufschluß, was für ein Mensch Hajdú war, welchen Freundeskreis er hatte und welchen Interessen er in seiner Freizeit nachging. Man würde mehr wissen, sobald man das Ziel der regelmäßigen Wochenendausflüge kannte und festgestellt hatte, wer sich hinter den Budapester Telefonnummern verbarg.

»Nun kann Kantor mit seiner Arbeit beginnen«, sagte der Hauptmann zu Csupati. »Bin gespannt, wohin er uns diesmal führen wird.«

Oberhalb des Bergwerks sah die Landschaft wildromantisch aus. Die von Kantor angeführte Gruppe bewegte sich auf steinigem, vom nassen Laub schmierigen Boden. Sátori rutschte aus und wäre beinahe hingefallen. Vor seiner Nase wackelte Kantors struppiger Schwanz. Zwischen den Bäumen verdichtete sich die Dämmerung.

»Kann ich Licht machen?« fragte Csupati leise.

»Warum nicht?« antwortete der Hauptmann. »Oder fürchten Sie sich vor einem Messer?«

»Vor einem Messer? Vor welchem Messer?«

»Vor dem, mit dem der Buchhalter niedergestochen wurde. Hätte der Täter eine Pistole, müßten wir jetzt tatsächlich ein bißchen Angst haben.«

»Das ist etwas anderes«, sagte Csupati und richtete den Schein der Taschenlampe vor die Füße. Irgendwo röhrte ein Hirsch. Das Echo hallte in den Bergen wider.

Sie gingen einen Hang hinunter, blieben am Strauchwerk hängen oder rutschten ein Stück; immer krampfhaft bemüht, wieder Boden unter den Füßen zu bekommen.

»Ich hab' einen Neuerervorschlag«, spottete Csupati, »man sollte die Böden unserer Uniformhosen mit Leder belegen.«

»Witzbold!«

»Warum? Die Jockeis haben doch auch welche! Dabei sitzen die im Sattel und rutschen nicht wie wir mit der Hosenbremse den Berg hinab.«

Kantor blieb stehen. Sie waren am Rand einer Lichtung

angelangt. Die bizarr verlaufenden Gebirgszüge glichen einem schwarzen Vorhang.

»Am Ende haben wir noch Glück«, sagte Sátori und blickte sich um.

Kantor führte die Gruppe über die Lichtung; nach einigen Metern erreichten sie einen Fahrweg. Noch immer ging es bergab. Nach über einer Stunde erreichten sie eine steilwandige Grube. Csupati leuchtete mit der Taschenlampe hinein. Purpurrote, blaue, lila, graue, grüne, gelbe Adern gleißten im Fels.

Sátori befahl eine kurze Rast und setzte sich auf die Erde. Er nahm eine Karte aus der Tasche und entfaltete sie.

»Wo sind wir?« fragte Csupati.

»Wie ich den bunten Farben der vor uns liegenden Grube entnehme, befinden wir uns an einem stillgelegten Bauxit-Tagebau. In dieser Gegend gibt es nur einen. Also sitzen wir hier am Rande des Tagebaus von Ördögtó.«

»Und weiß das auch der Kerl?«

»Was für ein Kerl?« fragte Sátori.

»Na der, der vor uns herläuft.«

»Eine dumme Frage«, entgegnete Sátori.

»Wieso dumm? Einer, der sich abends auf den Weg durch dieses Gelände macht, müßte sich hier auskennen.«

Sátori nickte und schwieg. Nach einigen Minuten erhob er sich. »Gehen wir weiter!«

Kantor verfolgte die im Zickzack verlaufende Spur und führte die Gruppe immer weiter hinunter, bis sie die Talsohle erreichten. Rechts und links türmten sich Abraumhalden. Nach etwa hundert Metern machte Kantor seinen Herrn durch Knurren auf eine Gefahr aufmerksam. Csupati schaute angestrengt umher; außer den bunten Steinen bemerkte er nichts.

»Lassen Sie ihn von der Leine«, riet Sátori.

Csupati zögerte, den Hund zwischen dem Geröll und in der Dunkelheit allein weitersuchen zu lassen. Doch Kantor schüttelte den Kopf, als wäre ihm die Leine lästig.

»Wenn du es auch haben willst«, sagte Csupati und bückte sich zu Kantor. Als er den Karabinerhaken vom Halsband gelöst hatte, sprang Kantor vor und war innerhalb weniger Augenblicke verschwunden. Csupati und Sátori versuchten, ihm zu folgen, gaben es jedoch schnell auf. Plötzlich hörten sie einen Schrei. Er verriet, daß Kantor sein Ziel erreicht hatte. Während der Hauptmann und der Obermeister der Richtung nachgingen, aus der der Schrei ertönt war, forderte Csupati seinen Hund wiederholt auf, Laut zu geben. Als sie hinkamen, stand der Hund über einem am Boden liegenden Mann.

»Rühren Sie sich nicht!« rief Sátori und befahl Csupati, dem Mann Handschellen anzulegen. Er wußte, daß er Kantors Beute nicht anfassen durfte. Das durfte nur Csupati. Inzwischen waren auch die anderen eingetroffen. Sátori leuchtete mit der Taschenlampe das Gelände ab. In dem weichen, lehmigen Boden waren tiefe Schuheindrücke erkennbar. Der Hauptmann befahl, die Spuren zu sichern und den Festgenommenen zum Tagebau zu bringen, wo er ihn verhören wollte.

Die Personalien des Mannes waren schnell festgestellt. Er hieß László Kövecs, war beschäftigungslos und wohnte in Budapest. Die Personenbeschreibung des Fremden, den man mit dem Buchhalter gesehen hatte, paßte genau auf ihn. Der Mann war einen halben Kopf größer als Sátori, kräftig gebaut, hatte eine hohe Stirn und ein ovales Gesicht.

Ein leicht zu merkender Typ, dachte Sátori. »Was suchten Sie in dieser Gegend?« fragte er Kövecs und betrachtete interessiert das Klappmesser mit Perlmutteinlage, das Csupati dem Mann bei der Leibesvisitation aus der Hosentasche gezogen hatte.

»Ich habe einen Ausflug gemacht und mich dabei verirrt«, antwortete Kövecs.

»Verirrt? Soso ... Wie ich sehe, haben Sie im Augenblick kein Arbeitsrechtsverhältnis. Wollten Sie sich im Bergwerk bewerben?«

»Nein.«

»Nicht, also was suchten Sie hier?«

»Ich bin zu Besuch bei einem Bekannten, einem Förster. Am Nachmittag ging ich spazieren, da habe ich mich verirrt.«

»Wir werden das feststellen«, erwiderte Sátori. Er wies auf das Messer. »Hoffentlich haben Sie es gründlich abgewischt«, sagte er spöttisch. »Aber unser Kriminaltechnisches Institut weist Blutspuren auch dann nach, wenn Sie die Schneide am Stein gewetzt haben.«

»Ich weiß nicht, was Sie von mir wollen.«

»Sie werden es erfahren.«

Ein Rufzeichen im Funkgerät unterbrach das Verhör. Obwohl er die höchste Lautstärke einschaltete, drangen nur Wortfetzen an sein Ohr. Schnell kletterte er auf eine Halde. Der Empfang war besser. Welche Meldung Sátori erhalten hatte, wußte Csupati nicht, er sah nur, daß sein Vorgesetzter sehr erregt war, als er von der Halde zurückkam.

»Beeilen wir uns!« rief der Hauptmann. »Wir müssen schnellstens zur Straße. Den Mann nehmen wir mit.«

Sie mochten etwa anderthalb Kilometer zurückgelegt haben, als vor ihnen Autoscheinwerfer aufleuchteten. Oberleutnant Káldi war Sátori entgegengefahren. Er meldete, daß um einundzwanzig Uhr dreißig in der zehn Kilometer entfernten Kreisstadt auf das Polizeigebäude ein Sprengstoffattentat verübt worden sei.

»Das ist doch nicht möglich!« rief Sátori.

»Die Genossen vom Komitat sind schon dort.«

Zu sechst preßten sie sich in den Geländewagen. Nach zwanzig Minuten hatten sie die Kreisstadt erreicht.

Man lernt immer was dazu, dachte Sátori, als er das Gebäude der Polizei umging. Früher war das eine Mühle gewesen: Der wasserreiche Gebirgsbach floß unter dem Gebäude hindurch. Der unbekannte Attentäter hatte ein kleines Floß konstruiert und darauf den Sprengstoff gesetzt. Er hatte damit gerechnet, daß das Floß unter dem Gebäude hängenbleiben und dort explodieren würde. Das Wasser jedoch hatte es unbehindert weitergetrieben, und es war erst an den Pfählen am Ende des

Hofes aufgelaufen. Dort explodierte es dann auch, verursachte aber weder Personen- noch Sachschaden. Lediglich ein paar morsche Pfähle waren aus dem Bachbett geflogen. Längs des Baches zogen Techniker, bis zur Hüfte im Wasser, Eisenforken über den Bachgrund. Hier und auch auf dem Ufer fanden sie Überreste des Floßes. Jenseits des Zaunes, der das Polizeigelände umgrenzte, war in einem Strauch eine flachgedrückte, durch die Explosion verformte Metallplatte hängengeblieben. Sátori betrachtete sie.

»Ich bin neugierig, was die Sachverständigen dazu sagen werden«, meinte er zu Csupati.

»Daß es eine Spezialkonstruktion ist...«

»Eine Pfuscharbeit ist das, mein Freund. Eine selbstgebastelte Vorrichtung...«

»Habe ich doch gesagt; die Weckeruhr, wie meine Großmutter eine hatte...«

»Genau das.« Sátori klopfte Csupati freundlich auf den Rücken.

»Was sollen wir nun anfangen?« fragte der Obermeister. »Hier gibt es so viele Polizisten wie Gras auf der Weide.«

»Gehen wir am Ufer entlang. Das kann, glaube ich, interessant sein.«

Zwei Häuserreihen schlängelten sich durchs Tal, und der Bach floß bald neben der Hauptstraße, bald hinter den Gärten.

»Nur einem Hiesigen konnte ein solcher Gedanke kommen«, stellte Sátori fest.

Dort, wo sich das Wehr der ehemaligen Mühle befand, machte der Bach nach einigen Schritten eine Kurve. Sátori überlegte. Da das Bachbett nicht gerade verlief, mußte der Täter das Floß an dieser Stelle im Wasser gelassen haben, um sicher zu sein, daß es mit der Strömung, ohne irgendwo hängenzubleiben, auf die Mühle zutrieb. Im Schein der Taschenlampe suchte er den Boden nach Spuren ab.

Csupati hatte mehr Glück als er. »Genosse Hauptmann, kommen Sie her. Hier ist etwas.«

Sátori lief zu ihm und betrachtete die Abdrücke von Schuhen im Boden. »Ob das die richtigen sind?«

»Ich hoffe. Sie reichen bis zum Wasser hinunter.«

Csupati konnte Fußspuren von zwei Personen feststellen und fragte, welche Kantor verfolgen solle. Sátori entdeckte, daß eine von einem hinkenden Mann zu stammen schien. Er sagte auf gut Glück: »Verfolgen wir den Lahmen.«

Nach einiger Unsicherheit, die Kantor dadurch andeutete, daß er den Kopf hin und her drehte, nahm er die Spur auf, die ihm sein Herr wies. Bis zum steilen Hang an der Landstraße verliefen beide Spuren parallel. Als sie die Straße erreichten, schaute sich Sátori um. Über der Siedlung im Tal lag silbriger Bodennebel, die Häuser schienen in einem Nebelmeer zu schwimmen. Nur die Dächer und Schornsteine ragten hervor. In der Nähe kennzeichnete eine verwitterte Tafel die Autobus-Haltestelle. Kantor nahm erneut Witterung auf und lief in Richtung Dorf. Nach einigen hundert Schritten blieb er vor einem alten schilfgedeckten Haus stehen.

»Also, da wären wir«, sagte Csupati und schaute Sátori an.

»Los gehen wir!«

Als erster trat, wie gewöhnlich, Kantor auf den Hof. Das Vordach über der Haustür ruhte auf geschnitzten Pfeilern. Durch das Fenster neben der Tür fiel spärliches Licht. Csupati drückte auf die Klinke. Die Tür war nicht verschlossen. Als er sie öffnete, sah er einen älteren Mann und eine Frau am Küchentisch sitzen. Vor ihnen stand eine Flasche Wein.

»Guten Abend«, grüßte Csupati; die Bewohner sahen ihn erschrocken an. »Da wären wir also, Väterchen«, fuhr der Obermeister fort.

Leise knurrend setzte sich Kantor vor den Mann.

»Stehen Sie auf!« befahl Sátori, der ebenfalls eingetreten war und sich ausgewiesen hatte. Der Mann erhob sich mühsam und tat einige Schritte zur Mitte der Küche. Am rechten Bein trug er einen orthopädischen Schuh mit dicker Sohle.

»Sind Sie Angler?« fragte Sátori.

»Nein«, antwortete der Hausherr unsicher.

»Was suchten Sie dann am Bach?«

Der Mann stammelte etwas Unverständliches und sah ratlos zu seiner Frau. »Ich, bitte schön, ich bin um halb elf von der Schicht gekommen. Das kann meine Frau bezeugen.«

»Geben Sie mir Ihren Personalausweis.«

Der Mann suchte nervös in seinen Taschen und fand den Ausweis schließlich in einer Schublade des Küchenschranks.

»János Kada ... Invalidenrentner«, las Sátori, und während er in dem Ausweis blätterte, murmelte er halblaut die weiteren Personalangaben. »Sie sind Invalidenrentner?«

»Ja.«

»Sie sagten, Sie seien von der Arbeit gekommen. Wo arbeiten Sie?«

»Im Bergwerk.«

»Zu welcher Brigade gehören Sie?«

»Zur Brigade Vincze.«

»Schießmeister Vincze?«

»Ja«, antwortete der Alte sichtlich überrascht.

Sátori steckte den Ausweis in seine Tasche und ging auf die Veranda hinaus. Einen Polizisten wies er an, vom Polizeikreisamt ein paar Genossen zu holen. Als er in die Küche zurückkehrte, fragte er spöttisch: »Auf Otter pflegen Sie wohl auch nicht zu jagen?«

»Otter?« fragte der Hausherr und schaute den Hauptmann verständnislos an. »Warum sollte ich ...?«

Sátori gab ihm keine Antwort, sondern fragte weiter: »Was haben Sie heute abend zwanzig Minuten nach einundzwanzig Uhr am Bach gesucht?«

»Ich?«

»Wo wohnt dieser Vincze?«

»Im Nachbardorf.«

Sátori gab Káldi ein Zeichen. Der Oberleutnant ging von der Küche aus ins hintere Zimmer.

»Was wollen Sie eigentlich?« fragte die Frau.

»Noch nichts«, antwortete Csupati, »bleiben Sie nur ruhig.«

»Ich protestiere.«

»Es tut mir leid«, sagte Sátori, »doch ich glaube, daß Ihr Mann mit uns kommen muß.«

»Mich kann man nicht verhaften«, rief der Alte.

»Von einer Verhaftung habe ich nicht gesprochen. Sie sollen mitkommen, weil wir einige Fragen haben, die hier nicht geklärt werden können.«

»Aber ich gehe nicht mit; ich brauche das nicht. Ich bin nämlich Bergarbeiter und Rentner.«

»Wer hat Ihnen denn diesen Unsinn gesagt?«

»Pista Vincze. Er kennt sich in den Gesetzen gut aus.«

Sátori lächelte spöttisch. »Da hat er Sie ganz schön angeschmiert. Ein solches Gesetz gibt es nicht.«

Csupati war inzwischen mit Kantor auf den Hof gegangen. Der Hund zog ihn zur Scheune und durch das offene Scheunentor. Die Spur führte ihn geradewegs in eine Ecke. Er scharrte einen Beutel unter dem aufgetürmten Heu hervor, bellte und versuchte, die Beute zwischen die Zähne zu nehmen. Csupati leuchtete mit der Taschenlampe. Die Hühner, die auf einem Balken saßen, fingen erschrocken an zu gackern. Kantor zog einen roten Lacklederbeutel vor Csupatis Füße. Der Obermeister hob hastig und erregt Kantors Beute auf, öffnete den Beutel und sah zwei Pistolen.

»Schau an, so ist das also!« brummte er und ging in die Küche zurück.

»Und was ist das?« Csupati hielt den Fund dem Hausherrn hin.

»Ich ..., ich ...«, stotterte der Mann.

Sátori trat hinzu.

Csupati schlenkerte den Beutel sieghaft hin und her. »Genosse Hauptmann, Kantor hat ihn gefunden. Zwei Pistolen, ein Viertelkilo Paxit und etwa ein Dutzend Zündkapseln.«

»Also pflegen Sie doch zu fischen?« Sátori schaute den bleich gewordenen Mann ironisch an.

»Das gehört nicht mir«, verwahrte sich der Mann, dem dicke Schweißperlen auf der Stirn standen.

»Unerlaubter Waffenbesitz, Sprengstoff ... Hören Sie auf zu

lügen. Warum wollten Sie das Polizeigebäude in die Luft sprengen?«

Kada wankte sprachlos hin und her.

»Haben Sie die Frage nicht verstanden?« Sátori war ungehalten.

»Bitte, ich bin unschuldig. Mich hat Vincze bedroht. Auch der Beutel gehört ihm. Ich bin ein armer Invalide.«

»Ja, ja, das wird sich alles klären. Erst einmal kommen Sie mit.« Sátori wies mit gebieterischer Handbewegung zur Tür.

Eine Viertelstunde später war die Gruppe bereits im Nachbardorf. Bei dem Schießmeister Vincze schreckten sie die Frau aus dem Bett. Sie behauptete, ihr Mann sei schon in aller Frühe von Hause fortgegangen, weil er an diesem Tag eine Doppelschicht fahre.

»Und seitdem ist er noch nicht daheim gewesen?« fragte Sátori.

Die Frau schüttelte den Kopf. Da ließ Sátori den festgenommenen Kada aus dem Halbdunkel vorführen. »Kennen Sie ihn?« fragte er die Frau.

»Onkel János! Wie kommen Sie denn hierher?«

Das Haus war neu und noch nicht verputzt. Die erhöhte Terrasse ruhte auf Eisenträgern. Der Alte blinzelte verlegen nach der Tür des Kellerraums unter der Terrasse. Kantor witterte dort herum und warf ungeduldig den Kopf hin und her.

»Öffnen Sie diese Tür«, sagte Sátori zu der Frau.

Sie traten in eine guteingerichtete kleine Werkstatt ein. In der Ecke stand eine Drehbank.

»Mein Mann ist sehr geschickt, hier bastelt er immer«, erklärte die Frau.

Unterdessen schaute sich Sátoris Gruppe in der Wohnung um.

Oberleutnant Káldi brachte den Personalausweis der Frau und gab ihn Sátori. Nachdem Sátori hineingeblickt hatte, bemerkte er: »Sie sind nicht verheiratet?«

Die Frau errötete. »Mein Mann ist erst jetzt geschieden worden. Seine Frau hat ihn verlassen.«

Sátori ging auf diese Antwort nicht ein; erst als Csupati zwischen dem Krimskrams zwei alte Wecker und einige Eisenrohre fand, die auf fünfundzwanzig Zentimeter Länge geschnitten waren, fragte er: »Und was bastelt denn Ihr Lebensgefährte so alles?«

»Na, dies und das.«

Kada redete erregt dazwischen: »Damit pflegte er zu fischen.«

»Fischen?« Sátori drehte und wendete eins der Eisenrohre in der Hand: Eine sinnvolle Lösung. Das Rohr füllt man mit Sprengstoff, lötet das Ende zu, steckt eine Zündkapsel hinein, und schon ist der Sprengsatz fertig. Beim Anblick des verchromten Mantels der Weckeruhr verzog er den Mund. Plötzlich schien ihm alles klar zu sein. Die Zeitungen berichteten seit Monaten von den Plastikbombenanschlägen der französischen Terrororganisation OAS. Wie es schien, war man hier diesem Beispiel gefolgt. Offensichtlich bestand zwischen dem Anschlag auf den Geldtransport und dem Anschlag auf das Polizeigebäude doch ein Zusammenhang.

»Beordern Sie zwei Genossen her«, sagte er zu Káldi. »Wir gehen zurück zum Bergwerk. Vielleicht treffen wir Ihren Mann dort«, er wandte sich an die Frau.

Csupati ließ sich von der Frau ein gebrauchtes Hemd von Vincze geben und bestieg mit den anderen den Geländewagen.

Sátori wollte zunächst zum Bergwerk nach Löd fahren. Als sie die Siedlung erreicht hatten, änderte er jedoch die Richtung. »Biegen Sie nach links ab, und fahren Sie zur alten Grube.«

»Wo wir am Nachmittag waren?«

»Ja.«

Weder Csupati noch Káldi begriffen den plötzlichen Entschluß ihres Vorgesetzten. Sátori ärgerte sich indessen, daß er vergessen hatte, den Tatort bewachen zu lassen. In der Nähe des stillgelegten, baufälligen Schachtturms hielten sie an.

»Laß Kantor das Gelände absuchen«, sagte der Hauptmann zu Csupati.

Csupati hielt das Hemd des Schießmeisters Kantor vor die Nase. Der Hund begann zu kreisen, dann durchstreifte dieser den Platz vor dem Schachtturm und nahm schließlich den Weg zur Wohnsiedlung.

Sátori beobachtete einige Minuten lang den Hund, der den Hang hinuntertrottete, dann rief er Csupati zurück. Sie stiegen wieder in das Auto, und diesmal ließ er den Wagen zum Bergwerk fahren. Den Obermeister, der die Nachtschicht leitete, bat er um die Liste der Eingefahrenen. »Hat sich jemand verspätet?«

»Ja ... Drei Mann.«

»Und wann sind die eingefahren?«

»Der letzte war Vincze, vor einer reichlichen halben Stunde.«

»Auf welcher Sohle arbeitet er?«

»Auf der zweiten.«

»Wir möchten auch einfahren.«

Kantor jedoch veranlaßte Sátori, seinen Entschluß zu ändern — sie fuhren nicht ein. Csupati hatte nämlich inzwischen eine Sonderaktion begonnen. Als er Vinczes Namen hörte, hielt er das Hemd des Schießmeisters Kantor vor die Nase. Der Hund führte seinen Herrn zunächst in Richtung Bergwerkssiedlung, doch schon knapp hundert Meter weiter bog er vom Weg ab und ging auf eine Felswand zu, die mit dichtem Gestrüpp bewachsen war. Dann verschwand der Hund plötzlich in einer moosbedeckten Grotte. Wenige Sekunden später mühte er sich mit wedelndem Schwanz, rückwärts aus dem Loch wieder herauszukommen. Im Maul schleppte er einen Wachstuchsack, den Csupati ergriff und seinem Vorgesetzten brachte. Im Sack befand sich der geraubte Lohn für die Arbeiter! »Sie haben ihn nicht einmal geöffnet!«

Sátori setzte sich müde neben den Fahrer. »Zur Komitatsbehörde«, sagte er, und im nächsten Augenblick fielen ihm die Augen zu. Auf dem hinteren Sitz bewachten Csupati und

Kantor den Geldsack. Auch der Obermeister kämpfte mit dem Schlaf, war es doch schon weit nach Mitternacht. Er kraulte zerstreut seinen Hund hinterm Ohr. »Das hast du gut gemacht, Tjutju«, brummte er …

Er schreckte auf, als die Bremsen quietschten und das Auto hielt. »Was ist?«

Auch Sátori rieb sich mit der Faust die schläfrig blinzelnden Augen.

»Ich melde, daß wir da sind«, sagte der Fahrer.

»Fahren Sie gleich zurück, und holen Sie den Genossen Káldi«, wies ihn Sátori an. Nachdem er sich aus dem Wagen gearbeitet hatte und die kalte Nachtluft ihn erfrischte, wurde er völlig wach.

»Die Genossen sind noch am Tatort«, meldete ihm der diensthabende Offizier.

»Danke. Wir verhören erst einmal László Kövecs«, entschied Sátori.

Minuten später stand Kövecs vor Sátori.

»Wo waren wir doch gleich stehengeblieben?« begann der Hauptmann. Kövecs schwieg. »Woher kannten Sie Kázmér Hajdú? Ich mache Sie darauf aufmerksam, daß Sie unter Mordverdacht stehen.«

»Ich habe nur die Anweisung durchgeführt.«

»Wer ist Ihr Auftraggeber?«

Kövecs blinzelte verlegen und wandte den Kopf zur Seite.

»Ein aufrichtiges Geständnis wertet das Gericht als mildernden Umstand. Sie sind noch jung …«

»Ich wollte es wirklich nicht tun, aber der Kerl hat uns übers Ohr gehauen.«

»Wen uns?«

»Uns alle.«

»Wer ist Ihr Chef?«

»Jetzt ist mir sowieso alles egal. Also … Herr Laták.«

Das nennt man eine Überraschung! Sátori hätte sich beinahe in die Zunge gebissen. »Setzen Sie sich.« Er lehnte sich in den Schreibtischsessel zurück. Während er gedankenvoll mit seinem

Bleistift auf den Schreibtisch hämmerte, nickte er ermutigend und scheinbar teilnahmsvoll dem Festgenommenen zu.

Laták stand seit langem unter dem Verdacht, ein Wucherer zu sein. Doch bisher hatte man ihm nichts beweisen können. Kövecs' Geständnis brachte Licht in diese dunkle Angelegenheit.

Hajdú, der Buchhalter des Bergwerks, war im Herbst vergangenen Jahres auf der Trabrennbahn erschienen. Die Wettleidenschaft hatte ihn gepackt. Doch das Glück war ihm nicht hold, er verlor. Ödön Laták wurde auf ihn aufmerksam und schickte einen Mitarbeiter, »Gorillas« nannte er sie, zu Hajdú. Es folgten die üblichen Phrasen: »Wie ich sehe, sind Sie in Bedrängnis geraten ... Ich weiß jemand, der Ihnen auf Ehrenwort Geld borgt. Vielleicht können Sie den verlorenen Zaster zurückgewinnen.«

Hajdú, der sein ganzes Monatsgehalt verspielt hatte, ergriff die sich bietende Gelegenheit mit beiden Händen. Laták gab ihm, wie Kövecs aussagte, zunächst zweitausend Forint. Dann, nachdem er ihn ausgefragt hatte, wer er sei und wo er arbeite, weitere eintausend. Laták verlangte weder eine Quittung noch einen Schuldschein. Der etwas bucklige, kleine Mann sagte nur: »Schauen Sie, Herr Hajdú, Sie scheinen ein anständiger Kerl zu sein. Am nächsten Ersten geben Sie mir für diese dreitausend Forint fünftausend zurück, und das Vaterland ist gerettet – ich hoffe, Sie verstehen? Auf eins jedoch muß ich Sie aufmerksam machen: Sollte der mir zwar unvorstellbare Fall eintreten, daß Sie mir das Geld nicht bringen, dann würden wahrlich traurige Dinge geschehen. Sehen Sie diesen hübschen, fast zwei Meter langen Burschen? Ich will Sie ja nicht erschrecken, aber er ist im vorigen Jahr als Sieger aus einem Judo-Wettkampf hervorgegangen ... Also, Sie verstehen?«

Hajdú verstand. Er hielt den Termin auch ein, doch seine Wettleidenschaft steigerte sich. Nach einiger Zeit betrugen seine Schulden bei Laták zehntausend Forint. Als er sie nicht termingemäß zurückzahlte, wurde er eines Abends auf seinem Weg nach Hause verprügelt.

Als Kövecs das in seiner Aussage erwähnte, erinnerte sich Sátori, warum ihm das Bild des Buchhalters so bekannt vorgekommen war. Eine Polizeistreife hatte Hajdú gefunden und zum Präsidium gebracht. Dort war Sátori ihm begegnet. Merkwürdigerweise hatte Hajdú keine Anzeige erstattet. Immer wieder hatte er beteuert, er habe die Angreifer nicht gesehen und wisse daher überhaupt nichts über sie.

Hajdú saß in der Klemme; er konnte das Geld nicht aufbringen. Auf Latáks Vorschlag organisierte er den Raub der Lohngelder. Der Buchhalter vertraute sich dem Schießmeister Vincze an, von dem er wußte, daß er mit selbstgefertigten Sprengsätzen in den Forellenteichen fischte. Vincze sagte zu. Nach dem Überfall auf das Auto warteten Hajdú und Kövecs vergeblich auf ihn. Kövecs, der als erster bemerkte, daß Polizisten die Gegend durchsuchten, nahm an, Hajdú habe ihn verraten und in eine Falle gelockt. Es kam zum Streit, zu Tätlichkeiten, in deren Verlauf, wie Kövecs es formulierte, ihm der Buchhalter ins Messer gelaufen sei.

»Und wohin wollten Sie nach dem Mord gehen?« fragte Sátori.

»Zum Bahnhof in Ajka.«

»Warum gerade dorthin?«

»Weil mich dort abends um acht Uhr der Chef erwarten wollte.«

»Was reden Sie da?« Sátori sprang auf. »Genosse Obermeister!« rief er dem im Nebenraum dösenden Csupati durch die angelehnte Tür zu.

»Was ist denn?« fragte Csupati verschlafen.

»Verlangen Sie schnell einen Wagen und ein paar Mann.«

Csupati stürzte davon.

Sátori ließ Kövecs in die Arrestzelle führen.

Es ging auf zwei Uhr nachts, als Sátori in der Nähe des Bahnhofs der Industriestadt im Bakony dem Fahrer befahl, anzuhalten. »Bleibt ein bißchen zurück«, sagte er zu Csupati und den Begleitern. »Ich gehe vor.«

Die Vorsicht war überflüssig. Vor dem menschenleeren

Bahnhofsgebäude in Ajka stand nur ein einziger Kraftwagen. In dem Auto saß niemand. Sátori kehrte, ohne den Bahnhofsvorplatz zu betreten, an der Ecke der Straße, die auf den Platz mündete, plötzlich um. Er eilte zu seinen Leuten zurück und wies die zwei Polizisten an, in einer Toreinfahrt in der Nähe Posten zu beziehen. Auf Csupati und Kantor wartete die Aufgabe, mit Hilfe der Witterung, die der Hund von dem im Handschuhfach des Autos gefundenen Staubtuch und den Handschuhen genommen hatte, den Besitzer des Wagens aufzuspüren.

Csupati brach auf, er tat so, als ob er seinen gewohnten nächtlichen Kontrollgang durchführte, stelzte gemächlich auf den Platz zu, betrat das Bahnhofsgebäude, schaute in den Wartesaal, ging auf dem Bahnsteig umher und schlenderte dann langsam zum Wagen zurück. Csupati hielt Kantor noch einmal die Handschuhe vor die Nase. »Such Spur, Tjutju.«

Kantor führte Csupati und den Hauptmann ins Restaurant eines neuen Hotels. Nahe am Eingang saßen zwei Männer an einem Ecktisch. Der eine hatte graumeliertes Haar, war ein bißchen bucklig und klein, sein Tischgenosse erinnerte Sátori an Kövecs.

»Habe ich die Ehre mit Herrn Laták?« fragte Sátori lächelnd, als er an den Tisch trat. »Entschuldigen Sie bitte die Verspätung.«

Laták schaute Sátori feindselig an. »Was wollen Sie?«

»Daß Sie beide uns ohne jedes Aufsehen folgen.«

Laták schätzte blitzartig die Lage ein. Er stand widerspruchslos auf. Sein Gefährte folgte ihm gehorsam.

Der Tag brach an. Sátori lehnte müde an der Wand und berichtete dem Chef der Komitats-Polizeibehörde über das Ergebnis der Ermittlungen und der Fahndungsaktion.

Der geistige Urheber des Raubes war Laták gewesen. Er hatte Hajdú empfohlen, wenn schon zu rauben, dann gleich eine größere Summe. Auch der Tatort für den Geldraub war von dem Wucherer bestimmt worden, und für den Treff hatte er die stillgelegte Grube genannt. Lataks Beauftragter, Kövecs, und der Buchhalter waren am alten Schacht auch erschienen, doch Vincze – der mit Kada, dem Invalidenrentner, den Raub durchgeführt hatte – kam nicht; seiner Aussage nach deshalb nicht, weil sein Schwager und einige andere drei Tage zuvor wegen Aufwiegelei verhaftet worden waren. Vincze hatte beweisen wollen, daß sein Schwager und die Gruppe unschuldig wären. Darum verübte er den Sprengstoffanschlag auf das Polizeigebäude.

Nach dem gelungenen Raub hatte der Schießmeister das Geld zunächst daheim versteckt, dann hatte er den Sprengsatz für das Floß gebaut. Er war der Meinung gewesen, daß der Anschlag am Abend auch den Lohnraub decken würde. Zu dem vereinbarten Treff mit dem Buchhalter verspätete er sich um zwei Stunden. Diese Verspätung rettete ihm das Leben, denn nach Lataks Anweisung hätte Kövecs, der »Gorilla«, auch ihm den Garaus machen müssen. Vincze war zwar bestrebt gewesen, zu dem Trümmerschacht zu gelangen, hatte jedoch unterwegs die Polizei erblickt. Er bekam Angst, kehrte um und verbarg das Geld in der Felsgrotte, wo Kantor es entdeckte.

Als Sátori seinen Bericht beendete, meinte der Chef der Komitats-Polizeibehörde: »Glück muß man haben!«

Sátori schaute ihn verwundert an. »Wenn man Kantor als Glücksbringer bezeichnen kann, dann bin ich einverstanden.«

# DIE LETZTEN AKTIONEN

Gegen zweiundzwanzig Uhr rief Hauptmann Sátori den Hundeführer an. »Lassen wir das Dienstliche beiseite. Wenn du nichts Besseres zu tun hast, komm zu mir. Bring das Schachspiel mit.«

»Du willst mich bloß wieder mattsetzen.«

»Sei nicht albern. Wer wen mattsetzt, werden wir schon noch sehen.«

Mit dem Schachbrett unterm Arm machte sich Csupati auf den Weg. Das Zimmer des Hauptmanns lag hinter dem Raum, in dem die Funker arbeiteten. Für die Kollegen, die mit Kopfhörern vor den Sende- und Empfangsgeräten für Kurzwellen- und UKW-Bereiche saßen, empfand Csupati Hochachtung, und unwillkürlich lief er jedesmal auf Zehenspitzen. Ihm wurde bewußt, daß er in diesem komplizierten und weitverzweigten Organismus nur eins von vielen tausend Rädchen war.

Sátori empfing ihn mit einer Frage nach Toncsi, dem Dackel. »Du hast mir lange nichts von ihm berichtet.«

»Gut, daß du mich erinnerst. Ich wollte es schon immer sagen, aber ich vergaß es.«

»Ist etwas geschehen?«

»Wie man's nimmt. Ich habe dich oft gebeten, ihn aus dem Depot herauszunehmen, ihn zu dir zu nehmen. Auf die Dauer waren er und Kantor in einer Box nicht mehr zu halten.«

»Na und?« Sátori blickte Csupati besorgt an. »Ihm ist doch nichts zugestoßen?«

Csupati zuckte mit den Schultern und ließ sich absichtlich Zeit. »Zugestoßen?«

»Was windest du dich hin und her?« Sátori wurde unruhig. Solange er seinen Hund gut aufgehoben wußte, hatte er sich nicht um ihn gekümmert. Er war ihm selten in den Sinn gekommen. Doch jetzt spürte er Gewissensbisse. Die Möglichkeit, daß dem Dackel etwas zugestoßen sein könnte, brachte ihn allmählich aus der Ruhe.

Csupati kippte die Schachfiguren mit gleichgültigem Gesicht auf den Tisch. »Er ist fortgegangen.«

»Was? Du hast ihn verschenkt?«

»Er ist fortgegangen, habe ich gesagt, er hat sich einen neuen Herrn gesucht.«

»Und er hat einen gefunden?«

»Ja.«

»Einen guten Herrn?«

»Ich glaube schon.«

»Kennst du ihn?«

»Ja.«

»Wer ist es?«

»Ein kleines Mädchen ... Vor dem Depot gibt es einen Spielplatz. Anfangs beobachtete Toncsi die spielenden Kinder nur durch den Zaun. Später wollte er auch hinaus, und der Pförtner öffnete ihm das Tor. Einmal bemerkte ich, wie er eins der Mädchen vom Spielplatz nach Hause begleitete. Zur Fütterungszeit jedoch erschien er stets pünktlich im Depot. Vor ein paar Tagen aber kam dein Toncsi, nachdem die Glocke geläutet hatte, nicht nach Hause. Wie es scheint, kommt er überhaupt nicht mehr, denn die Familie des Kindes hat ihn aufgenommen.«

Csupati begann die Schachfiguren aufzustellen.

»Vielleicht ist es so besser für ihn«, grübelte Sátori laut und seufzte.

»Gewiß«, entschied Csupati die Frage, »denn ohne einen Herrn kann kein Hund leben.«

Das Rufzeichen des Funkgeräts unterbrach ihr Gespräch.

Bereits fünf Minuten später versammelte sich die Gruppe in Marschausrüstung im Hof II.

»Den Anzeichen nach fahren wir heim in die alten Jagdgründe«, sagte Sátori, als sie in den Wagen stiegen.

»Treffen wir da auch unseren früheren ›Chef‹?«

»Das ist wohl möglich.«

Das Polizeiauto legte die zweihundert Kilometer lange Strecke, die sich in ihrem letzten Abschnitt durch eine wildromantische Felsschlucht schlängelte, in zweieinhalb Stunden zurück. Die Landstraße kreuzte die Eisenbahnlinie in der Nähe des Bahnwärterhauses bei Mecske. Die hochgezogenen Schranken zielten auf den über die Berggipfel steigenden Vollmond wie die Rohre einer Zwillingsflak. Parallel zur Bahnlinie plätscherte der Gyöngy-Bach über moosiges Gestein. An einer Giebelseite des Bahnwärterhauses blinkte mit gelbem Schein eine Glühlampe.

»Wir biegen links ab zum Haus hin«, sagte Sátori.

»Wir sind Rekordzeit gefahren, Genosse Hauptmann«, bemerkte der Fahrer.

Kantor saß auf dem hinteren Notsitz neben Csupati und spitzte die Ohren. Die zunehmende Unruhe, die der Hund bei den Menschen spürte, übertrug sich allmählich auch auf ihn. Vor ihrem Aufbruch hatte er sich noch diszipliniert das Geschirr anlegen lassen und war sofort dem Ruf seines Herrn gefolgt.

Vor dem Haus bewegten sich graue Schatten.

Sátori verließ den Wagen und fragte den nächststehenden Polizisten: »Wer leitet die Ermittlung?«

Der Wachtmeister musterte mißtrauisch den Hauptmann, der Zivil trug.

»Géza! Bist du es wirklich?« erscholl aus dem Dunkel eine Stimme.

Sátori blinzelte.

»Erkennst du mich denn nicht?« fragte ein Oberleutnant, der zu ihm eilte.

»Jancsi Kalló!« rief Sátori erfreut, als der andere im Lichtkreis der Lampe zu erkennen war. Vor Jahren hatten sie zusammen bei einer Komitatsbehörde gearbeitet.

»Was ist geschehen?« fragte Sátori den Oberleutnant.

»Der um einundzwanzig Uhr zehn fällige Güterzug mit unterschiedlicher Ladung ist verschwunden.«

»Verschwunden?«

»Ja. Der ganze Zug ist spurlos verschwunden.«

»So etwas habe ich auch noch nicht erlebt«, brummelte Sátori. Er erfuhr weiter, daß sein früherer Vorgesetzter, Major Bokor, die Ermittlungen leite. Er befinde sich im Augenblick nicht am Tatort, da er und ein Sachverständiger der Eisenbahn mit dem Schienenfahrzeug nach Kertes unterwegs seien.

»Sie wollen feststellen, ob der Zug irgendwo entgleist ist. Sie sind kurz nach zweiundzwanzig Uhr abgefahren.«

»Wo ist der Wärter?«

»Der ist auch verschwunden«, erwiderte Oberleutnant Kalló.

»Ich kenne diesen alten Gauner«, warf Csupati ein. »Er ist ein leidenschaftlicher Angler. Als ich noch hier bei der Inspektion arbeitete, bin ich manchmal mit ihm zum Forellenfang gegangen.«

»Das gehört nicht hierher«, meinte Sátori.

Der Obermeister ließ sich jedoch nicht stören. »Wenn man in Richtung Kecseg-Gipfel weitergeht, kann man unterhalb der Csiti-Mühle sogar Störe fangen.« Kantors Bellen unterbrach ihn.

»Na, was gibt's denn?« fragte Csupati seinen Hund. »Nichts und niemand da drin?« Er wies mit der Hand auf das leere Haus. »Was habe ich gesagt, Chef? Es ist Vollmond. Der Alte ist angeln gegangen.«

»Hören Sie endlich auf!«

Von Norden her näherten sich klappernde Geräusche.

»Das Schienenfahrzeug kommt.« Der Oberleutnant hob den Kopf. Sátori trat ans Bahngleis.

In dem kurvenreichen, engen Tal, das den Gebirgszug durchschnitt, hatte neben dem Bach, der von Norden nach Süden floß, nur die gegen Ende des vorigen Jahrhunderts gebaute Bahnstrecke Platz. Die Landstraße führte in den schluchtartig eingeengten Abschnitten an den Berghängen entlang.

Sátori liebte die Berge. Hier am Nordfuß des Inselgebirges war er geboren worden und später als Schüler täglich mit dem Zug in das Grenzstädtchen zum Gymnasium gefahren. Damals, so schien es ihm heute, war ein Tag wie der andere gewesen. Nur der Wechsel der Jahreszeiten hatte angedeutet, daß die Zeit verging.

In der Kurve leuchteten helle Scheinwerfer. Sátori schritt nach links und stolperte über einen Weichenhebel, der auf der Erde umgelegt war. »Zum Teufel auch!« zischte er und bückte sich, um den Fußknöchel zu befühlen.

Das Fahrzeug bremste quietschend. Zwei Kriminalisten der Bahnpolizei, Major Bokor und ein kleiner, schmächtiger Bahnangestellter stiegen aus.

»Guten Abend, Genosse Hauptmann«, erwiderte Bokor Sátoris Gruß in amtlichem Ton.

Der Bahnangestellte nannte förmlich und vorschriftsmäßig wie beim Militär seinen Namen. Er hob die rechte Hand an den Schirm seiner rotumrandeten Tellermütze. »Aladár Csiti, Obersekretär.«

Sátori richtete sich ebenfalls auf. »Hauptmann Sátori«, erwiderte er und starrte unwillkürlich länger als schicklich auf die funkelnde Brille des kleinen Mannes. »Haben Sie etwas entdeckt?«

»Nein, nichts«, antwortete der Bahnangestellte bereitwillig.

Sátori nickte. »Seit wann sind Sie im Dienst?«

»Um einundzwanzig Uhr habe ich im Zentralbahnhof den Leitdienst übernommen. Um einundzwanzig Uhr fünf meldete die Sieben ... Pardon, ich meine dieses Wärterhaus, daß der Güterzug durchgefahren sei.«

»Wo könnte denn Ihrer Meinung nach der Bahnwärter jetzt sein?«

»Der Bahnwärter? Im Prinzip müßte die Sieben hier im Dienst sein.«

»Ich habe nicht gefragt, wie es im Prinzip sein müßte.«

Der Major mischte sich ein. »Weder der Zug noch der Wärter sind da. Zuerst dachte ich, der Zug sei vielleicht vor dem Tunnel entgleist und der Bahnwärter habe sich zu Fuß auf den Weg gemacht, um den Unfall festzustellen.«

»Könnte es sein, daß man ihn von Kertes aus beauftragt hat,

festzustellen, ob der Zug zwischen Wärterhaus und Tunnel auf freier Strecke hält?«

»Er wurde nicht beauftragt«, erwiderte Bokor.

»Und diese Weiche da?« Sátori wies auf den umgelegten Weichenhebel.

Der Eisenbahner trat hinzu. »Das ist die Weiche zu einem alten Anschlußgleis im Bergwerk. Es wird aber nicht mehr benutzt. Wie ich sehe, befindet sich die Weiche in vorschriftsmäßiger Lage.«

»Meiner Meinung nach ist der Zug im Tunnel hängengeblieben«, meinte Csupati.

»Das kann nicht sein. Wir sind die Strecke bis Kertes durchgefahren«, entgegnete der Eisenbahner und sah den Hundeführer an. »Sie sind es?« Er hatte Csupati erkannt.

Kantor schlich um die Gruppe herum und witterte an den Hosenbeinen der Fremden. Dem Eisenbahner näherte er sich von hinten.

»Wo haben Sie denn Ihren Wunderhund?« fragte der Bahnangestellte.

Er kannte Csupati vom Sportklub her. Manchmal, wenn es ihm unter dem Vorwand, Überstunden zu machen, gelungen war, den Spüraugen und der strengen Kontrolle seiner Frau zu entkommen, hatte er sich in den Klub begeben, im Stehen zwei Gespritzte getrunken und sich dann gleich wieder entfernt.

»Dort steht er doch hinter Ihnen.«

Csiti fuhr zusammen.

»Kantor, komm her!« befahl Csupati seinem Hund.

»Er ist ... wundervoll«, stammelte Csiti beim Anblick des geräuschlos zu Csupati laufenden Hundes.

»Zur Sache«, beendete Sátori das Zwischenspiel, »wir müssen den Zug suchen.«

»Soll ich mitkommen?« fragte der Eisenbahner.

»Sie bleiben hier im Wärterhaus.«

»Jawohl.«

Sátori fiel es auf, daß Kantor an der Weiche witterte.

»Hast du etwas gefunden?« fragte er den Hund. »Siehst du«,

Sátori wies auf die Schiene, »die kommt mir irgendwie verdächtig vor. Warum? Ja, Kamerad, das ist es, was ich selber noch nicht weiß.«

Sátori sprach zwar zum Hund, aber es waren doch mehr Gedanken, die ihn zu beschäftigen begannen, Fragen, die er sich selbst zu beantworten suchte.

»Sag mal«, fragte Sátori den Obermeister, »wann wurde die Arbeit im Bergwerk eingestellt?«

»Vor zehn Jahren etwa oder sogar noch früher.«

»Wann bist du das letzte Mal dort gewesen?«

»Vergangenes Jahr im Herbst. Bevor man uns in die Hauptstadt versetzt hat. Mit diesem alten Marder, dem Bahnwärter, sind wir hinauf bis zur Schleuse unterhalb des Steinbruchs gegangen. Kaum hatte er seinen Angelhaken hineinexpediert, bauz!, schon zog er eine Forelle heraus. Ich selbst habe es stundenlang versucht. Bei mir will einfach nichts anbeißen.«

»Wie weit ist es bis zum Steinbruch von hier aus?«

»Zu Fuß eine gute halbe Stunde.«

»Und mit dem Auto?«

»Mit dem Auto? Nicht einmal mit dem Fahrrad kann man hinfahren. Der Steinbruch ist nur auf dem alten Werkgleis erreichbar.

»Dann gehen wir jetzt hin«, sagte Sátori und stand auf.

»Oberleutnant Kalló könnte vielleicht mit zwei Mann dableiben«, sagte er zu Major Bokor. »Wir gehen mit dem Hund das Anschlußgleis entlang.«

»Einverstanden«, sagte Bokor und nickte.

»Genosse Hauptmann«, Káldi zog Sátori beiseite. »Schauen Sie doch mal!« Der Oberleutnant leuchtete auf und neben die Schienen. »Das Gras ist niedergedrückt.«

»Ja, aber warum zum Teufel ist der Zug von der Hauptstrecke abgebogen?«

»Man hat ihn umgeleitet.«

Der Mond warf gespenstische Schatten über die in der Schlucht des Gyöngy-Baches marschierende kleine Gruppe. Wie üblich ging Kantor an der Spitze, und da ihn kein besonderes Kommando zur Arbeit zwang, witterte er nur zuweilen zwischen den Disteln und Gräsern.

Das Gleis führte in den dunklen Rachen eines Tunnels, der tief in den Berg eingehauen war.

»Wir sind beim Steintor angelangt«, sagte Csupati und nahm Kantor an die lange Suchleine.

Sátori beleuchtete die feuchten, moosbewachsenen Wände des Tunnels. Der Durchbruch verlief nicht gerade, sondern in einer Rechtskurve. Nach vierzig, fünfzig Schritt erreichten sie den Ausgang des Tunnels. Der Schienenstrang verlief abwärts, in einer scharfen Kurve, zum Verladeplatz des früheren Steinbruchs.

Plötzlich blieb Csupati stehen und zeigte nach vorn.

Vor der halb zusammengefallenen Verladerampe stand der Zug.

Niemand war zu sehen. Es schien, als hätten Gespenster ihn hierhergefahren.

Im Schutz der einige Meter hohen Gesteinshaufen, die sich um die Verladerampe türmten, näherte sich die Gruppe der Lokomotive.

Csupati drückte sich hinter den Steinhaufen, der der Lokomotive am nächsten lag. Vorsichtig beobachtete er das Gelände.

»Worauf warten wir noch?« fragte Major Bokor ungeduldig. »Also nun los!« Der Major stand schon neben der Lok auf der Rampe. Sátori betrat nun ebenfalls die fast einen halben Meter hohe Plattform. Die sie begleitenden Polizisten umstellten den Güterzug.

»Kein Mensch zu sehen«, bemerkte Bokor.

Sátori und Csupati überlegten, wo sie für Kantor eine geeignete Ausgangsspur finden könnten. Der Beratung bereitete Kantor durch sein Bläffen ein Ende.

Er schnupperte an der Tür des Paketwagens und wedelte ungeduldig mit dem Schwanz. Sein Herr eilte zu ihm.

Aus dem Postwagen hörte man leises Wimmern.

Csupati faßte den Griff der Schiebetür und zog sie auf.

Kantor sprang in den dunklen Waggon. Ehe ihm der Schein von Csupatis Taschenlampe folgen konnte, hatte er das Geheimnis des Postwagens gelüftet.

Auf dem öligen Boden lagen vier Männer, gefesselt und geknebelt.

Sátori schaute fragend auf den Major. »Sie scheinen einem Raubüberfall zum Opfer gefallen zu sein.«

Csupati und Oberleutnant Káldi, der inzwischen herbeigeeilt war, durchschnitten die Stricke mit Taschenmessern.

Danach wurde geklärt, wer die Leute waren.

»Der Bahnwärter war also doch nicht Forellen fangen gegangen«, bemerkte Sátori und zeigte auf einen der Männer.

Dieser alte Eisenbahner befühlte sich schmerzverzerrt den Nacken.

»Was ist denn mit Ihnen geschehen?« fragte Sátori.

»Ich kann mich nur daran erinnern, daß ich die Ankunftsmeldung des Zuges Nummer eintausendundsiebzig entgegengenommen habe ..., dann bin ich hinausgegangen. Ein Schatten ... Ein Schlag ins Genick, und jetzt bin ich hier.«

»Das ist nicht viel. Haben Sie jemanden gesehen?«

»Nein.«

»Treten Sie zur Seite. Sind Sie der Lokführer?« Der Hauptmann wandte sich einem mittelgroßen Mann zu.

»Ja.«

»Und was ist mit Ihnen passiert?«

»Mein Heizer hatte im letzten Augenblick bemerkt, daß das Signal vor dem Wärterhaus von Grün auf Rot umschaltete. Ich war aber schon so nahe herangefahren, daß ich nicht mehr rechtzeitig bremsen konnte. Der Zug blieb erst neben dem Wärterhaus stehen. Als ich mich hinausbeugte, um den Bahnwärter zu fragen, was zum Kuckuck denn los sei, herrschte mich von hinten eine barsche Stimme an, ich solle langsam weiterfahren und mich ruhig verhalten, wenn mir mein Leben lieb sei ... Ich merkte, daß sich ein Pistolenlauf gegen meinen Rücken drückte.«

»Haben Sie denn nichts gesehen?«

»Wo?«

»Beim Wärterhaus oder daneben ...«

»Ich hörte nur, wie die Weiche knallte, und sah dann, wie eine maskierte Gestalt winkte ...«

»Mir schien«, unterbrach ihn der Heizer, »als ob ich zwischen den Sträuchern neben dem Wege, der zum Wärterhaus führte, das glänzende Dach eines Autos gesehen hätte.«

»Darüber reden wir später ... Sprechen Sie erst weiter!« forderte Sátori den Lokführer auf.

»Ich folgte der Anweisung und zog den Zug langsam vor bis zur Brücke. Da wußte ich schon, daß wir auf das alte Gleis abgebogen waren. Auf der Brücke mußte ich den Zug wieder anhalten, aber nur für etwa eine Minute. Sie müssen wissen, auf dieser morschen Holzbrücke hätten wir gleich in den Fluß stürzen können. Ich sagte deshalb zu dem Banditen, der hinter mir stand: Bleiben wir hier lieber nicht stehen, ich höre trotz des Wasserrauschens, wie die morschen Balken unter uns zu krachen beginnen.«

»Das Wesentliche, Meister«, unterbrach ihn Sátori ungeduldig.

»Haben Sie das Gesicht des Banditen gesehen?«

»Nein. Er war maskiert. Er war aber sehr groß und stark.«

»Ja, das stimmt. Er war einen halben Kopf größer als ich«, bemerkte der Heizer, »und hatte eine Maschinenpistole um den Hals hängen. Eine, wie sie die Deutschen im zweiten Weltkrieg benutzten ...«

»Woher wissen Sie das so genau?«

»Ich bin doch Soldat gewesen, bitte schön.«

»Weiter!«

Der Lokomotivführer fuhr fort: »›Fahr los!‹ sagte der Maskierte. Mir trat der Angstschweiß auf die Stirn. Früher war ich nämlich auf diesem Gleis gefahren, als wir noch Steine transportierten. Schon damals krampfte sich mir immer das Herz zusammen, wenn ich den Abschnitt am Rande der Schlucht befuhr. Dort war nämlich, noch während des Krieges, als der Flugplatz bei Tüscsökmajor gebaut wurde, einmal ein

Zug entgleist. Die Trümmer liegen heute noch im Abgrund. Nur die Leichen des Bremsers und der beiden Soldaten wurden gefunden, den Lokführer und den Heizer hatte die Explosion der Lokomotive in tausend Stücke zerrissen und in alle Winde zerstreut ... Das fiel mir wieder ein. Außerdem wußte ich ja nicht einmal, ob die Strecke überhaupt noch befahrbar war. Vor der großen Kurve riet ich deshalb auch, daß wir anhalten sollten. Der Kerl drückte mir jedoch den Lauf der Maschinenpistole in die Seite und donnerte mich an, ich solle mir nicht in die Hosen machen. Dann sind wir hier angelangt. Der Kerl befahl mir, anzuhalten, und als der Zug stand, erhielt ich einen Schlag ins Genick ... Im Postwagen bin ich wieder zu Bewußtsein gekommen.«

»Und Sie?« Sátori wandte sich nach dem Verhör des Lokführers an den Postangestellten.

»Als der Zug stehenblieb, wollte ich den Lokführer fragen, was denn los sei. Ich öffnete die Wagentür. Auf dem Trittbrett stand eine maskierte Gestalt. Der Kerl setzte mir die Pistole an den Bauch, und im nächsten Augenblick war er schon im Wagen. Er befahl mir, mich umzudrehen. Im selben Moment schlug er mich nieder. Als ich wieder zu mir kam, lag ich auf dem Boden. Meine Hände und Füße waren gefesselt, im Mund steckte ein Knebel ... Oje«, stammelte er plötzlich, »die zwei Säcke fehlen. Die Lieferung der Landessparkasse. Über zweieinhalb Millionen Forint ... Du lieber Gott, was soll nur jetzt werden?«

»Jammern Sie nicht«, herrschte Major Bokor den Postangestellten an.

»Aber so viel Geld. Seit fünfundzwanzig Jahren bin ich im Dienst. Nicht wahr, Sie werden es bestätigen, daß ich nichts dafür kann, daß ich unschuldig bin ... Man wirft mich bestimmt hinaus ...«

Sátori rief Bokor zur Seite. Sie besprachen sich.

Csupati beobachtete die beiden Offiziere; er war ungeduldig. Er wollte nicht untätig herumstehen. Um sich bemerkbar zu machen, räusperte er sich einige Male.

»Kommen Sie her«, sagte Sátori. »Haben Sie schon eine Spur gefunden?«

Csupati kam langsam näher. »Ich nicht.«

»Und Kantor?«

»Kantor? Ich glaube, ja. Vom Fuße der westlichen Felswand, wo der Grenzweg beginnt, hat er das hier gebracht.« Der Hauptwachtmeister zeigte einen ausländischen Kugelschreiber mit Plasthülle.

»Das ist unlogisch«, brummte Bokor. »Mit dem Geld können die Räuber nur auf dem Gebiet unseres Landes etwas anfangen. Folglich werden sie nicht versuchen, außer Landes zu gehen, sondern ins Innere zu flüchten.«

»Da bin ich anderer Meinung«, entgegnete Sátori. »Mit so viel Geld kann man auch im Ausland etwas anfangen. Und wer sagt uns, daß sie die Beute nicht irgendwo verstecken, um sie später zu holen? Die Banditen dürften zu dritt, höchstens zu viert gewesen sein. Sie müssen über den Inhalt des Postwagens, den Zeitplan des Zuges, das Funktionieren der Bahneinrichtungen gut Bescheid gewußt haben. Es ist nicht ausgeschlossen, daß der Postangestellte mit von der Partie war.« Sátori schwieg gedankenvoll.

Der Kriminaltechniker meldete, daß die Spurensicherung beendet sei. Am Geländer der Loktreppe und auf der Handleiste am Einstieg in den Postwagen wurden mehrere Fingerabdrücke festgestellt.

Die erste Befragung des Zugpersonals war ebenfalls abgeschlossen. Ein Polizist wurde beauftragt, den Bahnwärter zur Schranke nach Mecske zurückzubringen. Der Zug und das Personal sollten hier bleiben und auf die bereits avisierten Mitarbeiter der Bahndirektion warten.

Sátori dachte noch einmal über Major Bokors Argumentation nach. Sie war nicht von der Hand zu weisen.

Warum sollten die Banditen ins Ausland flüchten? Wenn sie das Geld einteilten, es nicht mit vollen Händen ausgaben, konnten sie jahrelang davon leben, ohne aufzufallen.

Er schüttelte den Kopf; er durfte sich weder auf die eine noch auf die andere Variante festlegen. Man mußte Kantor ansetzen, um den Tätern auf die Spur zu kommen.

»Wo hat Kantor den Kugelschreiber gefunden?« fragte er den Hundeführer.

»Auf dem nach Westen führenden Fußweg. Meiner Ansicht nach sind die Kerle in Richtung Csiti-Mühle gegangen.«

Sátori gab seiner Gruppe das Kommando zum Aufbruch. Major Bokor erklärte, daß er mitgehen würde.

Kantor warf den Kopf ungeduldig hin und her. Csupati hielt ihm den Kugelschreiber vor die Nase. »Such Spur!«

Nach etwa anderthalb Stunden erreichte Kantor ein Tal. Der Morgen begann heraufzuziehen, es war kühl und windig. Kantor zwang der kleinen Gruppe ein schnelles Tempo auf. Seitdem er den Steinbruch verlassen hatte, waren die Spuren eindeutiger und die aufgenommenen Gerüche schärfer geworden. Csupati leuchtete zuweilen mit seiner Taschenlampe dorthin, wo der Hund die Fortsetzung der Spur aufnahm, er konnte jedoch auf dem steinigen Boden nichts erkennen.

»Du mußt es ja wissen«, brummelte er vor sich hin. Sátori überlegte, ob sie ein wenig verschnaufen sollten. Ihm schien es, als wären sie schon seit Stunden unterwegs. Wenn er wenigstens wüßte, wohin der Hund sie führte.

Csupati blieb stehen und wandte sich um. »Genosse Hauptmann, wir sind an der Glavica angelangt.«

In trockenen Sommern führte die Glavica wenig Wasser, doch jetzt nach der Schneeschmelze war der Fluß weit über die Ufer getreten und überflutete den Weg.

Kaum hatte Sátori die Taschenlampe aufleuchten lassen, ertönte hinter ihnen eine befehlende Stimme: »Halt! Stehenbleiben! Grenzpolizei!«

Ein Scheinwerfer leuchtete auf. Der Lichtkegel streifte das Tal entlang.

»Wer seid ihr?«

»Auch Polizei«, antwortete Csupati. »Eine Fahndungsgruppe der Kriminalpolizei aus Budapest.«

Der Lichtkegel hob sich etwas. Polternde Schritte waren zu hören, dann trat auf der anderen Seite des überschwemmten Weges ein Uniformierter in den Lichtschein.

Major Bokor und Hauptmann Sátori wiesen sich aus und erklärten, warum und wie sie hierhergekommen seien. Der Postenführer meldete, daß sie seit Mitternacht im Dienst seien und in ihrem Abschnitt keine verdächtige Bewegung wahrgenommen haben.

»Können Sie mal kurz umherleuchten, damit wir uns orientieren?« fragte Sátori die Grenzer.

Das grelle Licht streifte langsam über die Berghänge. In etwa zehn Meter Höhe gähnte ein schwarzes Loch, der Eingang zu einer Höhle.

»Gibt es hier viele Höhlen?« fragte Sátori.

»Nein, nur oben am Gipfel ist noch eine kleinere Höhle, aber da kann man von hier nicht hinaufklettern, sie ist nur vom Wehr hinter der Mühle aus erreichbar«, antwortete der Grenzführer.

»Gehört die Mühle zu Ihrem Abschnitt?«

»Ja. In ihrer Umgebung war ebenfalls alles still.«

»Ich glaube, der Hund hat uns zum Narren gehalten«, meinte Major Bokor.

»Hm ..., ich weiß nicht ... Seit wann steht das Wasser auf dem Weg?« fragte Sátori.

»Seit gestern nachmittag.«

Sátori hob das Funkgerät vor den Mund. »Möwe, Möwe! Hier ist Kantor! Melden Sie sich!«

Eine schnarrende, verzerrte Stimme antwortete. Sátori wies den Fahrer, der am Wärterhaus in Mecske wartete, an, zur Mühle zu fahren und dort auf die Gruppe zu warten.

»Was denn?« fragte Csupati erstaunt. »Wir gehen zur Mühle?«

»Ja«, erwiderte Sátori ärgerlich. »Der Hund hat uns ganz schön in die Irre geführt. Anderthalb Stunden haben wir verloren. Wie wir eben hörten, haben die Grenzer alle Straßen und Wege in diesem Bereich bereits vor Mitternacht abgesperrt, zu einer Zeit, da die Täter noch nicht hier durchgekommen sein können, wenn sie überhaupt diesen Weg gelaufen sind. Vielleicht haben sie sich im Steinbruch versteckt und lachen sich jetzt ins Fäustchen.«

»Die Brüder sind bestimmt hier entlanggelaufen«, beteuerte Csupati. »Der Kugelschreiber ist der Schlüssel zur Lösung.«

»Dann suchen Sie doch weiter.«

»Das werde ich auch ... Kantor!«

Der Hund stand bereits neben ihm.

»Sie entfernen sich nicht von der Gruppe«, befahl Sátori, und er fragte die Grenzer, ob dieser Weg auch zur Mühle führe. Da sie bejahten, war er einverstanden, daß Csupati mit Kantor wieder die Führung übernahm.

Nachdem Kantor erneut die Witterung des Kugelschreibers aufgenommen hatte, dauerte es eine Weile, bis er die Spur wiederfand. Bereits nach einigen hundert Metern weitete sich das Tal, und die Umrisse der Mühle wurden erkennbar.

Csupati blieb stehen, löste die Leine vom Halsband und sagte zu Kantor: »Geh! Such Gauner!«

Während er nach einer Zigarette kramte, blickte er dem zum Mühlwehr trabenden Hund nach.

Kantor betrat die Holzbrücke, die über das Wasser zum Mühleneingang führte, und blieb vor der Tür im Eisengitter stehen.

Auch Sátori beobachtete den Hund, der ungeduldig vor der Tür witterte.

»Worauf warten wir?« fragte Major Bokor.

Sátori schien die Frage nicht gehört zu haben.

Von der anderen Seite der Straße her näherte sich ein Auto. Das Scheinwerferlicht erfaßte die Mühle und die danebenstehenden Gebäude.

»Unser Wagen ist angekommen«, bemerkte Csupati.

Über Funk gab der Hauptmann die Anweisung, eine günstige Stelle zu suchen, von der aus der Mühlenhof mit den Scheinwerfern beleuchtet werden konnte.

Inzwischen war Major Bokor mit zwei Polizisten weitergegangen. Sie befanden sich bereits dicht vor dem Wehr. Auf Sátoris Befehl eilte Csupati ihnen nach und lief noch vor ihnen über die Brücke.

Kantor hatte sich wiederholt ungeduldig nach seinem Herrn umgewandt. An der Eisentür war keine Klinke. Csupati übersah den Klingelknopf und schlug mit der Faust an die Tür.

»Öffnen Sie. Polizei!« In der Mühle blieb es still, nur das Wasser rauschte. Csupati hämmerte mit beiden Fäusten an die Tür.

Plötzlich erlosch die Glühlampe über dem Eingang. Csupati versuchte, die Tür mit der Schulter einzudrücken. Ein Polizist kam ihm zu Hilfe, doch die Tür gab nicht nach.

»So geht das nicht«, sagte Major Bokor und befahl einem der Polizisten, einen zweiten Eingang zu suchen.

Csupati bemühte sich, einen lockeren Eisenstab aus dem Brückengeländer zu brechen. Er ruckte und zerrte, hielt mit einemmal den Stab in der Hand und flog gegen die Tür. Knarrend öffnete sie sich.

Kantor sprang über seinen Herrn und stürmte in die Mühle.

»Sind Sie verletzt?« fragte Major Bokor besorgt.

Csupati befühlte sich den Hinterkopf und verneinte.

Plötzlich krachte ein Schuß.

Major Bokor entsicherte seine Pistole. Die Scheinwerfer waren auf den Hof der Mühle gerichtet. Auf dem Dachfirst des Gebäudes, das den Hof nach Westen begrenzte, klammerte sich eine Gestalt an den Schornstein und sackte langsam zusammen. Etwas polterte, dann zerschellte eine Gitarre im Hof.

»Szepiii.« Der Ruf kam aus dem Innern der Mühle.

»Ergeben Sie sich!« rief Major Bokor der Gestalt auf dem Dach zu.

Als Antwort prasselte aus einem Fenster im zweiten Stock der Mühle eine Maschinenpistolengarbe auf den Polizeioffizier. Der Major griff sich an die Brust und stürzte hinter dem Wehr in das wirbelnde Wasser.

»Kantor!« rief der Obermeister so laut er konnte und kroch im Schutze der Wand bis zur Ecke des Gebäudes.

Der Ruf seines Herrn erreichte Kantor auf der Wendeltreppe, die ins obere Stockwerk führte. Er horchte auf, kehrte um und hastete die Wendeltreppe hinunter.

»Hierher, Tjutju.«

Csupati hockte sich nieder, legte den rechten Arm um den Hals des Hundes und knipste mit der linken Hand seine Taschenlampe an.

Der runde Lichtkegel glitt über das Wasser, bis er den Schatten eines immer wieder auftauchenden Körpers erfaßt hatte.

»Gleich wird ihn die Strömung erfassen! Wenn er in das Mühlrad gerät ...«, rief Sátori entsetzt.

»Dort, mein Tjutju, dort ... Bring ihn her!« Csupati zeigte Kantor mit verhaltener Erregung den um sein Leben ringenden Mann. »Hol ihn!« rief er laut. Seine Stimme glich eher einem Aufschrei als einem Befehl.

Kantor sprang. Sein gestreckter Körper tauchte geräuschvoll ins Wasser ein.

Im Hof hinter dem Gebäude krachten weitere Schüsse.

Nur langsam näherte sich Kantor dem Major.

Auf Csupatis Stirn perlte Schweiß. Seine Hand, die die Taschenlampe hielt, zitterte.

Der Lichtstrahl erfaßte den Kopf des Hundes, glitt weiter ...

»Kantor! Hierher!«

Den Major schienen die Kräfte zu verlassen.

»Hierher, Kantor, hierher!« Mit dem Lichtkegel wies Csupati dem Hund den Weg.

Kantor gelang es, den Kragen im Genick des Majors zu fassen. Wieder folgte er den Rufen seines Herrn und dem Lichtkegel. Die Last mit sich schleppend, schwamm er zu seinem Herrn, der mit Sátori am Wehr unter der Brücke auf ihn wartete. Vier hilfreiche Arme streckten sich ihm entgegen. Die Hand seines Herrn glitt über seine Nase.

»Laß ihn los«, sagte Csupati, und Kantor öffnete gehorsam die Fänge.

»Ziehen wir ihn vorsichtig heraus«, sagte Sátori und ergriff einen Arm des Majors. Mit großer Kraftanstrengung hoben sie den Körper über den Betonrand des Wehrs. Gemeinsam trugen sie ihn zur Straße, wo das Auto stand.

Csupati knöpfte die Uniformjacke des Majors auf und horchte auf den Herzschlag. »Er lebt«, stellte er fest, »er ist nur bewußtlos. Schwere Verletzungen sind äußerlich glücklicherweise nicht festzustellen, aber sein rechter Arm scheint gebrochen zu sein.«

Ein Polizist meldete, daß ein Rettungswagen bereits unterwegs sei. Auch habe er, wie Sátori ihm befohlen, Verstärkung angefordert.

Alles, was bisher geschehen war, kam Sátori fern und unwirklich vor – wie ein phantastischer Roman. Es fiel ihm schwer zu glauben, daß die Zugräuber hier in diese von den Grenzern kontrollierte Mühle geflüchtet seien.

»Kennst du den Mühlenbesitzer?« fragte er Csupati, der erschöpft an der Wand lehnte.

»Den Dömötör mit dem Holzbein? Wer kennt den nicht?«

»Lebt er hier allein?«

»Drei Jungs wohnen bei dem Alten«, antwortete ein Grenzer, als Csupati mit den Schultern zuckte. »Sein Sohn und dessen Freunde. Wir kennen sie als ordentliche Burschen. Abends pflegen sie hier am Wehr Gitarre zu spielen.«

»Ja«, pflichtete der zweite Grenzer bei, »das sind keine Kneipengänger.«

»Soso«, brummte Sátori, »wer zum Kuckuck schießt dann hier herum und kriecht auf Dächer?«

Csupati sah hinauf.

»Aber das ist doch der Szepi, der Gitarrenspieler«, rief ein Grenzer.

»Der wollte wahrscheinlich abhauen«, meinte Sátori.

»Dann ist hier tatsächlich dicke Luft«, sagte der Postenführer. »Bei unserem Streifengang war hier noch alles in Ordnung. Vielleicht sind nach uns Banditen hier eingedrungen und haben den Alten und die Jungs gezwungen, die Tür nicht zu öffnen? Szepi hat sicher über das Dach aus dem Haus gelangen wollen, um uns zu benachrichtigen.«

»Genosse Obermeister, fordern Sie sie auf, sich zu ergeben. Rufen Sie von der Ecke aus, dorthin können sie nicht schießen.«

Csupati folgte dem Befehl. Er formte die Hände zu einem Trichter und schrie aus voller Kehle: »Ihr seid umzingelt, ergebt euch!«

Als Antwort prasselte aus einem Fenster im zweiten Stock eine Maschinenpistolengarbe auf den Mühlhof.

»Seid ihr wahnsinnig?« brüllte Csupati.

Der Scheinwerfer tastete langsam über die Fenster des zweiten Stockwerks.

Die Polizisten, die im Wagenschuppen Deckung gesucht hatten, begannen nun auf die im Lichtschein blitzenden Fenster zu schießen. Die Glasscheiben fielen klirrend auf die Erde herunter.

»Feuer einstellen!« kommandierte Sátori.

Daraufhin geschah gar nichts. Aus dem Hause kam niemand heraus.

»Wir können nicht länger warten«, erklärte der Hauptmann. »Wir müssen in die Mühle eindringen ...« Er überlegte, ob er auf die Verstärkung warten sollte, die spätestens in einer halben Stunde eintreffen würde. Dann könnten sie die Mühle, die einer mittelalterlichen Festung glich, mit geringerem Risiko stürmen. Mit welchem Recht wollte er Kollegen in dieses gefährliche Unternehmen schicken, die über weit weniger Erfahrung verfügten als er?

Er dachte an Bokor und an den Gitarrenspieler auf dem Dach. Zwei Opfer gab es schon. Andererseits war jede Minute kostbar.

»Sie kommen mit uns«, befahl er dem Postenführer. »Wir folgen dem Hund.«

»Kantor!« rief Csupati. »Such Spur!«

Eine Weile dauerte es, bis der Hund die Spur wieder aufgenommen hatte. Erneut ging er die Wendeltreppe hinauf.

Auf dem oberen Podest wartete Kantor, bis Sátori und Csupati nachgekommen waren. Der Obermeister entdeckte zwei Lichtschalter. Sie funktionierten. Drei Glühlampen leuchteten auf, auch die Glühlampe über der Eingangstür brannte wieder. Von der Treppe zweigte ein Flur ab.

Der Hund lief weiter. Vor einer Tür in der Mitte des Ganges blieb er stehen.

Vorsichtig öffnete Sátori die Tür spaltbreit, faßte hindurch und tastete nach dem Lichtschalter. Er fand ihn schnell. Als das Licht aufflammte, stürzte Kantor ins Zimmer.

»Ist hier jemand?« fragte Sátori hinter der halboffenen Tür. Einige Augenblicke später tauchte der Kopf des Hundes im Türspalt auf.

»Wir können hinein«, sagte Csupati.

Mit einem Blick erfaßte Sátori den Raum, die Möbel, die Nische neben dem Schrank, den schweren Schreibtisch.

»Bleiben Sie an der Tür, und behalten Sie den Flur im Auge«, befahl er dem Grenzer. Er öffnete den Schrank. Ein muffiger Geruch strömte ihm entgegen.

Kantor war auf den Flur gelaufen. Csupati folgte ihm mit der Pistole in der Hand. Am Ende des Ganges befand sich eine roh gezimmerte Brettertür. Csupati drückte sein Ohr an die Tür und horchte, bevor er den Riegel zurückzog.

Vor dem Obermeister lag ein großer Raum. Aus einer Ecke glaubte er ein Geräusch zu hören. Im selben Augenblick fiel ein Schuß. Csupati warf sich auf den Boden und suchte Deckung hinter einem dicken Holzpfeiler. Er hatte das Gefühl, in eine Falle geraten zu sein.

»Lackó«, flüsterte eine Stimme.

Csupati richtete seine Pistole in die Richtung, aus der die Stimme gekommen war, da schrie jemand.

»Lackó! Hilfe!« Die Stimme schien plötzlich aus der Tiefe zu dringen.

Csupati knipste seine Taschenlampe an und wich erschrocken einige Schritte zurück. Vor ihm gähnte ein dunkles Loch. Kantor berührte ihn weich mit der Schnauze. Csupati verstand:

Sie mußten weitergehen, gleichviel, was noch geschehen würde. Er leuchtete den Boden und die Wände ab. In einer Ecke entdeckte er eine Falltür. Er öffnete sie. Eine morsche Treppe führte hinunter. Csupati hatte den Durchlaß kaum einen Spalt breit geöffnet, als Kantor bereits durchschlüpfte und abwärts lief.

Sie gelangten unbehelligt in einen Raum, in dem man das Wasser stark rauschen hörte. In eine Wand war ein großes Tor eingelassen. Mühelos öffnete Csupati einen Flügel. Vor ihm lag der Hof.

Kantor knurrte wiederholt, als wollte er seinen Herrn rufen. Er stand in der Mitte des Raumes und rührte sich nicht von der Stelle. Der Hundeführer trat zu ihm und erblickte auf dem Boden einen Mann.

»Der war es«, brummelte Csupati vor sich hin. Er leuchtete zur Decke. Viel hatte nicht gefehlt, dann wäre er selbst hier heruntergestürzt. Der Tote schien die Mühle auch nicht gut gekannt zu haben, sonst wäre er, als er vor Kantor flüchtete, um das Loch herumgegangen.

Csupati hockte sich nieder, drehte den Mann auf den Rücken und langte in die Innentasche seiner Jacke: Personalausweis, eine abgegriffene Brieftasche ... Aus der Außentasche fielen ein paar Patronen heraus.

»Wir können gehen!« sagte Csupati und steckte die Sachen ein.

Plötzlich waren Geräusche zu hören, eilige, hinkende Schritte. Csupati leuchtete rundherum, sah aber niemand.

Kantor fand eine runde Öffnung. Knurrend rief er seinen Herrn herbei.

Der Obermeister leuchtete in den Schacht. Der Lichtkegel traf einen kahlen Kopf.

»He! Opa!« rief Csupati. Seine Stimme dröhnte und hallte wider. »Bleiben Sie stehen!«

»Du bleibst hier oben«, sagte er zu dem Hund, »und bewachst dein Herrchen.« Er kletterte die Eisenleiter an der Innenwand des Schachtes hinunter, der zu einem Tunnel führte. Plötzlich kam ihm zum Bewußtsein, daß man ihn von unten her abknallen könnte.

»Stehenbleiben!« rief er der hinkenden Gestalt nach. »Halt, oder ich schieße!«

»Tu das nicht! Lackó! Dein Bruder ...« Die Stimme des Alten verlor sich im Wasserrauschen.

Die Luft geriet auf einmal in Bewegung. Aus dem Tunnel schlug Csupati ein muffiger, feuchter Wind ins Gesicht, und heranstürzendes Wasser riß den Mann, der sich vergeblich an den unteren Sprossen der Leiter festzuhalten suchte, mit.

Ehe Csupati begriff, was geschehen war, merkte er, daß das Wasser im Schacht schnell höher stieg. Schon reichte es ihm bis an die Hüfte, und eine saugende Strömung zog ihn nach unten. Mit aller Kraft zog sich Csupati Sprosse um Sprosse hoch. Die Luft wurde knapp. Angstschweiß trat ihm auf die Stirn. Er wollte Kantor rufen; doch die Stimme versagte ihm.

Irgendwo über seinem Kopf gewahrte er den Schein einer Taschenlampe ...

Kantor saß neben dem alten Sofa, auf das man Csupati gelegt hatte, und beleckte die Hand seines Herrn, die schlaff herunterhing.

Der erste Schluck Rum rutschte nur mühsam durch Csupatis Kehle.

»Das ist das Richtige für dich, Genosse«, sagte Sátori zufrieden. »Wußte ich doch, daß der Rum für dich die einzige Medizin ist ... Wie fühlst du dich?«

»Danke, gut. Aber wo bin ich denn?«

»Im Arbeitszimmer des stelzbeinigen Dömötörs ... Eine Ausstattung wie im vergangenen Jahrhundert; patentierte Zerschlissenheit, alte Möbel ... Braucht man noch mehr?«

Kantor fegte beglückt mit dem Schwanz den Fußboden und beschäftigte sich wieder mit seinem Herrn.

»He!« herrschte ihn Sátori scherzhaft an. »Machen Sie nicht solchen Staub, Genosse Unterleutnant!«

»Wer ist denn das?« fragte Csupati verständnislos. Erst jetzt kam ihm zu Bewußtsein, daß er in Unterwäsche auf dem Sofa lag.

Sátori lachte. »Wer könnte es schon sein? Kantor natürlich!«

»Du bist ja gut aufgelegt«, meinte Csupati und wollte die Decke von sich schieben.

»Warte noch, nicht so heftig. Die Jungs bringen dir deine neue Ausrüstung. So lange mußt du es aushalten. Es ist noch kühl, und ich möchte nicht, daß du einen Schnupfen bekommst.«

»Brrr!« Csupati lief es kalt über den Rücken. »Kühl? Unten im Schacht ist es mehr als kühl gewesen.«

»Deinetwegen hat man ja auch keine ruhige Minute. Warum zum Kuckuck bist du in den Schacht gestiegen?«

»Hinterher ist es leicht, klug zu sein.« Csupati nieste kräftig. »Als Kantor diesem Kerl half, sich vom zweiten Stockwerk ins Parterre zu befördern ... Seine Papiere sind übrigens in meiner Tasche ...«

»Ich bin schon dabei, sie zu trocknen«, sagte Sátori und nickte.

»Kurz, während ich mich mit ihm beschäftigte, bemerkte Kantor den stelzbeinigen Dömötör. Ich rannte ihm nach, doch er verschwand vor meiner Nase. Auf dem Grund des Schachtes entdeckte ich ihn wieder, als ich ihm mit meiner Lampe auf den kahlen Kopf leuchtete. Ich forderte ihn auf, stehenzubleiben ...«

»Und weil er nicht stehengeblieben ist, bist du ihm nachgeklettert.«

»Ja. Der Alte war ein ganzes Stück vor mir. Er rief auch etwas.«

»Was hat er gerufen?«

»So etwas wie: Tue es nicht, mein Junge! Danach flutete das Wasser mit Donnergetöse auf uns los. Ich sah noch, wie es den Alten umstieß, und dann flog ich gegen die Schachtwand.«

Sátori starrte lange zum Fenster, hinter dessen Glasscheibe sich der frühe Morgenhimmel mit zartblauer Farbe zeigte.

»Was ist mit Major Bokor?« fragte Csupati.

»Der Rettungswagen hat ihn abgeholt.«

An der Tür klopfte es. Ein untersetzter Wachtmeister trat ins Zimmer. Er brachte trockene Kleidung für den Obermeister.

»Endlich«, sagte Csupati mit freudigem Gesicht. »Geben Sie schnell her«, und er sprang vom Sofa auf.

Mit dem Anlegen der Uniform kehrte Csupatis Selbstvertrauen zurück; er besah sich in dem verstaubten Wandspiegel, der in einen verschnörkelten Rahmen eingefaßt war.

»Gefällst du dir?« fragte Sátori ironisch.

»Hättest du mal in Unterhosen herumsitzen müssen ...«

»Siehst du, das ist es. Ich habe schon immer gesagt, in Unterhosen ist ein Polizist gar kein Polizist. Da soll noch jemand sagen, daß Kleider nicht Leute machen. Meiner Ansicht nach legt man sich mit der Uniform auch sein Amt an. Wahrhaftig, jetzt habe ich dich das erste Mal in Zivil gesehen. Wenn du in Zukunft wieder mal die große Lippe riskierst, lasse ich dich bis auf die Unterhosen entkleiden. Und wenn ich in Rente gegangen sein werde und die Memoiren eines ›Dorfpolizisten‹ schreibe, werde ich deinen Unterhosen ein separates Kapitel widmen.«

Oberleutnant Káldi betrat das Zimmer.

»Haben Sie etwas gefunden?« fragte Sátori.

»Ich melde, außer ein paar leeren Patronenhülsen, einer Maschinenpistole und zwei Magazinen haben wir einige Fingerabdrücke gefunden. Die kriminaltechnischen Untersuchungen führen wir weiter ... Im übrigen ist Csiti schon vernehmbar.«

»Lassen Sie ihn herführen.«

Csupati schaute blinzelnd und verständnislos auf seinen Vorgesetzten. »Was für einen Csiti?«

»László Csiti, der Sohn des Mühlenbesitzers. Oder wie ihn sein Vater nennt: Lackó.«

Csupati sprang auf. »Lackó? Er war es, der den Schacht unter Wasser setzte!«

»Das stimmt«, antwortete Sátori, »zum Glück haben wir ihn erwischt.«

»Wann habt ihr ihn gefaßt?«

»Während du hier lagst und schlummertest. Er war im Keller und hat sich dort hartnäckig verteidigt. Er wurde dabei ein bißchen verwundet.«

»Schade«, brummte Csupati.

»Daß er verwundet wurde?«

»Nein. Schade, daß Kantor ihn nicht erwischt hat.«

»Tja, mein Freund, den konnte man nicht von dir weglocken. Zum Glück hat er mich zu dir gelassen.«

Lázló Csiti wurde, von zwei Polizisten gestützt, zu Sátori gebracht.

»Setzen Sie sich«, sagte Sátori und wies auf den Stuhl, den sie in die Mitte des Zimmers gestellt hatten. Csiti nahm auf dem Stuhl Platz.

»Was wollen Sie von mir?« fragte der große, breitschultrige junge Mann gereizt.

Sátori lehnte sich an den Schreibtisch und wartete, bis Csiti Platz genommen hatte.

»Was wir von Ihnen wollen? Ein bißchen Aufklärung ...«

»Ich weiß von nichts. Ich begreife auch gar nicht, was heute nacht hier geschehen ist.«

»Aber, Herr Kreutzer! Zumindest werden Sie doch darüber Bescheid wissen, weshalb Sie voriges Jahr eine – wenn ich so sagen darf – recht ungewöhnliche Form der Heimkehr gewählt haben?«

»Das habe ich bei der Polizei schon geklärt. Und den Namen Kreutzer will ich nie mehr hören ...«

»Gut. Dann verraten Sie mir doch einmal, was diese nächtliche Schießerei bedeuten sollte.«

»Ich habe keine Ahnung. Boros und Szepi haben geschossen. Ich habe geschlafen und bin erst aufgewacht, als ich Schüsse hörte.«

»Boros ist tot und Szepi lebensgefährlich verwundet. Deshalb wollen Sie die Sache ihnen in die Schuhe schieben. Dabei sind Sie der geistige Urheber gewesen.«

»Ich weiß gar nicht, was sie gemacht haben. Ich weiß von nichts. Sie wohnten zwar hier, legten mir aber keine Rechenschaft über ihre Angelegenheiten ab.«

»Nehmen wir an, ich glaube das. Warum haben Sie sich im Keller versteckt?«

»Weil ich erschrocken war.«

»Bevor Sie jedoch vor Angst in den Keller geflüchtet sind, kletterten Sie in den alten Schacht und öffneten das Wehr. Warum haben Sie das getan?«

Csiti starrte stumm auf Sátori.

»Sie haben das Wehr geöffnet, obwohl Sie wußten, daß sich Ihr Vater im Schacht befand. Offenbar erkannte er, was Sie vorhatten, und wollte Sie daran hindern. War es so?«

Schweigen war die einzige Antwort darauf.

Sátori hob die Stimme. »Der Genosse Obermeister hat gehört, wie Ihr Vater rief: Lackó, mein Sohn, tue es nicht! Haben Sie das etwa nicht gehört? Und wußten Sie nicht, daß sich Ihr körperbehinderter Vater, wenn Sie den Schacht unter Wasser setzen, nicht mehr würde retten können? Sie haben kaltblütig Ihren eigenen Vater ermordet! Warum? Ich kann es Ihnen sagen: wegen zweieinhalb Millionen Forint, die Sie mit Ihren Kumpanen aus dem Zug geraubt haben. Stimmt's?«

Csiti hob den Kopf und warf dem Hauptmann einen haßerfüllten Blick zu. »Möglich, daß es so war; möglich, daß es nicht so gewesen ist. Die Jungs können nicht mehr gestehen, haben Sie gesagt. Womit wollen Sie beweisen, daß ich den Raub begangen habe?«

Sátori blickte nachdenklich zum Fenster hinaus. »Das Geld wird Sie überführen.«

Csiti lachte höhnisch auf.

»Führt ihn ab«, sagte der Hauptmann zu Káldi.

Man führte den jungen Mann hinaus.

»Ein hartgesottener Bursche«, meinte Csupati.

»Er fühlt sich sicher«, sagte Sátori. »Offenbar haben sie die Beute gut versteckt.«

»Schön stehen wir da!« Csupati kratzte sich am Kopf. »In

dieser zweihundert Jahre alten Mühle gibt es sicherlich eine ganze Menge Verstecke. Bis wir die alle aufgespürt haben ...«

»Wir haben bereits alles durchforscht und nichts gefunden.«

Káldi kam zurück. »Um die Leiche des Müllers zu bergen, müssen wir das Wasser aus dem Schacht ablassen.«

»Na, dann lassen Sie es doch«, rief Sátori gereizt. Als Káldi sich umdrehte, fuhr der Hauptmann fort: »Warten Sie! Ich habe es mir überlegt. Ich komme mit!«

Nur langsam sank der Wasserspiegel im Schacht. Die Polizisten und die Grenzer hätten sich eine schnellere Ausflutung gewünscht, doch Sátori hatte sie abgelehnt. Stunden vergingen, bis der Schacht frei von Wasser war. Auf dem Grund lag der tote Müller. Nachdem zwei Polizisten ihn nach oben befördert hatten, stiegen der Hauptmann, der Hundeführer und Kantor in den Schacht hinunter. Sátori vermutete, daß dort unten irgendwo die Geldsäcke versteckt sein könnten.

»Wenn sie da sind, findet Kantor sie«, sagte Csupati überzeugt. »Für ihn ist das eine Kleinigkeit«, und er gab seinem Hund das gewohnte Suchzeichen.

Es dauerte auch nicht lange. In der Schachtwand befanden sich mehrere Öffnungen. Aus einer dieser Luken zog Kantor die hineingepreßten Säcke hervor.

»Na, das Geld ist hinüber«, stellte Csupati fest, »das können sie nicht einmal einem Lottogewinner anbieten! Das ganze Geld ist bis zum letzten Schein völlig durchweicht.«

»Man wird es schon irgendwie trocknen! Auf jeden Fall wird es Herrn Csiti zum Geständnis zwingen.«

László Csiti, alias Ludwig Kreutzer, hatte den verwegenen Raub mit zwei seiner Kumpane durchgeführt. Ein weiterer Helfershelfer war Aladár Csiti, der Bahnbeamte; er hatte ihn über die Ankunft des Zuges mit dem Geldtransport informiert. Da sie mit den Grenzern gut bekannt waren, hatte László Csiti damit gerechnet, daß sie die Mühle an der Grenze, die ohnehin unter ständiger Kontrolle stand, nicht durchsuchen, sondern annehmen würden, daß die Räuber die Grenze überschritten hätten. Doch Kantor hatte ihnen einen Strich durch die Rechnung gemacht.

László Csiti wäre es nicht im Traum eingefallen, nach Österreich zu flüchten. Er hatte dort seit frühester Kindheit gelebt. Seine Mutter hatte ihn am Ende des Krieges, als sie mit einem deutschen Soldaten ihrem Mann weggelaufen war, mitgenommen. Lackó war bei seiner Mutter aufgewachsen, und was für ein Mensch aus ihm geworden war, konnte man der Fahndungsliste der österreichischen Polizei entnehmen.

Vor einem Jahr war Lackó zu seinem Vater »zurückgekehrt«, und der alte Müller war glücklich, auf seine alten Tage seinen Sohn wieder bei sich zu haben. Er hatte auch die ungarische Staatsbürgerschaft für seinen Jungen beantragt und die plötzliche Rückkehr mit dessen Vaterlandsliebe begründet. In Wirklichkeit war dem steckbrieflich gesuchten Verbrecher der österreichische Boden unter den Füßen zu heiß geworden.

Zwei Tage später besuchten Sátori, Csupati und Kantor den Major im Krankenhaus. Bokor empfing seine Genossen mit mattem Lächeln. Sprechen durfte er zwar noch nicht, aber er deutete durch leichtes Kopfnicken an, daß er Sátoris kurzen Bericht verstanden hatte.

Drei Maschinenpistolenkugeln hatte man dem Major aus der Schulter geholt. Die Kugeln hatten ihm das Schlüsselbein durchschlagen, waren aber zum Glück nicht in die Lunge eingedrungen.

Bokor blickte dankbar auf Kantor, der neben seinem Bett saß.

Der Hund beobachtete sittsam und reglos den Kranken; er fühlte sich fremd hier.

Csupati stand neben Sátori und zupfte am unteren Rand seines Uniformrocks. In dem weißen Krankenzimmer fühlte er sich ebenso beklommen wie sein Hund. Er atmete erleichtert auf, als Sátori dem Major gute Besserung wünschte und sich verabschiedete.

»Wir beide wünschen Ihnen auch alles Gute, Genosse Major«, brummte Csupati und salutierte.

Kantor schnellte auf, lief jedoch nicht seinem Herrn nach, sondern ging zum Kopfende des Bettes, stützte sich mit der linken Vorderpfote auf den Bettrand, reckte den Kopf vor und beugte ihn zum Gesicht des Majors.

Csupati wandte sich an der Tür um und faßte Sátori am Arm. »Schauen Sie sich das an!« flüsterte er.

Kantors Nase fuhr am Ohr des Majors entlang, als wollte auch er ihm gute Besserung wünschen.

Erfolg kann gefährlich sein; er kann den Menschen im positiven Sinne zu neuen Leistungen anspornen, er kann ihn jedoch auch gegenüber der Gesellschaft überheblich werden lassen.

»Das ist eine Frage des Charakters und des Bewußtseins«, sagte Sátori, als Csupati nach zwei Ablehnungen nun zum drittenmal bat, Kantor für den Landesausscheid der Diensthunde melden zu dürfen. »Warum legen Sie darauf so großen Wert?« fragte er Csupati, der wegen seines mutigen Verhaltens bei der Ermittlung der Zugräuber außer der Reihe zum Unterleutnant befördert worden war.

»Es fehlt mir eben«, antwortete Csupati zum wiederholten Male.

»Was fehlt Ihnen?«

»Wie soll ich das erklären ... Für Kantor wäre das der Höhepunkt seiner Laufbahn, mit mir wurde er sozusagen Unterleutnant. Und wenn er jetzt auch noch ...«

»Kantor ist immerhin schon zehn Jahre alt.«

»Na wenn schon.«

»Und wenn er den Wettkampf nicht durchsteht? Wenn er versagt?«

»Was? Wenn das der Vorgesetzte eines Nichtskönners sagen würde, aber Sie ...«

»Ich glaube, Ihnen ist der Ruhm schon etwas zu Kopf gestiegen.«

»Haben wir die Anerkennung etwa nicht verdient? Nennen

Sie mir jemand, der in den vergangenen Jahren so viel geleistet, so viele Erfolge aufzuweisen hat wie wir.«

»Wie wer?«

»Na wir ... Mit einem Sieg beim Wettkampf würde Kantor seinen bisherigen Verdiensten die Krone aufsetzen.«

»Aha«, nickte Sátori mehrmals und schaute Csupati nachdenklich an.

»Gönnen Sie uns die Goldmedaille nicht?«

»Genosse Unterleutnant, jetzt werden Sie unsachlich.«

»Nein, es soll nur alles gerecht zugehen.«

»Gerecht, ja. Und wenn Kantor nicht gewinnt, würde er wegen eines albernen Rummels die mit Recht verdiente, in harter Arbeit erkämpfte Anerkennung gefährden – nein!«

»Davor brauchen Sie keine Angst zu haben«, antwortete Csupati selbstsicher. »Ich kenne uns doch.«

Er blieb hartnäckig, bis Sátori schließlich nachgab. Csupati war schon immer ein bißchen überheblich gewesen, wenn von Kantor die Rede war. Kantors Ruhm, das war sein Ruhm. Bereits viermal hatte Kantor einen Wettkampf gewonnen. Wenn er auch diesmal die Arena als Sieger verlassen würde, wie würde man dann den Hundeführer bewundern. Nein, diese Gelegenheit wollte sich Csupati nicht entgehen lassen. Deshalb war er so hartnäckig gewesen, deshalb hatte er seinem Vorgesetzten dauernd in den Ohren gelegen. Da er die Teilnahmemeldung erst abgeben konnte, als die Frist gerade ablief, blieben ihm und Kantor nur wenige Tage zur Vorbereitung.

Anfangs bewegte sich Kantor auf der Übungsbahn etwas schwerfällig. Csupati wurde es angst und bange, als sein Hund auch am dritten Trainingstag den hohen Sprung über die Bretterwand nicht schaffte.

»Tjutju, so geht das nicht«, sagte er zu Kantor. »Wir müssen zu einem Wettkampf! Verstehst du? Ein großer Wettstreit. So viele Teilnehmer sind noch nie an den Start gegangen, allein acht Diensthunde aus Budapest und ein bis zwei aus jedem Komitat.«

»Willst du dich mit einem Greis am Wettbewerb beteiligen?«

fragte ihn ironisch ein Kollege, der sich mit der schwarzen Schäferhündin Kleo ebenfalls auf der Übungsbahn für den großen Kampf vorbereitete.

»Greis?« Csupati war beleidigt. »Du wirst staunen ...«

Während die beiden diskutierten, schnellte Kleo nach kurzem Anlauf über die zwei Meter hohe Sprungwand hinweg.

»Wetten wir«, sagte Kleos Herr und schaute zufrieden seinem Hund nach, »meine Hundedame schlägt deinen Herrn Professor um Längen.«

Csupati krampfte es das Herz zusammen. Er blickte besorgt auf das Hindernis; doch dann besiegelte er die Wette mit einem Handschlag. »Einverstanden.«

»Na, um was?«

»Um einen Kasten Bier.«

»Dann prost, Csupati!«

»Kantor wird in allen Disziplinen siegen.«

»Tatsächlich? Da können wir ja auch um zwei Kästen Bier wetten.«

Kantor beobachtete sie aufmerksam, als versuchte er, den Sinn ihrer Worte zu verstehen.

Csupati gab das Kommando. Kantor lief eine Runde. Auf eine weitere Anweisung bog er zur Anlaufbahn ein.

»Jetzt!« ertönte das Sprungkommando seines Herrn. Der Anlauf klappte recht gut. Kantor sprang wie früher.

»Na? Ziehst du die Wette zurück?« fragte Csupati.

»Ach wo«, rief dieser und ließ Kleo die Hindernisse auf der äußeren Bahn überspringen.

»Tjutjulein, du darfst mich nicht im Stich lassen«, sagte Csupati sanft, während er Kantor hinter den Ohren kraulte.

Von nun an träumte Csupati jede Nacht von dem großen Wettstreit. Mit irrsinniger Hartnäckigkeit wollte er Kantors Sieg erreichen. Oft stöhnte er im Schlaf; denn die beiden großen Rivalen, Kleo und Tigi, hatten Kantor in die Zange genommen. »Regelwidrig! Ich bitte, sie zu disqualifizieren!« rief er im Traum der Jury zu, bevor er schweißnaß aufwachte.

Der große Tag war gekommen. Auf der früheren Pferderennbahn erschallten pünktlich um zehn Uhr die Fanfaren. Die Zuschauertribüne war voll besetzt, und auch am Eisengeländer, das die Wettkampfbahn säumte, drängten sich die Neugierigen. Csupati ging in weißer Galauniform mit Kantor an seiner linken Seite an der Spitze des Zuges.

Die jährlichen Wettkämpfe der Diensthunde der Polizei konnten auf eine fünfzehnjährige Tradition zurückblicken. Der diesjährige Wettkampf war also ein kleines Jubiläum. Als Vierjähriger war Kantor zum erstenmal auf der Bahn erschienen, und jetzt trat er das fünfte Mal zum Wettkampf an. Bisher hatte er, sooft er gestartet war, immer gesiegt. Er war vierfacher Meister, und Csupati wollte ihn an diesem Jubiläum zum fünftenmal als Sieger erleben. Einer solchen Leistung konnte sich bisher kein Hund und kein Hundeführer rühmen.

Unterleutnant Csupati paradierte stolz über den Platz und blickte selbstgefällig zur Tribüne hin, als wären die vielen tausend Menschen nur wegen Kantor hierhergekommen. In der Mitte, am Rande der Hindernisbahn, stand das Podium für die Jury. Dort angekommen, wandten sich die Wettkampfteilnehmer auf Kommando der Menge zu, und die Hunde begrüßten, auf ein Zeichen ihrer Herren, die Zuschauer mit lautem Gekläff.

Der Wettkampf begann mit Geschicklichkeitsübungen: Spurenverfolgung, Suchen versteckter Gegenstände, Bewachen von Gegenständen und Personen, Entwaffnung eines Angreifers, Verteidigung und anderes. Es folgten Mutproben, zum Beispiel der Sprung durch brennende Reifen. Den Abschluß bildete das Hindernisspringen. Die Jury bewertete jede Leistung nach Punkten, und die Sieger wurden an Hand der erreichten Gesamtpunktzahl ermittelt.

Kantor, Sieger des Wettbewerbs vom Vorjahr, startete zuerst. Obwohl er die Geschicklichkeitsübungen fehlerfrei durchführte, war Csupati so aufgeregt, daß er Hauptmann Sátori nicht bemerkte, der sich weit über das Geländer an der Tribüne gelehnt hatte.

Bei der Spurenverfolgung, bei den Bewachungs- und Verteidigungsübungen war es von untergeordneter Bedeutung, ob ein Hund als erster oder als letzter startete. Beim Hindernissprung waren jedoch die letzten im Vorteil, weil die Hundeführer die Leistungen der anderen einschätzen und Schlußfolgerungen für das Verhalten ihres Hundes ziehen konnten.

Csupati wußte das. Deshalb hielt er sich vor dem Hindernisspringen mit Kantor im hinteren Pulk der Teilnehmer auf. Es gelang ihm, eine der letzten Startnummern zu bekommen.

Nach der bisherigen Punkteverteilung führte Kantor fehlerfrei vor den anderen; Kleo folgte ihm mit einem Fehler. Die Entscheidung um den ersten Platz mußte im Kampf zwischen diesen beiden Hunden fallen. Wetten wurden abgeschlossen ...

Nach dem ersten Sprung über ein Meter und achtzig und dem zweiten Sprung über zwei Meter schieden zwei Drittel der Wettkampfteilnehmer aus. Die Wand wurde um zehn Zentimeter erhöht. Bei zwei Meter zwanzig standen nur noch vier Hunde im Wettbewerb.

Durch den Lautsprecher wurde Kantor zum Start gerufen.

Csupati wandte sich seinem Rivalen zu. Die Wettkampferregung raubte ihm fast den Verstand. Er kümmerte sich um nichts anderes mehr. »Ich werde um eine Erhöhung von weiteren zehn Zentimetern bitten. Bist du einverstanden?«

Nach einigem Überlegen nickte Kleos Herr zustimmend.

Csupati trat zum Podium der Jury. Seine Lippen waren rissig, trocken. Er stand stramm, obwohl ihm die Beine zitterten. Ihm war zumute, als müßte er die Eskaladierwand überspringen.

»Ich melde ...«, sagte er heiser. »Ich bitte um die Zulassung der nächsten Höhe.«

Sátori stand neben dem Podium und beobachtete von dort aus den Wettkampf. Als er den Antrag Csupatis vernahm, rief er ungehalten aus: »Bist du verrückt geworden?«

Doch Csupati stellte sich taub. Der hat seinen gesunden Menschenverstand verloren, dachte Sátori entsetzt.

»Auf Ihre Verantwortung«, sagte der Vorsitzende der Jury

nach einer kurzen Beratung. »Ich mache Sie aber darauf aufmerksam, daß wir Ihren Hund, wenn der Sprung nicht gelingt, entsprechend den Bedingungen vom weiteren Wettkampf ausschließen müßten. Er verliert auch die bisher erworbenen Punkte.«

»Das weiß ich.«

»Sie können beginnen.«

Csupati salutierte und rannte zu Kantor zurück. Er kniete nieder, steichelte, umarmte den Kopf des Hundes und bat ihn beklommen und leise: Tjutjulein ... Siehst du? Es geht los. Hopp! Dein Herrchen hilft dir. Das mußt du jetzt überspringen. Verstehst du?«

»Vorbereiten zum Start«, schnarrte es im Lautsprecher. »Es folgt Kantor ... Die Höhe beträgt zweihundertdreißig Zentimeter.«

»Hörst du es? Wir sind dran ... Zeig ihnen, was du kannst!«

Kantors Körper zitterte nervös, schnellte auf. Csupati führte seinen Hund bis zur Startlinie, dort löste er die Leine. Einige Sekunden lang wartete er noch.

»Los!« rief er und nahm mit Kantor zusammen Anlauf. Auf einen einzigen Gedanken konzentrierte er sich: nicht den Absprung verfehlen! Bei dieser Höhe mußte Kantor fünf Schritte vor der Planke abspringen, um den Schwung am besten ausnutzen zu können. Das Kommando dazu mußte er dem Hund geben, wenn dessen rechter hinterer Fuß den Boden berührte.

»Hopp!« schrie Csupati, sprang zur Seite und lief hinter die Sprungwand.

Das Kommando war im richtigen Augenblick gekommen. Kantors Körper spannte sich wie eine Sehne. Beim Abstoß flogen Gras- und Erdbatzen hinter ihm auf. Alle Kraft war jetzt in den Hinterläufen konzentriert. Er schnellte in die Höhe, streckte die Vorderläufe vor. Im nächsten Augenblick schlug sein Kopf mit hartem Anprall gegen die Bretter. Mit den Vorderläufen krallte er sich an den oberen Rand und zog sich hoch.

»Streng dich an, Tjutju«, redete ihm Csupati auf der anderen Seite zu. »Komm! Spring zu deinem Herrn ...«

Noch eine letzte Anstrengung, noch ein Ruck ..., und Kantors Körper kippte über die Wand. Geschafft! Doch nicht fehlerlos! Nachdem Kleo die Wand übersprungen hatte, führten beide Hunde mit je einem Minuspunkt. Bei den drei folgenden Übungen erhielten sie wiederum dieselbe Punktzahl.

Die letzte Disziplin war der Hundertmeter-Hürdenlauf. Auf der Strecke waren vier verschieden große, einhundertzwanzig Zentimeter hohe Hürden aufgestellt, die aus Latten bestanden und deren oberstes Drittel umkippte, wenn es berührt wurde. Die Hunde versammelten sich an der Startlinie, um auf Kommando zugleich loszurasen.

»Tjutju, sei vernünftig«, flüsterte Csupati Kantor ins Ohr. »Sei klug, mein Lieber.«

Sie waren bereits zum großen Lauf angetreten. Jeder Hundeführer hielt seinen Hund am Halsband. Auf das Startzeichen ließen sie das Band frei, und die Hunde schossen davon. Auf ihren Rücken trugen sie schwarze Startnummern auf weißem Leinen. Die Hundeführer konnten ihre Tiere zwar durch Zurufe anspornen, durften aber nicht neben der Bahn mitlaufen.

Nach der zweiten Hürde stieß Kantor an die Spitze vor. Vier Hunde folgten ihm dicht auf den Fersen.

Auch das dritte Hindernis übersprang er erfolgreich. Die blauweißen Latten hatten sich nicht einmal bewegt. Das Publikum feuerte mit rhythmischen Zurufen seine Lieblinge an. Kantor erreichte das vierte Hindernis. Als er über die Hürde flog, bemerkte er zu seiner Linken einen scharzen Schatten: Kleo lief bereits neben ihm. Die schwarze Hündin hatte ihn beim letzten Hindernis nicht nur eingeholt, sondern war ihm schon um eine Kopflänge voraus. Kantor beschleunigte. Kleo ebenfalls, ja sie führte schon mit einer halben Körperlänge. Da erreichte ihn aus dem Stimmengewirr der Ruf seines Herrn: »Tjutju, sei vernünftig. Sei klug, mein Lieber.«

Die Hündin hatte Kantor fast überholt. Plötzlich wandte ihr Kantor den Kopf so ruckartig zu, daß er einen ihrer Hinterläufe traf. Kleo kam aus dem Rhythmus, für eine Sekunde oder zwei ... Mit einer halben Körperlänge Vorsprung lief Kantor durchs Ziel.

Der Herr der schwarzen Hündin protestierte entrüstet bei der Jury. Csupati stand hinter ihm und rieb sich verlegen am Ohr. Sein Rivale forderte eine Wiederholung des Laufes und Kantors Disqualifikation. Doch die Jury hatte Kantors regelwidriges Verhalten offenbar nicht bemerkt, oder man war gewillt, darüber hinwegzusehen.

»Wie alt ist Ihr Hund?« fragte der Vorsitzende der Jury Kleos Herrn.

»Drei Jahre.«

»Hat er das erste Mal an einem Wettkampf teilgenommen?«

»Jawohl.«

»Gratuliere... Und wie alt Kantor ist, wissen Sie das?«

»Jawohl, zehn Jahre.«

»Na, sehen Sie, und dieser Kantor hat jetzt zum letzten Male an einem Wettkampf teilgenommen.«

»Trotzdem ist es nicht gerecht«, murrte Kleos Herr, ließ es aber bei diesem Protest bewenden.

Csupati klopfte seinem Kollegen freundschaftlich auf den Rücken.

»Zum Wettkampf braucht man auch Erfahrung ... Das Bier aber, das du verspielt hast, brauchst du natürlich nicht zu bezahlen ...«

In dieser Nacht hielt sich Csupati im Bereitschaftsraum auf, den man vom Hof II des Polizeipräsidiums erreichte. Einige Male blickte er neidisch auf Kantor, der auf dem Teppich lag und schlief. Er jedoch, der Diensthabende, durfte nicht schlafen. Um die Zeit totzuschlagen, las er zum wiederholten Male die Abendausgabe der »Esti Ujság«. Er langweilte sich.

Endlich tagte es. Gegen sieben Uhr verspürte er Hunger. Am liebsten hätte er sich aus dem Lebensmittelgeschäft gegenüber dem Präsidium etwas zu essen geholt, doch sein Dienst endete erst eine Stunde später. Die Zeiger der Wanduhr schienen immer langsamer vorzurücken.

Gegen halb acht betrat Sátori den Raum. Er wunderte sich, mit welcher Freude Csupati ihn begrüßte. »Was ist los?« fragte er.

Csupati sah seinen Vorgesetzten, der inzwischen zum Major befördert worden war, treuherzig an. »Nichts, Genosse Major«, antwortete er. »Es war nur so schrecklich langweilig, da freue ich mich, endlich jemand zu sehen und mit ihm sprechen zu können.«

»Die Langeweile wird Ihnen gleich vergehen.«

»Fahren wir irgendwohin?«

»Ja. An sich hätten Sie in einer halben Stunde Dienstschluß, aber ich brauche Sie und Kantor.«

»Tjutju, komm!« sagte Csupati und nahm das am Schrank neben der Tür hängende Hundegeschirr herunter.

Sie fuhren keine lange Stecke. Vor einem Juweliergeschäft in der Váci-Straße hielten sie an. Leutnant Kuti erwartete sie bereits. Er führte den Major zu einer Glasvitrine. Eine Scheibe war zertrümmert, unbekannte Täter hatten die Vitrine ausgeraubt, nachdem sie die Alarmanlage außer Betrieb gesetzt hatten. Die Kriminaltechniker bemühten sich bereits um die Spurensicherung.

Csupati nahm Kantors Kopf in beide Hände und bewegte ihn über dem Parkett hin und her.

»Such Spur, Tjutju. Such Spur«, sagte er aufmunternd.

Nach einigen Versuchen schien Kantor eine Spur gefunden zu haben. Langsam trottete er den Gang entlang, der das Geschäft mit dem Büroraum verband. Vor der Tür zum Hof blieb er stehen. Die Tür war verschlossen. Sátori rief den Geschäftsführer herbei und ließ die Tür öffnen. Auf dem Hof schnüffelte Kantor hier und da.

Sátori wurde ungeduldig, jede Minute war kostbar. Er wies Csupati an, den Hund zur Vitrine zurückzuführen. Wieder ermunterte der Hundeführer Kantor, eine Spur aufzunehmen. Diesmal lief der Hund zum Ausgang auf die Straße. Zielsicher trottete er bis zur nächsten Kreuzung, bog dann nach links zum Donauufer ab. Vor dem Hotel »Duna« hielt er plötzlich inne. Sein Herr spornte ihn vergebens an. Der Hund hatte die Witterung verloren.

»Jetzt ist es zu Ende«, meinte Csupati.

Der Major überlegte und blickte auf die gläserne Doppeltür des Hotels.

Csupati, den Kantors Mißerfolg kränkte, glaubte eine Erklärung schuldig zu sein. »Der Professor kann nichts dafür.«

»Wer hat denn gesagt, daß der Hund daran schuld ist?«

»In der Frühe ist der Gehsteig gefegt worden. Seitdem sind hier schon wer weiß wieviel Leute gegangen.«

»Ich weiß«, sagte Sátori und beauftragte Leutnant Kuti, alle Taxifahrer festzustellen, die in der vergangenen Nacht zwischen null und sechs Uhr Dienst hatten und während dieser Zeit in der Nähe der Váci-Straße Fahrgäste aufgenommen hatten.

»Warum erst ab null Uhr?« fragte Kuti.

»Weil die Techniker festgestellt haben, daß die Leitung der Alarmanlage erst nach Mitternacht durchgeschnitten wurde«, antwortete Sátori.

Kuti eilte zum Einsatzwagen, der auf dem Parkplatz neben dem Hotel stand.

»Und welche Aufgabe habe ich?« fragte Oberleutnant Káldi.

»Sie veranlassen, daß eine Liste mit genauer Beschreibung der geraubten Schmuckstücke an alle Juweliere, Aufkaufstellen, Pfandleihen und so weiter ausgegeben wird. Benachrichtigen Sie auch die Grenzstationen. Es ist nicht ausgeschlossen, daß die Täter versuchen, mit der Beute über die Grenze zu kommen.«

»Und was machen wir?« fragte Csupati.

»Ihr spaziert vorläufig hier um das Hotel herum. Aber nicht fortlaufen. Keine Eigenmächtigkeiten.« Sátori ließ den Hundeführer und Kantor stehen und betrat das Hotel.

In der Rezeption wies er sich aus und verlangte das Anmeldebuch. Ein Blick auf die Namensliste genügte, um festzustellen, daß die Kapazität des Hotels nicht ausgelastet war. Die Fremdenverkehrssaison war vorüber. Die Luxusappartements im ersten und im zweiten Stock standen fast alle leer. In den oberen Etagen logierten tschechoslowakische und polnische Touristen. Ein italienischer Geschäftsmann befand sich nach Aussage des Angestellten in diesem Jahr bereits das dritte Mal in Ungarn.

Sátori notierte sich die Daten. Zwei Gäste aus der BRD schienen auch keine besonderen Probleme zu bereiten. Sie waren jederzeit bei einem hauptstädtischen Großbetrieb erreichbar, wo sie die Montage der von ihren Firmen gelieferten Ausrüstungen leiteten.

»Wer ist Mister Kelly?« fragte Sátori.

»Ein Filmproduzent aus Kalifornien. Vor einer Woche ist er mit seinem Sekretär angekommen.«

»John Bana ist sein Sekretär?«

»Ja.«

»Drehen sie hier einen Film?«

»Möglich, denn gestern nachmittag haben sie im kleinen Verhandlungsraum den Direktor und den Regisseur eines unserer Theater empfangen.«

»Haben sie sich die vergangene Nacht hier aufgehalten?«

»Das weiß ich nicht. Mein Dienst begann heute früh um sechs Uhr ... Moment«, er holte einen Zettel aus dem Fach. »Wenn Sie Mister Kelly zu sprechen wünschen, um zehn Uhr trifft er sich in der Halle mit einer Artistengruppe.«

»Ist er das erste Mal hier?«

»Nein. Im vorigen Jahr wohnte er zweimal bei uns. Ein sehr guter Gast.«

»Kann ich irgendwo telefonieren?«

Der Angestellte wies auf eine Telefonzelle.

»Danke«, sagte Sátori, »wenn Sie mir inzwischen einen Kaffee besorgen können ..., und übrigens, falls jemand fragen sollte, wer ich bin: Ich bin ein Journalist. Verstehen Sie?«

»Sehr wohl.«

Sátori begab sich in die Telefonzelle und rief das Präsidium an. Er erhielt die Bestätigung, daß die Fahndung bereits eingeleitet sei; außerdem liege ein Fahndungsersuchen der Wiener Kriminalpolizei nach einem Juwelendieb vor. Alle Spuren wiesen bisher darauf hin, daß der oder die Täter nach Ungarn geflüchtet seien. Die Interpol fahnde ebenfalls nach einem internationalen Juwelenbetrüger; er sei im April dieses Jahres aus Sidney verschwunden, nachdem er Edelsteine im Werte von hunderttausend Dollar zum Verkauf in Kommission übernommen hatte.

»Ist der Name bekannt?« fragte Sátori.

»Ja. Theodor Kelei. Er soll angeblich ungarischer Abstammung sein ...«

»Wie heißt er? Kelly?«

»Nein, Kelei. Ich buchstabiere ...«

»Habe verstanden. Wenn etwas Wichtiges ist, ich bin im Hotel ›Duna‹, beziehungsweise hinterlasse dort, wo ich zu erreichen bin.«

»Viel Glück!«

Sátori beendete das Telefongespräch. Sein Kaffee stand schon auf dem Tisch. Während er trank, bemerkte er einen Mann, der in einer Fensternische saß und scheinbar in seine Zeitung vertieft war.

Das Gesicht kam ihm bekannt vor, doch er erinnerte sich nicht, wo er den Mann gesehen haben könnte.

Er bezahlte und verließ das Hotel.

»Genosse Major! Einen Augenblick, bitte«, sagte jemand hinter ihm.

Sátori wandte sich um. Der Fremde, der vorhin in der Ecke gesessen hatte, stand vor ihm.

»Ich bin Oberleutnant László Deme vom Zoll. Wir sind uns schon im Offiziersklub begegnet.«

»Natürlich ... Seien Sie gegrüßt. Suchen Sie etwa auch Juwelen?«

»Nein, nicht direkt. Ich habe zufällig gehört, daß Sie sich beim Portier nach Theodor Kelly erkundigten.«

»Das war reine Routine.«

»Kelly hat bereits voriges Jahr unser Interesse erweckt. Er lebte auffällig verschwenderisch ...«

Sátori fiel ihm ins Wort. »Für einen Amerikaner ist es leicht, in Ungarn verschwenderisch zu leben. Ich glaube, der Dollar steht bei uns höher im Kurs als in Amerika, auf jeden Fall bekommt man hier mehr dafür.«

»Nun ja. Aber Kelly hatte während der drei Wochen seines Aufenthalts nicht einen einzigen Dollar in Forint umgewechselt, jedoch nach unseren Ermittlungen mindestens dreißigtausend Forint ausgegeben.«

»Das ist tatsächlich interessant«, bemerkte Sátori. »Und wie bewerkstelligt er das?«

»Er verhandelt mit verschiedenen Künstlern und Theaterleitern, denen er Auslandstourneen, vor allem Auftritte in Nordamerika anbietet. Möglich, daß ihm die Künstler hier Forint geben, um später in Amerika Dollar von ihm zu erhalten.«

»Also Verstoß gegen das Devisengesetz!«

»Ja. Wenn Sie sich für Kelly wegen einer anderen Sache interessieren sollten, würde ich Sie bitten, mit uns zusammenzuarbeiten.«

»Mich interessiert vorläufig nur ein Juwelenraub.«

»Auch das könnte zu ihm passen. Vorgestern bot sein Sekretär John Bana der Münze Edelsteine zum Ankauf an.«

»John Bana?«

»Ja. Er behauptete, die Steine stammten aus einer Diamantengrube seines Chefs in Kalifornien. Er versprach, am nächsten Tag, also gestern, mit der Zollbestätigung wiederzukommen.«

»Tat er es?«

»Nein. Aber er sprach noch bei anderen Juwelieren vor, die alle Zollerklärungen verlangten.«

Sátori stand sekundenlang regungslos.

»Ich schlage vor, einen gemeinsamen Operationsplan auszuarbeiten«, sagte er dann. »Kelei-Kelly, eine primitive Art, seinen Namen zu ändern.«

»Wir müssen sie auf frischer Tat ertappen ...«

»Ja«, stimmte Sátori zu. »Mit ausländischen Staatsbürgern muß man behutsam umgehen ... Um halb zehn bin ich zurück. Wir treffen uns im Hotel.«

Pünktlich um halb zehn traf Sátori im Hotel ein. Der Angestellte in der Rezeption teilte ihm mit, daß Mister Kelly für seine Gäste ein Frühstück im kleinen Speiseraum neben der Halle bestellt habe.

Sátori fand auch Oberleutnant Deme dort. Vor ihm auf dem kleinen Tisch standen zwei Flaschen Importbier. Der Major setzte sich zu ihm.

Bald darauf betrat eine lärmende Gesellschaft den Raum: vier Frauen und ein untersetzter, etwa fünfzig Jahre alter, elegant gekleideter Mann. Ihn kannte Sátori unter dem Künstlernamen Medve, der Bär; er war Mitglied eines Ensembles der Bar »Budapest«.

Der Oberleutnant goß auch Sátori Bier ein.

Punkt zehn Uhr erschien ein breitschultriger Mann mittleren Alters. Sein Haar reichte bis auf die Schultern. Ein dichter Schnurrbart und starke Brauen teilten sein Gesicht in drei Teile. Seinen Hals umhüllte ein buntes Seidentuch.

Beim Anblick des Mannes sprang Medve von seinem Platz auf und verbeugte sich mehrmals. »Meine Hochachtung, Mister Kelly.«

Kelly nahm den Gruß mit der Lässigkeit eines Mannes entgegen, der Ergebenheit dieser Art so sehr gewohnt war, daß sie ihn langweilte. Den Damen nickte er betont gleichgültig zu, dann winkte er dem Kellner und nahm Platz.

»Nun?« fragte er und sah Medve an. Er sprach laut, ohne Rücksicht auf die anderen Gäste.

»Den Vertrag, den Sie ...«

»Yes, yes ..., für mich ist er okay.«

»Wir haben mit den Mädchen entschieden, daß wir ihn annehmen.«

»Das freut mich ... Aber ich habe einige Bedingungen. Ich

brauche eine Garantie dafür, daß Sie sich am fünften Dezember in Wien im Hotel ›Stadt Triest‹ einfinden, denn am siebenten Dezember beginne ich in Tirol bereits mit den Dreharbeiten der Winterszenen für meinen neuen Film. Ich kann nicht warten. Das ist wohl verständlich ...«

»Natürlich, Mister Kelly. Wir werden bestimmt dort sein.«

»Ich brauche dafür, wie ich schon sagte, eine Garantie, eine gewisse Sicherheit ... Sie sind fünf ..., jeder fünfundzwanzigtausend. Wie vereinbart, erhalten Sie die Summe in Wien in Dollar zurück ...«

»Gestern sagten Sie zwanzigtausend«, wagte Medve einzuwenden.

»Sagte ich das? Nun gut, dann bleibt es dabei.«

Medve zog aus seiner Innentasche ein mit Papier umwickeltes Bündel hervor und überreichte es Kelly. »Bitte schön.«

»Okay.« Kelly schob das Päckchen in seine Hosentasche, ohne das Geld nachgezählt zu haben. Dann zog er ein zusammengefaltetes Stück Papier hervor. »Hier ist der Vertrag ... Mein Sekretär hat eine beglaubigte ungarische Übersetzung hinzugefügt. Bitte unterschreiben Sie ... Und das ist die Quittung. Ich rechne die Forint höher um, als es der amtliche Kurs vorschreibt ... Hier ist der Scheck. Am Tage Ihrer Ankunft können Sie ihn bei der Wiener Bank in der Kärntner Straße einlösen.«

»Sie sind wirklich großzügig, Mister Kelly ... Na, Mädchen, was sagt ihr zu dem Herrn? Einen solchen Chef hattet ihr bestimmt nocht nicht«, meinte Medve und steckte den Scheck ein.

»Dann haben wir uns über alles geeinigt ... Auf Wiedersehen!« Kelly stand auf.

Zwei Kellner schoben einen Servierwagen herein. »Mister Kelly, das Frühstück, bitte.«

»Meine Gäste werden es sich schmecken lassen. Wir beide haben etwas anderes vor, nicht wahr, Darling?« fragte er.

Eine Tänzerin erhob sich und folgte Kelly.

Sátori wartete, bis Medve gegessen hatte. Dann ging er mit

Deme an den Tisch zu Medve. Scheinbar überrascht und erfreut sprach er ihn an. »Sieh da! Wenn ich mich nicht irre, sind Sie Medve mit den vier Schmetterlingen.«

»Sie irren sich nicht, Herr ...«

»Das ist großartig. Darauf müssen wir einen trinken.«

»Wer sind Sie denn?« fragte Medve mißtrauisch.

»Ja, erkennen Sie mich denn nicht? Ich bin ein Mitarbeiter der ›Esti Hirek‹. Ich habe voriges Jahr über Sie geschrieben ... Wenn ich vorhin recht gehört habe – irgendein Geschäft?« Er senkte dabei vertraulich die Stimme.

»So ungefähr«, antwortete Medve zurückhaltend.

Sátori wies auf den Oberleutnant, der neben ihm stand. »Ein Kollege, der Sie gern sprechen möchte.«

»Ja«, sagte Deme. »Gehen wir in die Halle und trinken dort einen Kognak.«

Medve stand zögernd auf. Sátori hakte sich bei ihm ein und drängte ihn mit sanfter Gewalt aus dem Speisesaal hinaus. »Ich gratuliere Ihnen zum Abschluß des Vertrages.«

»Nun ja, endlich können wir beweisen, was wir leisten.«

»Könnte ich den Vertrag mal sehen?« fragte Sátori.

»Der gehört nicht in die Zeitung.«

»Natürlich nicht. Ich bin aber neugierig; ich habe so ein Stück Papier noch nie gesehen.«

Medve wollte stehenbleiben.

»Machen Sie keine Schwierigkeiten, Medve, Kriminalpolizei. Kein unnötiges Aufsehen, keinen Skandal. Sie kommen mit uns.«

»Aber erlauben Sie mal!«

»Ich habe schon gesagt, schlagen Sie in Ihrem eigenen Interesse keinen Lärm.«

Selbst aus der Nähe gesehen, hätte ein ahnungsloser Betrachter sie für gute Freunde halten können, wie sie zu dritt durch die Hoteltür schritten ...

Eine Stunde später befand sich auch Kelly im Polizeipräsidium. Als er mit der Tänzerin in den Speisesaal zurückgekehrt war, hatten ihm die anderen Mädchen gesagt, daß Medve mit zwei Journalisten fortgegangen sei und sie nicht wüßten, wann er zurückkehre. Kelly hatte Verdacht geschöpft, eine Tasche aus seinem Zimmer geholt und versucht, möglichst unbemerkt das Hotel zu verlassen. Auf der Straße hatte ihn Oberleutnant Deme aufgefordert, mitzukommen. Bana jedoch war mit dem Auto verschwunden. Kelly behauptete, daß der Wagen noch vor kurzem vor dem Hotel gestanden habe. Er habe ihn durch das Fenster seines Zimmers gesehen.

In der Tasche, die bei Kellys Festnahme sichergestellt wurde, befanden sich eine Karatwaage und achtunddreißig Edelsteine verschiedener Größe.

Sátori ordnete sofort die Fahndung nach dem Auto, Marke Volvo, an. Wohin mochte Bana gefahren sein? Der angebliche Filmproduzent wich jedoch allen Fragen, die sich auf seinen Gefährten bezogen, hartnäckig aus.

Kuti hatte inzwischen seine Suche nach den Taxifahrern auch beendet. Er hatte nicht nur die Fahrer, sondern auch einen Großteil ihrer Fahrgäste aufgespürt, allerdings ohne Ergebnisse, die von Nutzen sein konnten.

»Was haben Sie am dreizehnten November um Mitternacht in der Nähe der Stephanskirche in Wien gesucht?« fragte Sátori.

Kelly erblaßte.

»Stammen die schönen Diamanten aus dem Juwelengeschäft Krone und Kompagnon etwa auch aus Ihrer Diamantengrube?«

»Ich habe in Wien nicht eingebrochen.«

»Haben Sie die Steine wieder in Kommission übernommen, wie in Sidney?«

»Das waren doch Gangster. Vor ihnen mußte ich ja nach Kalifornien fliehen. Glauben Sie mir ... In Wien habe nicht ich eingebrochen. Bana hat mich ...«

»János Bana alias John Bana, nicht wahr? Genau wie Theodor Kelly alias Tivadar Kelei. Wo ist Bana?« schrie er Kelly plötzlich an.

»Ich weiß es nicht.«

»Wir werden Sie an Österreich ausliefern. Dort kann sich die Interpol mit Ihnen unterhalten.«

»Nein, bitte nicht ...«

»Dann sagen Sie, wo sich Bana aufhält.»

»Vielleicht ist er zu seinem Onkel ins Sägewerk nach Tölös gefahren ... Es liegt oberhalb von Szentendre im Pilis-Gebirge. Bevor wir nach Budapest kamen, waren wir dort.«

Sátori ging ins Nebenzimmer hinüber und bat einen Kollegen: »Übernehmen Sie ihn. Aber wir werden ihn auch noch brauchen. Bis dahin versuchen Sie, Kellys Vergangenheit zu erkunden. Vielleicht finden Sie noch mancherlei Vergehen, über die er Rechenschaft abzulegen hat.«

Von Sátoris Gruppe blieb nur Káldi im Präsidium. Die anderen, unter ihnen Csupati und Kantor, fuhren zehn Minuten später mit zwei Funkwagen dem Donauknie zu.

Kantor lief auf einen Felsblock zu. Als er hinaufzuklettern begann, sah er eine liegende Gestalt. Zugleich fiel ein Schuß. Kantor spürte einen heftigen Schmerz im Rücken. Einen Augenblick hielt er inne, dann kletterte er weiter, setzte zum Sprung an. Ein zweiter Schuß hallte über die Lichtung ...

Vom Felsblock stürzten ein Mann und Kantor, dem es noch gelungen war, sich im Genick seines Gegners festzubeißen.

Die zweite Kugel hatte den Fährtenhund in die Brust getroffen.

Bestürzt betrachtete Sátori den Hundeführer, der neben Kantor kniete und hemmungslos wie ein Kind weinte.